光文社文庫

選ばれない人

『就活ザムライの大誤算』改題

安藤祐介

光　文　社

選ばれない人

目次

プロローグ

あの日は小学校から帰るとそのまま、家の斜向《はすむ》かいにあった父の仕事場に寄った。つなぎの作業服を着た父は、整備中の車体の下から仰向けの体を水平移動させて出てきた。

「一年生の女の子が車にはねられたんだって」

朝礼で校長先生が言っていた。腕を骨折したけれど命は無事だったと。

父は水筒から冷たいお茶を飲んでひと息入れながら言った。

「自動車は、一歩間違えれば凶器にもなる。だから、ちゃんと整備しなきゃいけない」

「車のせいじゃないよ。運転してた人がよそ見してたって、校長先生が言ってたよ」

「ブレーキがちゃんと整備されていたから怪我《けが》で済んだ可能性もある」

そうか、慌てて踏んだブレーキがよく利いて、ぶつかるスピードが落ちたのかもしれない。

「だから、できることを精一杯やるんだ」

また車体の下へと戻ってゆく父。

そんな父の姿が誇らしかった。自分も将来は父のように車を整備するのだと思っていた。

第一章　全ては就活のために

梅雨の晴れ間に初蟬《はつぜみ》の鳴く安政《あんせい》大学・池袋《いけぶくろ》キャンパス。三号館の大教室に、大勢の学生たちが集まっていた。

教室の入口に立つホワイトボードの立て看板には、黒マジックでこう記されている。

〈前期試験対策決起集会〉

定員二百人超の階段教室はほぼ満席。普段の講義とは何やら様子が違う。居眠りをする者は誰一人なく、学生たちは真剣な眼差《まなざ》しで一人の男の話に耳を傾けている。

学生たちの視線の先、教壇に立っているのは教授でも講師でもなく、一人の男子学生だ。

安政大学総合文化学部三年、蜂矢《はちや》徹郎《てつろう》。

この男、人一倍学業に勤しむ努力の人につき、入試では首席合格。その後も二年連続学年首席の俊才である。

「それでは、お時間も迫ってまいりましたので、先に進めさせていただきます」

教室前方のスクリーンには徹郎の講義ノートが映し出されており、学生たちが机上に開いているのは、そのノートのコピーである。

徹郎の講義ノートは一年ほど前から学部内に出回り『てっちゃんノート』と呼ばれ、多くの学生を救ってきた。彼のノートを手に入れれば一夜漬けの勉強で単位を取れるという評判は瞬く間に広がり、今や学部内にてっちゃんノートの存在を知らぬ者はいない。

講義の内容が簡潔な箇条書きにまとめられ、試験に出るポイントにはアンダーラインなどが付してあり、誰が見ても理解し易《やす》い構成になっている。

「次は、一般教養科目の比較宗教学について、試験対策のポイントを解説致します」

この集会は、徹郎が履修《りしゅう》する十四科目を講義ノートに沿って解説し、皆で試験を乗り切るために開催されている。学生たちは自分の履修科目の解説を聞き逃すまいと集中し、約二時間にわたった解説も、最後の一科目を残すのみとなった。

「さあ、みんな、次で最後の一科目だよ！」

同級生の浜本夏海《はまもとなつみ》が教室前方の演壇でノートパソコンを操作してスクリーンの画像を切り替えている。この女、学内にてっちゃんノートを広めた張本人であり、今回の前期試験対策決起集会の企画者である。

「比較宗教学は先生の評価も激辛だけど、てっちゃん、どうやったら乗り切れるかな？」

夏海に話を振られた徹郎は「ご安心ください」と前置きし「スクリーンの画面を最後のページまで進めていただけますか」と頼んだ。

「この最後の一ページに前期の講義のエッセンスをまとめております。比較宗教学は、この一ページさえしっかりと頭に入れていただければ問題ございません」

学生たちはどよめいた。まとめのページに列記されたキーワードと解説を繋《つな》げたり膨《ふく》らませたりして答案を作れば及第点は確保できる。徹郎はそう言い切ったのだ。

「以上、私が履修する十四科目の講義ノートを駆け足で解説させていただきました。ご清聴、誠にありがとうございました」

拍手が沸き起こり、声援が上がる。ありがとう！　てっちゃんさまさまだよ。

徹郎は教卓の両端に両手を置き、感謝の言葉を口にする学生たちをゆっくりと見渡した。

「……感謝申し上げなければならないのは、むしろ私のほうです」

徹郎の言葉に、多くの学生が怪訝《けげん》な表情を浮かべた。

「人は、誰かの役に立ってこそ、自分の存在意義を感じられると私は考えております」

穏やかに微笑《ほほえ》みながらも、徹郎の語気は強くなる。

「己の成功を欲するならば、他者の成功を助けよ。私はそう信じて今ここに立っております。私のノートとノウハウが皆様の充実したキャンパスライフのお役に立てるならば、こんなに嬉《うれ》しいことはございません。皆様の幸せは、私自身の幸せでもあります。だからこそ、私は皆様に申し上げたい。私の拙《つたな》いノートを使ってくださって、ありがとうございますと」

てっちゃんカッコイイ！　一層大きな拍手と歓声に包まれ、徹郎は深々と頭を下げる。

「じゃあ、てっちゃんに何か質問とかある人、手を挙げて！」

夏海が呼び掛けると、後方の席でアロハシャツの男子学生がいち早く手を挙げた。

「てっちゃんって、なんでいつもスーツを着てるの？」

徹郎はアロハシャツ男の質問に、微笑みを湛《たた》えながらもスーツの襟《えり》を正して答えた。

「就活のためでございます。常にスーツを着用していれば、たとえば万が一急にOB訪問のチャンスに恵まれた時など、即座に駆け付けられます。また、スーツに慣れ親しむことにより、社会人になる心構えを醸成《じょうせい》する効果もあると考えております」

この男、学内では「いつもスーツの人」としてちょっとした有名人である。徹郎にとって就職戦線は常在戦場《じょうざいせんじょう》。入学当初から常に黒のスーツで過ごしている。

「あと、てっちゃんって、なんでいっつも敬語なの。俺たち同級生なんだからさ」

「就活のためでございます」

「ちょっと待って、みんな、試験に関係ないことばっかり」

夏海が割って入るが、徹郎は「お答え致します」と穏やかな笑顔で言った。

「日頃から就活の場面と同様の話し方を実践するよう心掛けております。就活には、学生生活の全てを懸《か》ける価値があると私は考えております」

あれも就活のため、これも就活のため。万事がこの調子である。

いわゆる意識の高い人間はしばしば周囲から敬遠されがちだが、徹郎ほど極端になるとある種の滑稽さも滲《にじ》み出て、愛すべき変人といった印象をもって皆に親しまれている。

スーツに身を包み、自らを礼節で厳しく律する様は、鎧兜《よろいかぶと》をまとう侍を想起させる。

そんな徹郎のことを学生たちは『就活侍』と呼ぶ。

前期試験対策決起集会は盛況のうちに終了した。一部の学生が徹郎の元に寄ってきて口々に感謝の言葉を述べてゆく。そんな中、アロハシャツ男がニヤニヤしながら近寄ってくる。

「あの子、いい子じゃん。付き合ってんの？」

アロハシャツ男は演壇でノートパソコンを片付ける夏海のほうへチラリと目を遣《や》り、冷やかすような調子で徹郎に訊《たず》ねる。

「いいえ。浜本さんと私はゼミの同期でございます」

「またまた、ただのゼミ仲間には見えないけどなあ」

「そういったあらぬ憶測は、浜本さんへの失礼に当たりますし、セクシュアル・ハラスメントに該当する恐れがございますので、厳に慎んでくださいますようお願い申し上げます」

一連の会話を聞きつけた夏海が「はいはい、てっちゃんを困らせないで」と突っ込んだ。

「てっちゃんは勉強と就活のことを教えてくれる師匠。アタシは出来の悪い弟子！」

夏海はそう言ってケラケラと笑った。

「てっちゃん、学食に行って先に席取っとくね」

夏海は荷物をまとめると、肩の上で切り揃《そろ》えた黒髪をひらりとなびかせ、小走りで教室を出て行った。ちょうど昼休み開始のチャイムが鳴った。

◆

前期試験対策決起集会の熱気の中、大教室の最後列の席で、一人の女子学生が蜂矢徹郎の講義を静かに聞いていた。

安政大学総合文化学部三年、静原寿々歌《しずはらすずか》。

この女、人一倍学業に励む努力の人にして、学年首席の蜂矢に次ぐ成績を収めている。

本来ならば、てっちゃんノートの恩恵に与《あずか》る必要もなく、ましてや懇切丁寧な解説まで聞く必要などないはずだが、蜂矢の言葉を時折ノートにメモしている。

ただし、ペンを動かすタイミングが、他の学生たちとは少し違う。

講義ノートの解説から脱線した雑談の時にだけ、ペンが動く。

まるで蜂矢の語録でも作るかのように。

「人は、誰かの役に立ってこそ、自分の存在意義を感じられると私は考えております」

寿々歌はまた、蜂矢の言葉をノートに書き留めた。その時、机上のスマホの画面に新着の通知が表示された。フリマアプリに出品していたリクルートスーツが落札されたらしい。

寿々歌はすぐさまWEB《ウェブ》サイトを起動させた。

画面には『陰キャレパラダイス』というタイトルのトップページが現れる。

〈陽キャのSNSを見るとまぶし過ぎて目がやられる。そんな陰キャ大学生限定、陰キャによる、陰キャのためのインカレコミュなのだ。陽キャはお断り☆〉

こんな紹介文で始まるコミュニティサイト。ここが寿々歌の一番落ち着ける居場所だ。ログインすると自分のプロフィールが表示される。

〈リンベル：都内某私大三年の女子。特技は集団の中で気配を消すことです〉

ネット上で、寿々歌は『リンベル』と名乗っている。

早速「近況を投稿」というボタンをクリックし、コメントを入力する。

▼リンベル：私のダサいリクルートスーツ、二着とも落札されててワロタ……。

投稿すると、顔も名前も知らない陰キャ仲間の『駄菓子』からコメントが付いた。

▽駄菓子：リンベルって三年でしょ？　就活どうすんの？
▼リンベル：この間、蛮勇《ばんゆう》を奮って短期インターンに行ったら、一日で心折れた。
▽駄菓子：チーン。ご愁傷《しゅうしょう》様。
▼リンベル：陰キャのコミュ障に就活は生き地獄。

▽駄菓子：で、これからどうすんの？
▼リンベル：何も決めてない。これから考える。
▽駄菓子：ある意味メンタル強過ぎ。

バーチャル世界の仲間とやりとりを続けている間に、集会は質疑応答の時間に入り、チャラけた雰囲気の男子学生が蜂矢に質問を投げ掛けていた。

「就活には、学生生活の全てを懸ける価値があると私は考えております」

寿々歌はまた、蜂矢の言葉をノートに書き留めた。

今日集まった学生たちも、やがてスーツに身を包んでオフィス街へと繰り出してゆくであろう。そんな中、静原寿々歌という一人の女子学生が人知れず、就活の戦場からの脱走を目論《もくろ》んでいた。

間もなく集会は終わり、昼休みに入った。同級生たちが次々と教室を出て行く。

スマホがまた震えた。リクルートスーツの落札者から早くも連絡が届いた。

もう一度『陰キャレパラダイス』にアクセスする。

▼リンベル：就活に燃える落札者様から早速連絡来た……。
▽駄菓子：本当に売っちゃうの？

▼リンベル：うん。さよなら就活。私は離脱します。

再び取り留めもないやりとりを続けていると、今度はメッセンジャーに一件着信あり。

〈今からてっちゃんと学食に行くけど寿々歌も来ない？〉

現実世界で唯一まともに話せる〝陽キャ〟の友人からのお誘いだ。少し考え、返信した。

〈ちょっと遅くなるかもしれないけど行こうかな〉

リクルートスーツを売り渡す手続きはひとまず後回しにして、寿々歌は席を立った。

◆

徹郎は前期試験対策決起集会から解放されて大教室を出ると、不覚にも溜息《ためいき》を吐《つ》いた。またしても無駄な時間を費やしてしまった。

大学生の本分は二つ。ひとつは学業。もうひとつは優秀な人材として社会に出るための活動。すなわち就活である。

特に就活は、人生の懸かった大勝負だ。徹郎は就活で人生の全てが決まると確信している。大学生にとって絶対に負けられない戦いであるはずだ。

今朝教室に集まった同級生たちはどうだろうか。学業は徹郎のノートを使った一夜漬けに頼り、就活に至っては、準備すら始めていない者がほとんどのようだ。

本分を疎《おろそ》かにする怠惰《たいだ》な学生たちに囲まれてお手軽な試験対策の講釈を垂れたところで、徹郎自身の研鑽《けんさん》には何の役にも立たない。

自分はいったい何をやっているのだろう。

黒のスーツを身にまとい、右手に黒のビジネスバッグを携《たずさ》え、多くの学生が行き交《か》う昼休みの大学構内を、学食のある新館に向かって歩いてゆく。

左手首の腕時計を確認すると、時刻は十二時十五分。

浪費した午前の時間を少しでも挽回すべく、徹郎は歩きながら思考を巡らす。終わったばかりの「前期試験対策決起集会」のエピソードを就活の自己PRに使えないか、考える。

しかし数人の男子学生の一団から、すれ違いざまに声を掛けられ、思考は寸断された。

「おう、てっちゃん」

顔を見ても誰だか思い出せない。徹郎は、微笑みながら「恐れ入ります」「お疲れ様でございます」と頭を下げた。キャンパス内ですれ違えば一言挨拶を交わす程度の友だちを「よっ友」などと呼ぶらしいが、用もないのに声を掛けられるのは迷惑でしかない。

友だちは徹郎の時間を無慈悲に奪い去る時間泥棒だ。友だちが増えるほど時間は削られる。

こんなはずではなかった。自分はどこで道を誤ってしまったのだろうか。

学食に入ると、現在の深刻な状況を招いた張本人が待っていた。

「てっちゃん、こっち、こっち」

　窓際のテーブル席で、浜本夏海がこちらへ手を振っている。彼女こそ、徹郎を時間泥棒たちの中に放り込んだ主犯格の人物だ。

　徹郎は目礼で応じて夏海の座るテーブル席に向かった。

　静かに椅子を引き、夏海の向かいの席に浅く腰掛けた。背筋を伸ばして顎《あご》を軽く引く。両足の間は握り拳《こぶし》二つ分開け、手は軽く握り拳を作って太ももの上に乗せる。

「先に注文しといたよ。食べよう」

　テーブルにはカレーライスが二つ置かれている。

「いつも頂いてばかりで大変恐縮でございます」

「何言ってんの、てっちゃんはアタシたちからお金取ってもいいぐらいなんだから。弟子が師匠に奢《おご》るっていうのも気が引けるけど、これぐらいしかできなくってごめんね」

　夏海はこうして時々、学食で徹郎に昼食をご馳走《ちそう》してくれる。初めは遠慮したが、どうしてもと言うので、ありがたく頂戴している。

　夏海がカレーライスをスプーンですくったのを見計らい、徹郎も「頂きます」と一礼して食べ始める。ご馳走してくださる相手より後に手を付ける。最低限のマナーだ。

「いやあ、素晴らしかったね！　てっちゃんのすごさが炸裂《さくれつ》する名講義だったよ。この講義を聴いたみんなはもう試験対策バッチリだね」

「私は浜本さんの企画に沿って動いただけでございます」

「アタシはてっちゃんのすごさをたくさんの人に知って欲しいだけ。師匠はすごいんだぞ！って布教活動してるだけの弟子だから」

彼女の「布教活動」のせいで、徹郎はこの数ヵ月間振り回されているのだった。

夏海は「嬉しいなあ。やってみてよかったなあ」と心底嬉しそうに言った。

「アタシが何よりも感動したのは、てっちゃんの心意気。『私のノートを使ってくださってありがとうございます』って、あれはなかなか言えないよ。みんなめっちゃ感動してた」

確かに、皆からの拍手喝采を浴びたが、徹郎は拍手や歓声の裏に潜む冷笑のようなものを感じ取っていた。徹郎の経験上、真面目に努力する人間はしばしば、努力しない人間から冷ややかな目で見られる。特に大学という場所ではその傾向が顕著に感じられる。

おそらく徹郎の言葉に本当に感動しているのは夏海ぐらいだろう。

彼女の言葉には二心《ふたごころ》がない。他人の良い面を見つけ出し、心の底から尊敬し、褒《ほ》める。裏表のない人なのだ。だからこそ徹郎は彼女が恐ろしい。

「てっちゃんノートで勉強する人がたくさんいるのは知ってたけど、あんなに集るなんて」

「私も大変驚いております。全ては浜本さんの宣伝力と集客力の賜物《たまもの》と思料《しりょう》致します」

まさかこんな事態に巻き込まれるなんて、想像すらしていなかった。

始まりは去年の秋、大教室での文化人類学の講義だった。最前列中央の徹郎の指定席の隣にたまたま座った夏海が、無遠慮に徹郎のノートを覗《のぞ》き込んできた。

徹郎は彼女のことを遠目から知っていた。小柄で黒髪、いつもジーパンにTシャツといった特徴のない格好をしているが、なぜかキャンパス内でよく目立った。

講義が終わると彼女はまた無遠慮に徹郎のノートを覗き込み、今度は「うわあ、すごいね」と驚きの声を上げた。きっと最前列に座って講義を聴く熱心な学生に近付き、ノートを借りてお手軽に試験を乗り切る魂胆だろうと勘繰った。

だが彼女は、ノートを貸して欲しいとは言わなかった。どうすれば徹郎のように上手《うま》くノートを整理できるのか、熱心に訊ねてくるのだった。結局、徹郎は夏海にノートを貸した。ノートを取るノウハウを伝えるには、ノートそのものを貸すのが早い。

以降、他のいくつかの科目でも最前列中央の席で夏海と隣り合わせになった。彼女は、今までは講義を頻繁にサボっていたが、きちんと勉強しようと思い直したのだと言う。徹郎は毎回ノートを貸し、どういう視点でノートを整理しているか解説した。

夏海が欲したのは、徹郎のノートでお手軽に単位を得ることではなかった。講義には欠かさず出席し、一番前の席で自分のノートを取り続けた。どうすれば徹郎のように上手く勉強ができるようになるか。つまり努力の仕方を知りたかったのだ。

二年生の前期までは及第点ギリギリの「C」が並んでいた成績も、後期は半分以上が「A」評価となり、最高評価の「S」もひとつ獲得できた。

徹郎のノートを見て「感動した」という言葉は、嘘《うそ》ではなかったのだ。

その後、夏海を介して徹郎のノートは瞬く間に学内の友だちに広まった。

てっちゃんはすごい、てっちゃんは偉い、てっちゃんは、てっちゃんは……。

事ある毎《ごと》に夏海は徹郎への尊敬と称賛を言葉にする。

徹郎はかつて、これほど真っ直ぐに尊敬され、褒められたことがなかった。

心の底から褒められると、心地よく感じてしまう。今日も午前の貴重な時間を無駄に費やしたのに、夏海に褒められただけで「よかった」と思えてしまうのだ。

夏海のカレーライスが残り半分ほどになったのを確認し、徹郎も同じぐらい食べ進めた。

「そうだ、これ、てっちゃんに見てもらおうと思って書いてみたんだけど」

夏海はバッグから一枚の紙を取り出した。徹郎は一礼して、両手でその紙を受け取った。

就活対策本に付いている、模擬エントリーシートだった。

「いやあ、エントリーシート一枚書くだけでも、難しいねえ。三時間もかかっちゃった」

新卒の採用試験は概《おおむ》ねエントリーシートの提出、会社説明会への参加に始まり、筆記試験などを経て面接へと進む。面接の対策に気を取られがちだが、実は入口のエントリーシートと筆記試験でほとんどの学生が落とされる。裏を返せば、エントリーシートと筆記試験の対策を講ずるだけで、内定獲得への確率は格段に上がる。

つい先日、この話をしたところ、夏海は早速就活対策本を買い、付録の模擬エントリーシートを書いてきたのだ。彼女には思い立ったらすぐにやってみる行動力がある。

「うわ、目の前でエントリーシートを読まれるのって、恥ずかしいねー」

自己紹介の欄から、所狭しと小さな文字でびっしり書かれている。徹郎は鍛錬の末に身に付けた速読術で、文面にざっと目を通した。ホームステイ先のオーストラリアでの話、数々経験したバイト先での成功体験と手痛い失敗談、音楽サークルで向き合うドラムという楽器への愛溢《あふ》れる話など、読み物として面白く、引き込まれる内容ではある。

「浜本さんのお人柄が大変よく滲み出たエントリーシートであると感服致しました」

「ホントに？　このエントリーシートで、受かるかな？」

まっすぐな瞳で訊《き》く夏海に「落ちる」とは答えられなかった。

「起承転結の展開あるストーリー、紙面所狭しと溢れる思い。大変面白く、魅力的な文章です。一方で私がお手伝いできることは、あくまでもエントリーシートとして通過しやすくするための技術的な対策に過ぎませんが、よろしければ二、三指摘させていただきます」

「師匠、お願いします」

「では、まず採用担当者の立場になって考えてみましょう。皆様、一日に何枚ぐらいのエントリーシートを読まれているでしょうか」

「何枚だろう。百枚？　千枚？」

「そのぐらいの想定でよろしいかと拝察致します。そこへ起承転結でびっしりと書かれた長文のエントリーシートが次々と送り込まれてくる。いかがでしょう」

　夏海は、はっとした様子で徹郎の手元の模擬エントリーシートに視線を落とした。

「どうしても、たくさん詰め込んで書いてしまいがちです。しかし大切なのは、たくさんではなく、読みやすく書くこと。適度に改行を入れ、一文は短く簡潔に。各記載欄の最後には一、二行の余白を入れる。これだけで全体的な見栄《みば》えが格段に変わってまいります」

「うわ……アタシ、伝えたいことをびっしり書いちゃってる」

「次に志望動機の欄です。浜本さんは事業内容と商品に、多くの言葉を費やされています」

「うん。わくわく食品の商品開発をテレビのドキュメンタリー番組で観て、感動したから」

「熱心に企業研究されており、敬服致します。ただ、これはあくまでも私の戦い方ですが、私ならば事業内容や商品に関する記載はほどほどに留《とど》めます」

「でも事業内容や商品は志望動機の重要なポイントでしょう？　書かなくて大丈夫かな」

「全く書かないのでなく、適度に書きます。書き過ぎは、墓穴を掘る恐れがあるからです」

「墓穴……」

「その分、別の要素にもっと比重を置きます」

「なに、なに？」

「私ならば会社の人、文化、風土などに対する思いに比重を置いて書きます。ＯＢの方とお会いした印象、社風の中で共感を抱いたポイントなどについて、より具体的に七割。あとの三割で、事業内容や商品について、熱意は伝えつつも突っ込まれない程度に書く」

「突っ込みどころを少なくするってことか……」

「事業内容や商品の観点から深掘りした志望動機は分かり易い半面、それを読む相手はその分野のプロの方々。学生が中途半端な知識で書いたものを読んだら、どう思うでしょう」

「うーん、落とすかなあ。それか『どういうこと？』って訊きたくなるかも」

「仰《おっしゃ》るとおりかと存じます。即、不採用行きか、仮にエントリーシートが通ったとしても、そこに書いた商品知識などを面接で深掘りされたら、どんなことが想像されるでしょう」

「困る。突っ込まれたら太刀《たち》打ちできない……恐ろしいね」

「はい。訊かれて困ることは書かない。私のエントリーシートにおけるモットーです。得点を狙うだけでなく、失点を最小限に抑える。ここが実は明暗を分けると思料致します」

「おお、なんか急に世界が開けてきた感じがする！」

徹郎は、就活において同級生は全員敵だと本気で思っている。徹郎にとって就活は、いかに敵を出し抜いて選ばれ、勝ち残るか。それに尽きる。

だが敵対する同級生の中、夏海だけは助けたいと思ってしまうのだ。

「僭越《せんえつ》ではございますが、しばしお時間を頂ければ添削して後日お戻し致します」

「ぜひお願いします！」

どう添削すべきか思案していると、三人の女子学生が夏海に声を掛けてきた。

「夏海、おつかれ」

夏海は学内で顔が広く、こんな風にしばしば誰かに話し掛けられる。彼女と関わることによって、彼女と繋がる大勢の友だちとのしがらみが漏れなく付いてきてしまう。

音楽サークルの同級生だと紹介され、徹郎は「蜂矢と申します」と頭を下げた。三人は「やばーい」「本当に就活ザムライだ」などと嬌声《きょうせい》を上げ、馴《な》れ馴《な》れしく話しかけてくる。

三人が繰り広げる何も生み出さない非生産的な会話に、早くも嫌気が差す。

やはり何度来ても、学食は最も関わりたくない場所のひとつだ。

学食は語り合う友だちで溢れていて、友だちとの語らいは就活の役に立たない。

夏海と知り合う以前の徹郎は、学食で友だちと昼食を共にするなど有り得なかった。昼休みはエントリーシートの作成などを進める貴重な時間だ。昼食は五分以内で済ませていた。

だが、夏海と知り合ってから、徹郎は少しずつ友だちの輪に搦《から》め捕られていった。

全て夏海のせいなのに、夏海だけは悪くないと思えてしまう。

「すごいね、本当にいつでもスーツ着てるんだねー」

彼女ら三人は一年生の頃、徹郎のことを遠目から見て「ヤバい人」だと思っていたが、夏海から話を聞いて「面白い人」だと分かったと言う。

スーツや敬語は就活への心構えであると同時に、友だちとの馴れ合いに染まらないという意思表示でもあった。それが今や、ゆるキャラの衣装のような扱いで話のネタにされ、親しみすら与えてしまっている。こうなったのもまた、つまるところ、夏海のせいだ。

三人の友だちは、学業に励む徹郎の姿勢を、さも大げさに褒めたたえる。こういう時、徹郎は笑顔でいつも決まった答えを返す。

「私はプロの大学生でございますので、最低限の努力は怠《おこた》らぬよう心掛けております」

「プロの大学生……？」

彼女たちは異口同音に呟き、夏海に訊いた。

「てっちゃんはね、トップランナー特待生なの」

安政大学トップランナー特待生。授業料は全額免除の上、生活支援の資金が毎月十万円ずつ給付される。東京都内の大学で最も手厚い特待生制度だ。徹郎は入試で断トツの成績を収め、特待生の資格を勝ち取った。

徹郎にとって学業はビジネスだ。優秀な成績を維持して授業料や生活費を稼いでいるのだ。

「てっちゃんはアタシにとって勉強と就活の師匠なんだ」

師匠という表現は、夏海の敬意の表れでもあるのだろう。だがなぜか「師匠」と言われる度、徹郎の心は少しだけ傷付く。この気持ちの正体が、徹郎には分からなかった。

「今もね、てっちゃんに模擬のエントリーシートを見てもらってたの」

夏海が言うと三人は「もう就活始めるの？」と、驚いた。

「大変恐れ入りますが、皆様は、就活の準備などされていらっしゃいますでしょうか？」

徹郎は三人に訊ねた。相手が訊かれたいことを訊くのは質問力の鉄則だ。

「してるわけないじゃん」「つーかウチら卒業すら危ういわ」「就活って何？　って感じ」

三人はさも得意げな様子で話す。想像どおりの答えが返ってきた。

徹郎には理解不能だが、大学という場所には、学生の本分を履行《りこう》せず、将来から目を背け、不真面目や怠慢《たいまん》を美徳とする者が相当数存在する。試験の季節になると、自分がどれだけ勉強していないかを競い合う怪奇現象がキャンパス内の随所で見受けられるようになる。

彼ら彼女らは大学生活を社会に出る前の猶予《ゆうよ》期間と捉《とら》える、モラトリアム人間だ。大切な時間をドブに捨て、他人の時間を奪うのも厭《いと》わない、危険な思想を持った人々である。

「やば、ウチら一時から練習だよ。部室に楽器置きっぱなしじゃん」

三人はトレーを持って慌てて席を立った。徹郎は椅子から腰を浮かせて目礼を送り、何の生産性もない会話を終《しま》いにできると安堵《あんど》した。

「かっこいいでしょ、あの子たち」

夏海が自慢げに語る。先ほどの三人組のうちの一人は、夏海にドラムの演奏を一から教えてくれた「音楽の師匠」なのだと言う。

「そうだ、寿々歌にも学食にいるよって声掛けたんだけど……あ、いた！」

夏海の視線の先を見ると、少し離れた斜向かいの席で、ゼミの同級生、静原寿々歌が三百円のサンドイッチを食べながら文庫本を読んでいた。

それほど離れていないのに、全く気付かなかった。まるで気配を消していたかのようだ。

「寿々歌、来てたの？　一緒に食べたらよかったのに。こっち、こっち」

「みんな楽しそうに喋《しゃべ》っていたから邪魔すると悪いと思って」

静原はゼミでも物静かで、自分からはほとんど喋らないが、夏海とはよく話す。そして意見を求められれば意外とはっきり物を言う。

彼女も徹郎と同じトップランナー特待生で、二人とも夏海に誘われて同じゼミに入った。

徹郎は静原の眼鏡《めがね》の奥で光る細目が言いようもなく苦手だった。ゼミの最中、彼女は何かを見透かすような目で徹郎を見ている。自惚《うぬぼ》れなどではなく、確かにずっと見られているのだ。どちらかというと悪意を感じる視線だ。

斜向かいの席に座った静原は、またいつものようにこちらをじっと見つめてくる。

「蜂矢君のノート、また勝手に売られてる」

静原はテーブルの上にタブレット端末の画面を差し出した。匿名《とくめい》掲示板に設けられた安政大学のスレッドに、てっちゃんノートの情報が流れている。二年生の時の講義ノートのデータが学部内の「ノート屋」によって取引されていた。

掲示板には、てっちゃんノートの著者である徹郎に関するコメントが散見される。

〈てっちゃんは今日もスーツで元気に就活中〉

〈彼は寝る時も風呂入る時もスーツ（笑）〉

〈俺、ノートのお礼言ったら名刺渡されたぜ〉

〈うわ、大学で名刺持ち歩くって……。意識高い系か〉

低俗なコメントを読んだ夏海が「ひどい」と憤慨する。

「てっちゃんノートでテストを切り抜けて、転売して、言いたい放題。ひど過ぎるよ」

徹郎は何も感じなかった。結局こんなものだと分かっている。彼らには、真面目に努力する人間をバカにすることで、努力できない自分の精神的安定を保つ習性があるらしい。

「こんな書き込みもある」

静原は、徹郎と夏海を揶揄《やゆ》する書き込みを見せてきた。てっちゃんはノートでお気に入りの彼女を釣っている、とか、彼女はてっちゃんを利用しているなど、男女の機微や下心を勘繰るコメントが並ぶ。下世話な噂《うわさ》話で盛り上がるのも、暇を持て余す者たちの特徴だ。

そもそも夏海には「トモくん」という他大学に通う恋人がおり、会員制交流サイト（SNS）のネームブック上で「トモくん」の存在をオープンにしている。

「夏海、久しぶり」

食器の返却口に向かう男女の一団が、夏海に話し掛けてきた。夏海も「久しぶり」と応じる。語学のクラスで一緒だった同級生たちらしい。

徹郎はこの隙《すき》に、夏海に読まれないよう、タブレット端末を静原のほうへ押し戻した。

「こういったあらぬ噂話は浜本さんに失礼なので、厳に慎んでいただきたいものですね」

静原は何も言わず、じっと徹郎を見つめた。相変わらず不気味な目だ。

夏海は他の同級生たちと話し込んでいる。

「試験終わったら、みんなで高尾山《たかおさん》に行こうって話してたんだけど、夏海も行かない？」

「いいね！　アタシこないだ別れたばっかりでさ、暇してるんだ」

うそ、まじ。はしゃぐ友だちの声の中、徹郎は動揺していた。

別れた。夏海の口から、確かにそう聞こえた。

徹郎は、今なぜ自分が動揺しているのか分からなかった。夏海と「トモくん」とやらの関係がどうであれ、自分の就活には何の影響もないはずだ。

顔を上げると、斜向かいの席で静原の細目が眼鏡の奥からじっと徹郎を見つめていた。

「聞かなければよかったと思ってる」

静原は抑揚のない早口で、まるで徹郎の心の声を断定するかのように言った。

「エントリーシートを出さなければ何も始まらない」

静原の預言めいた言葉に、徹郎の恐怖は最高潮に達した。徹郎は咄嗟《とっさ》に目を逸《そ》らした。

昼食を終えた徹郎は学食を出て、三号館の学生ラウンジ隅のソファに腰掛けた。常に持ち歩いている『自己分析ファイル』を鞄《かばん》から取り出して開いた。中三の夏に己を見つめ直すために作ったファイルだ。ルーズリーフに書いた百項目以上の自己分析シートをファイルに綴《と》じ、いつでも見直せるようにしてある。スマホやタブレット端末を多用する徹郎だが、自己分析シートだけはこうして紙で持ち歩き、これまで既に百回以上更新し、書き直している。

その中で、中三の夏に記して以来、書き直していないシートがある。

〈尊敬する人物：上杉謙信公《うえすぎけんしんこう》
理由：戦いの神・毘沙門天《びしゃもんてん》に魂を捧《ささ》げ、己の義を貫き、数多《あまた》の戦に勝ち続けた無敵の強さ。一度の人生、何かに魂を捧げるぐらい徹底して挑戦したい。謙信公は生涯のほとんどを毘沙門天の化身として生きた。私はあらゆる雑念を捨て、就活という戦いに勝つため、毘沙門天に魂を捧げたい。「就職が人生の全てではない」「学生生活も全力で充実させるべき」などという甘言を、私は信用しない。就職は人生の全てに等しく、就活は人生の全てを決める戦いである。就活に勝つためならば、私は他に何も要らない〉

中三の少年が記した拙い決意だが、このページには強い思いが込められており、書き直せずそのままにしてある。何か迷いが生じた時は、いつもこのページに立ち返る。

そうだ。全てを捨てて魂を捧げたのだ。


前期試験を完璧に近い手応えで終えた徹郎は、夏休みの全てを就活のために注いだ。

夏休みは友だちに邪魔されることなく己を高める、孤高の休業期間だ。

四年生の大半が就活を終える夏以降、多くの企業は大学三年生をターゲットとした次の採用活動へシフトし、インターンを実施する。表向きは職場体験などのプログラムで学生たちに会社を知ってもらう取り組みで、選考とは無関係の任意参加という体裁ではある。だが実際は選考に直結する場合も多い。

徹郎は外資系企業やベンチャー企業を中心とした短期インターンに、精力的に参加した。目的は実戦の経験を積むこと。入社するつもりは全くないが、早い段階から多くの場数を踏んでおくことが来《きた》るべき本番への自信に繋がる。

また、学生時代に力を入れたこと、通称〝ガクチカ〟のネタ作りにも全力で取り組んだ。徹郎は籍を置く英会話研究会が参加する関東大学生スピーチコンテストで優勝したのだ。徹郎は普段、アルバイトを理由にサークルの練習にはほとんど顔を出さず、飲み会には参加したことがない。そんな徹郎をコンテストに出場させることに、サークル員たちは不満げだったが、実力を重視すればTOEIC九四〇点の徹郎を出場させない理由はなかった。

〈学生時代に力を入れたこと：英会話研究会に所属し、三年生の夏にはスピーチコンテストの関東大会で優勝することができました。経済的な事情から毎日アルバイトに追われ、サークルの練習にはほとんど出られませんでしたが、仲間たちの激励に背中を押され、コンテストへの出場を決意しました。夜中に独り自主練を積み、勇気を振り絞って挑みました。優勝という結果は、仲間とみんなで勝ち取った宝です。仲間の大切さを学びました〉

語学力もアピールでき、仲間の推薦を受けた人望も示唆できる。一石二鳥のエピソードだ。

アルバイト先のコールセンターでも実績を上げた。ネット社会の現代においても依然、電話応対は社会人の基本スキルである。できる限りシフトに入り、クレーム対応や英語対応で大活躍。社員から誘われた飲み会には全て出席した。先日、業務部長から正社員登用のお声掛けを頂き、丁重にお断りしたが、社会人のキーパーソンに認められた実績は大きい。

同級生たちがSNS映えするネタを探している間にも、徹郎は着々と就活の場面で使える経験を積み上げていった。友だちからの「いいね！」など就活には何の役にも立たないが、社会人のキーパーソンからの「いいね！」は実績として大いに役に立つ。

世間が盆に差し掛かる頃、徹郎は一大作業に取り掛かった。

夏海への残暑見舞いだ。

これは私信ではなく、業務連絡を目的とした残暑見舞いと位置付けている。添削した模擬エントリーシートを送付するためだ。

何より、夏海は学生の本分を純粋に追究している同志だ。

〈浜本夏海様。残暑お見舞い申し上げます。先日お預かり致しました模擬エントリーシートについて、僭越ながら添削させていただいたものをお送り致します。浜本さんの素晴らしい文章を否定する意図はなく、あくまでも就活の書類選考を通過することに特化した技術的な助言でございます。少しでもご参考になりましたら幸いでございます。何卒《なにとぞ》ご査収の程よろしくお願い申し上げます〉

添削した模擬エントリーシートのスキャンデータを添付し、メッセージを送信する。

五分もしないうちに夏海から返信が届いた。

〈ありがとう！　論点を絞って書きなさいってことだね。さすがてっちゃん、痛いところを突かれた。ほんとにアタシ、パッパラパーだからよく話があちこちに飛ぶんだよね〉

〈ご謙遜《けんそん》には及びません。お話の内容そのものは大変興味深いものばかりなので、少し意識されるだけで、素晴らしいエントリーシートが作成できると思料致します〉

〈師匠のアドバイスを参考にして、レベルアップしたエントリーシートを書くぞ〉

やはり彼女の物事に取り組む姿勢はいつも清々《すがすが》しく、素晴らしい。

きっと夏休み中も学生の本分に邁進《まいしん》し、充実した毎日を過ごしているのだろう。夏休みの間、夏海のSNSに「トモくん」の名が登場することはなかった。

◆

盆明けの月曜日。外はうだるような猛暑だ。

静原寿々歌は外資系証券ベンチャー企業の短期インターンに参加していた。

グループディスカッションのテーマは、オリンピック・パラリンピック前後の景気予測を踏まえた顧客への商品提案について。

寿々歌は、司会進行役の男子学生に発言を促され、早くもこの場に来たことを後悔していた。自分が何を話しているのか分からなくなっていた。

「静原さん、もう少しゆっくり話していただけますか」

司会進行役の男子学生が不快感を滲ませながら言った。

「それと、意見は私だけに話すのではなく、皆さんに向かってお話ししてください」

いつもの癖が出た。人の目を必要以上に凝視してしまうのだ。今の場合は、発言を促した司会進行役の男子学生一人を見つめたままになっていた。

寿々歌は「すみません」と早口で謝ったきり、その後は何も発言できなくなった。

小声で「お手洗いに失礼します」と呟《つぶや》き、床に自立させていたビジネスバッグを手に持って席を立った。会議室を出ると寿々歌はそのままエレベーターに乗り込み、一階へ下り、ロビーを抜けてビルの外へ出た。

グループディスカッション中に部屋を脱け出し、いわばトンズラしてしまった。後ろめたさよりも衝動のほうが勝った。情けなくてその場に崩れ落ちそうになるのと同時に、自分にもこんな行動力があったのかと他人事《ひとごと》のように驚いた。恐るべき負の行動力だ。

真夏のビル街には陽炎《かげろう》がゆらめき、道路の横断歩道には逃げ水ができている。肌を刺す日差しとアスファルトの地面からの照り返しも相まって、息を吸うと喉に熱風が吹き込んでくるような酷暑だ。上着など着ていたら死んでしまう。

寿々歌は濃紺のリクルートスーツの上着を脱いで二つに折り畳んだ。一度オークションで同学年の女子学生に落札されたが、結局、相手に平謝りして落札を取り消したのだった。

大学に戻ると、寿々歌は真っ直ぐ図書館へ向かった。

図書館はリアル世界の中で最も安全で、落ち着ける居場所だ。子供の頃から学校の図書室や町の図書館に入り浸っていた寿々歌は、大学でも講義のない時間の大半を図書館で過ごす。

夏休みの大学図書館には学生が少なく、館内は普段よりも静けさを増している。

書棚から投資関連の雑誌を手に取り、いつもの窓際の席に座った。どうすればお金を増やせるか、増やしたお金をどう運用するか。お金の話に没入していると、現実を忘れられる。

中学生の頃、図書館で読んだ『お金の話』という本で、お金がお金を生み出すということを初めて知った。それから寿々歌は数え切れないほどの投資本を読んだ。

高校一年生の時、初めて株を買った。両親に頼み込んで証券口座を開き、海外製品の説明書翻訳のアルバイトで得た賃金を投資に注ぎ込んだ。投資を始めて六年目になるが、実は寿々歌には、しばらくの間なら何もせずに暮らせるだけの資産がある。

トップランナー特待生なので、学費はかからない上、生活支援資金が月十万円ずつ支給される。そこへ更に株の運用益を少しずつ充てて生活している。寿々歌は親の仕送りが無くとも学校に通い、生活してゆける。経済的に自立した大学生だ。

卒業後も手堅く資産を運用しながら慎ましく暮らせば、やってゆけるのではないか。そんなことを思い立ち、リクルートスーツを売ろうとしたのだが、踏ん切りが付かなかった。

就活にも挑戦してみるべきだと思い直したのだ。だが早くも今日、就活という選択肢は粉々に打ち砕かれた。二十年もかけて形成された性格は、そう易々と変えられない。

〈静原さん、もう少しゆっくり話していただけますか〉

今日のグループディスカッションで言われた言葉が耳の奥に蘇《よみがえ》り、反響する。

一年前に、同じような言葉を、全く違った意味合いで掛けられたことがあった。

二年生の夏休み、図書館のこの席で夏海と出会った。

井端《いばた》教授の一般教養科目『日本逸脱文化史』の夏休みの課題として出された、戦後闇市のレポートを書くため、調べ物をしていた時のことだった。ひそひそ声で「もしかして、井端先生のレポート？」と声を掛けられた。

浜本夏海と名乗る彼女のことを、寿々歌は前から知っていた。言動の端々までキラキラしていて、大教室の講義や大勢が集まる学食などでも彼女の姿は自《おの》ずと目を惹いた。

寿々歌は、まぶしい人間が苦手だった。「レポート、一緒にやらない？」。図書館の静寂の中で声を潜める仕草までいちいちチャーミングで、寿々歌は半ば恐怖を感じた。気後れしながら応じているうちに、あれよと言う間に図書館の外に連れ出されていた。

レポートの参考になる本を何冊かずつ借りて、大学の近くのカフェに入った。

子供の頃も、クラスの人気者女子が時折、輪に入れない寿々歌に「かまってあげる」感じで話しかけてくることがあった。夏海もその類だろうと思って、寿々歌は身構えた。

だが、二回、三回と一緒に勉強しているうちに、寿々歌の警戒心は解けていった。夏海は本当に寿々歌と話すのを楽しんでいた。

日本逸脱文化史というテーマの性質上、寿々歌は本で読んだ博徒《ばくと》やヤクザなどのことを取り留めもなく話した。夏海は身を乗り出して相槌《あいづち》を打ちながら熱心に聞いてくれた。寿々歌は初めて、人と話すのが楽しいと思えた。

寿々歌はなんでも知ってる。寿々歌の雑学は面白い。寿々歌は、寿々歌は……。いつも褒めてくれる夏海に寿々歌は心を開き、友情を超えた感情を抱いていった。

ある時、早口で話す寿々歌に、夏海はこう言ってくれた。

〈寿々歌、もっとゆっくり話して大丈夫だよ。アタシどこにも行かないからさ〉

この言葉で、寿々歌は全てを許されたような心地がした。小さな頃から無口で、必要に迫られて何かを話す時は極端に早口になる癖があった。自分の話はつまらないから、急いで話してしまわなければ最後まで聞いてもらえないと思っていた。

ゆっくり話していいのだ。だから寿々歌は、夏海の前では少しだけ饒舌《じょうぜつ》になれる。

この夏休み、夏海はどうしているだろうか。もしかしたらサークルのバンド練習か何かで大学に来ているかもしれない。寿々歌はふと思い立ち、三号館の学生ラウンジへ向かった。夏海がよく空き時間にコーヒーを飲んでいる場所だ。

可能性は限りなくゼロに近いが、一応覗いてみて、いなかったら帰ろう。

自販機コーナーの前に並ぶベンチソファを見渡したが、やはり夏海はいなかった。

三号館を出て人気《ひとけ》のまばらな構内を歩き、正門へ向かう中央通路に差し掛かる。すると向こうから、リクルートスーツを着た男女六、七人の一団が歩いてきた。

その中にいる一人の女子学生に、寿々歌の視線は自然と吸い寄せられた。彼女は黒いパンツスーツの上着を片手に抱えて持ち、談笑しながら歩いている。

見紛うはずもない、夏海だった。

「あれ？　寿々歌！」

夏海は寿々歌に気付き、手をぶんぶんと振ると、小走りで駆けてきた。初めて見る夏海のスーツ姿はとても素敵だと思った。会いたいと思った時に目の前に現れてくれるこの人は、やはり自分にとって本当に大切な人なのだと改めて思い、寿々歌は少し涙ぐんだ。

「寿々歌がスーツ着てるの初めて見た！　すごく似合ってるね」

夏海はお世辞で人を褒めたりはしない。本当に似合うと思ってくれているのだ。

「アタシも今日スーツデビューしたんだけど、暑いねえ」

夏海は右手で顔をパタパタと扇いだ。

「うん、暑いね」

後ろから、歩いてきた一団が夏海に追い付いてくる。寿々歌は「会えてよかった。じゃあ」と言って別れようとすると、夏海が一団を呼び止めた。

「ちょっとごめん、アタシ、ゼミの研究室に寄ってくから、じゃあね」

男子学生三人が落胆を露わにするのをよそに、夏海は寿々歌の手を引いた。

「夏海、あの人たちとこれから何か予定があったんじゃ……」

「大丈夫。もう用事は終わってて、これから飲みに行こうかって話してただけだから」

新宿で開催されていた合同会社説明会に行き、その後大学の就職課にも立ち寄ってきたという。夏海と飲みに行けなかった男子学生たちは、がっかりしているだろう。

「行こうよ、研究室。寿々歌と会えたから、一緒に研究室に寄りたくなったんだ」

気まぐれというか、夏海にはこういうところがある。

寿々歌も含めてみんな、夏海といると幸せな気持ちになれるのだと思う。その幸せをあちこちに配って回るかのように、夏海はあっちの友だちからこっちの友だちへと渡り歩く。

井端ゼミの学生は二十四時間いつでも研究室に出入りできる。鍵を開けて中に入ると、熱がこもった研究室は蒸し風呂のように暑かった。クーラーをつけ、二人でソファに腰掛けた。

「合同説明会って面白いね。たくさん会社のブースが並んでて、十社近く見て来たよ」

夏海は大学三年の今、自分が置かれた状況を前向きに受け止め、むしろ楽しんでいる。

「早めにスーツ買ってよかった。てっちゃんがよく言ってるけど、服装に中身が追い付かなきゃいけないからね」

夏海は上着に袖を通して「ほら、パッパラパーのアタシが着ると、社会人の由緒ある正装もこのとおり。見てよ。このチンチクリンな感じ」と両手を広げて笑った。

パッパラパーとか、チンチクリンとか、夏海は時々変てこな言葉を使って自分を揶揄する。そういう飾らないところも、寿々歌は好きだった。

「ううん、すごく似合ってる」

寿々歌はそう言って、じんわりと温かな気持ちになった。

それから寿々歌は、今日の短期インターンのことを話した。早口で聞き取れない、司会進行役ばかりを見つめて喋る、と注意されたこと。

「でもさ、寿々歌って、ちゃんと真っ直ぐ相手の目を見て話すよね。アタシはすごく好き」

寿々歌には人と話す時、力が入る余り、相手を凝視してしまう癖がある。俗に言う「ガン見」になってしまう。そんな悪い癖さえも、夏海にかかると長所に変わる。

夏海のスマホが鳴り「ちょっと待ってて」と応答した。

受話口からは男の声が漏れ聞こえてくる。さっき一緒にいた友だちの誰かから、飲みに来ないのかという確認のようだ。夏海は「ごめんね、また今度」と断った。

仕方のないことだが、夏海はとても人気がある。だから寿々歌は、夏海がどこかへ行ってしまわないかいつも不安だ。夏海から「トモくんと別れた」と聞いた時、寿々歌は夏海と一緒にいられる時間が増えると思った。でも今度は、もしも夏海が束縛の強い男に捕まったら、一緒にいられなくなるかもしれない。そんな不安に駆られるのだった。

その時、ふいに研究室のドアが開き、二人で後ろを振り向いた。

大きな人影がぬっと入ってきた。

「いやあ、暑くて生きた心地がしませんね。二人ともお久しぶりです」

井端教授が滝のような汗をかきながら、扇子で顔を扇いでいた。半袖のワイシャツが汗でびっしょり濡《ぬ》れている。

「お久しぶりです。ちょっと先生、大丈夫ですか、汗かき過ぎです！」

夏海はそう言って、クーラーの設定温度を思い切り下げた。

「すみませんね。今日は二人とも就活ですか。なるほど、そうですか、そうですか」

夏海が「アタシはスーツ買ったばっかりですけど」と笑った。

「静原さんも暑い中大変ですね」

「短期インターンに参加しましたが途中で逃げ帰ってきました」

井端教授はリアル世界で寿々歌が唯一まともに話せる大人だ。学生の間では『ホトケの井端』と呼ばれ、試験の答案に校歌の歌詞を書いたら単位をくれたという逸話もある。

「今年の三年生は動き出しが早いんですねえ」

「てっちゃん師匠の教えを守って、早めのスタートです」

「そうですか。まあ、何事も早め早めは結構なことですからね。なるほど、そうですか」

井端教授は「なるほど」と「そうですか」が口癖で、寿々歌は初めて話した時、この人は誰の話でも適当に聞き流しているのではないかと疑った。

「今年はなんたって、アタシがスカウトしてきたトップランナー特待生が二人いますから」

「なるほど。本当に、毎年面白い学生が来てくれてありがたい。今年の三年生は違った意味でとんでもない学年ですね」

井端教授の『逸脱文化史』ゼミは、社会から逸脱した人間たちの歴史を学ぶ。研究テーマが特殊で、その分、本当に興味を持った学生や、コアな井端ファンの学生が入ってくる。就活に強いわけでもないため、毎年人数も少ない。そこへ学年に二人だけのトップランナー特待生が二人とも入ってきたのだ。

「パッパラパーのアタシが、てっちゃんと寿々歌を連れて来て、先生も驚いたでしょう」

寿々歌は、井端教授の講義『日本逸脱文化史』のレポートをきっかけに夏海と出会った。そして夏海に誘われてこの『逸脱文化史』ゼミを選んだ。

井端ゼミのシラバス（講義概要）は怪しさ満載だった。

【逸脱文化史ゼミ　担当教授：井端　昇《のぼる》

多くの人の中には、はみ出し者への密かな憧れが潜んでいる。その証拠に、殺人を悪とする世の中で、殺し屋の物語はいつでも大ヒット上映中。正義や常識などは意外にも気まぐれでいい加減で曖昧《あいまい》なものではないだろうか。その仮説を、過去から現在にわたる社会的逸脱者の行動や、逸脱行為に関する研究などを読み解くことで浮き彫りにする。逸脱者や逸脱行為に目を向けることで、よりよく生きるためのヒントが見つかるかもしれない。誰のこととは言わないが、バイクで公道を暴走し、盗みまで働いていた少年が人様に学問を教える大学教授になってしまった例もある】

シラバスの中で自分の少年時代の悪事を語ってしまっているのだ。自由な校風の安政大学とはいえ、よくこんな講義概要の掲載を許したものだと驚いた。

そんな井端教授だが今年の春、突如として、世間の注目を集める事態に巻き込まれた。

寿々歌たち三年生がゼミに入ったばかりの頃のことだ。

都内で少年による凶悪殺人事件が発生し、逸脱行為に詳しい専門家として井端教授がコメントを求められた。その際に井端教授は自分の少年時代の悪事を語った。暴走族に入って喧《けん》嘩《か》に明け暮れ、危険運転やバイクの窃盗を繰り返していた、と。

これに世の中の〝正義〟が反応した。

犯罪者が過去の悪事を隠して大学の教授をやっていたのか。とんでもない人間だ。大学はこの前科者をすぐに辞めさせるべきだと。

だが井端教授には逮捕歴がなく、前科はない。大学が処分する理由もない。せいぜい言動に対する注意ぐらいならば考え得るが、安政大学はそれもしなかった。寿々歌は大学の姿勢に感心したが、世の中の〝正義〟はそれでは許さない。

教育者として失格だ、今すぐ辞めろといった声が殺到し、大炎上した。

〈なるほど。皆さんお怒りですか。一度はみ出した人間でもこうして生きてるということをお知らせしたかったのですが。なるほど。そうですか〉

テレビのインタビューに対するとぼけたコメントが、インターネットの動画サイトにも掲載され、SNSで無数に拡散された。

大学の事務局や研究室にも苦情の電話が殺到した。

一ヵ月も経《た》つと批判の声はパタリと止んだ。井端教授は「たぶん私に石を投げてもつまらないから飽きたのでしょうねえ」と他人事のように言ったのだった。

「蜂矢君もきっと、夏休み返上でフル稼働してるんでしょうね」

「てっちゃんは就活に命懸けてるんで、ずっと前からフル稼働ですよ」

夏海が言うと井端教授は「そうですか。しかし命まで懸けるのはよろしくない」と笑う。

「てっちゃんは天才なんで、心配しなくても大丈夫ですよ」

夏海は蜂矢にエントリーシートの添削をしてもらったことなどを、喜々として語った。しばらくの間、蜂矢の噂話に花が咲く。夏海が主に喋り、井端教授と寿々歌がそれを聞く。

「うーん、暑い！　何か飲み物買ってくる」

夏海は言い残して外へ出て行き、研究室には井端教授と寿々歌の二人だけになった。

「実際のところどうですか、蜂矢君の様子は」

井端教授は寿々歌に改めて訊いた。

「確かに彼は順調に就活を進めています」

前期のゼミの個人面談の時、寿々歌は井端教授に言われた。

〈蜂矢君のことをよく観察していてください。私に時々様子を教えてください〉

寿々歌が理由を訊ねると井端教授はひと言で答えた。

〈彼は危うい人間ですから〉

おそらく井端教授は夏海より寿々歌のほうが適任だと考えたのだろう。夏海は人の良いところばかりを見るから、きっと危うい部分は見えない。

「彼は相変わらず就活で勝つことだけを考えて生きています」

「なるほど。やはりそうですか。きっと蜂矢君はグレているのかもしれませんね」

「蜂矢君がグレている……」

「そうです。ひと昔前の学校や社会に失望して暴走族に入る少年と同じかもしれません。突っ張ってとにかく何にでも反抗して、暴走と喧嘩に明け暮れる。勉強にしても就活にしても、蜂矢君の戦いぶりには、あくなき反抗のようなものを感じますね」

寿々歌には理解できなかった。蜂矢ほどルールに従順な人間はいないだろう。

「あくなき反抗も、行き過ぎると危ない。無茶に突っ走って死んだ仲間もいますから」

「蜂矢君が死ぬ……」

「いやいや、もののたとえです。たとえが悪かったですね。聞き流してください」

このホトケの井端と言われる、穏やかで昼行燈《ひるあんどん》のような井端教授が、昔は暴走族でバイクを乗り回し、盗みまで働いていたという。寿々歌にはいまだに想像できない。

「蜂矢君に関する観察記録を作りました」

寿々歌は一冊のノートを開き、直近のページを開いて井端教授に差し出した。

「後日またレポートをまとめてメールでお送りします」

「そうですか。いつも手間をかけて申し訳ない。口頭で教えてもらえれば十分ですよ」

「私自身のためにも必要な作業なので大丈夫です」

端的に言うと寿々歌は蜂矢を研究題材に設定している。寿々歌の卒論のテーマは『人はなぜ従属したがるのか』。逸脱を裏から見つめるため、何かに従属したがる人間の特性に着眼した。試験や就活といったシステムに極端に従属する蜂矢は格好の研究対象だ。

それに蜂矢と自分は似た者同士だと思っている。経済的な自立を目論み、その手段をトップランナー特待生に見出した点、そして夏海が特別な存在であるという点が共通している。

だが決定的に違うのは、寿々歌は女で、蜂矢は男である。学食で夏海の口から「別れた」という言葉を聞いた時、彼が一瞬だけ見せた狼狽《ろうばい》の表情を、寿々歌は見逃さなかった。彼は男だ。寿々歌とは違った惹かれ方をするのは当然のことでもあった。

井端教授は就活だけに全てを懸ける蜂矢の危うさを懸念し、寿々歌は夏海が知らない誰かに連れて行かれることを懸念している。

この二つの懸念を解消するにはどうすればいいか。寿々歌はある結論に達した。

夏海と蜂矢が交際すればよいのだ。

「ところで蜂矢君には仲のよい友だちはいますか」

「夏海とだけはとても親しくしています」

「そうですか。蜂矢君には友だちが必要だ。なるほど、それはいい傾向です」

きっと夏海は蜂矢に広い世界を見せてくれる。就活がこの世の全てでないことを蜂矢に気付かせることができるのは、夏海だけだと思う。そして蜂矢と夏海が交際すれば、二人のゼミ仲間である寿々歌は、二人の側《そば》にいられる。つまり、夏海の側にいられる。

寿々歌は二人の結婚披露宴に呼ばれる未来まで勝手に想像する。スピーチを頼まれたら難しいかもしれないが、寿々歌は夏海に祝福の言葉を贈るのだ。こうして寿々歌は末永く夏海と繋がり、蜂矢は夏海に救われる。

だが、現状は寿々歌の目論見には程遠い。

今の夏海にとって、蜂矢はただのすごい人でしかない。

このままではいけない。しかし寿々歌にはどうしてよいか今のところ分からぬままだった。

第二章　彼は就活をクソゲーと侮辱した

後期最初の水曜日、夕方五時前。ゼミの始業時刻が迫っているが、井端教授はまだ教室に現れない。

蜂矢徹郎はコの字型に並ぶ机の中央に座り、タブレット端末にキーボードを接続し、寸暇を惜しんでエントリーシートの作成に勤しんでいた。

教室入口側の端の席では、静原寿々歌が今日の教材である清水次郎長《しみずのじろちょう》の半生を描いた『駿河任侠伝《するがにんきょうでん》』の漫画本を開いていた。

井端教授の『逸脱文化史』ゼミは、社会的逸脱者たちの歴史を学ぶ。

井端ゼミは代々変わり者が多く、徹郎が目指すような大企業に就職した卒業生はほとんどいない。徹郎が就活のコネも無い井端ゼミを自ら選ぶはずもなく、夏海に誘われたから入ったのだった。

入口のドアが勢いよく開き、三年生の鴨志田琥珀《かもしだこはく》が教室に入ってきた。

「始業三分前、ハローエブリワン、ハウアーユートゥデイ！」

真っ黒に日焼けした鴨志田はサングラスを外すと、コの字型の机の真ん中に躍《おど》り出た。

「みんな俺の動画でも見てくれてると思うけど、世界を放浪しまくってミラクルな体験をしまくってきた俺は前期までの鴨志田琥珀とはわけが違うぜ」

トレードマークらしき琥珀色に染めた髪をバサリとかき上げた。

資産家の息子で千駄ヶ谷《せんだがや》の一軒家に住んでいる鴨志田は、世界を旅する動画を『マイチューブ』に投稿していたらしい。

「お、寿々歌、元気してた？　俺、世界中の女性とコミュニケーションして気付いたよ。寿々歌は素晴らしい女性だ。ジャパニーズ・インテリジェンス・クールビューティー！」

静原は顔を強張《こわば》らせて俯《うつむ》いた。鴨志田は「その奥ゆかしいところが素晴らしいんだよ」と静原のほうへ近付こうとする。

「はいはい、カモシ、そこらへんで終わりー」

夏海が立ち上がって宥《なだ》めた。

「お、夏海、素敵なダーリンと別れたんだって？　センチメンタルなサマーバケーションだったね。俺が付き合ってやってもいいぜ」

「いやー、カモシはいい人過ぎてアタシには勿体《もったい》ないから遠慮しとくわー」

「パーフェクトな棒読み！　上手くあしらい過ぎなところも夏海らしくていいんじゃね？」

「カモシは言葉が軽いんだよ。ちょっとはてっちゃんを見習ったら？」

「てっちゃんは立派、マジでやベー奴だよ。でも俺とはタイプが違うっつーか。てっちゃんは、組織のビジネスの世界で生き方を極める。俺は自由な生き方を究める」

言っていることは大仰だが中身はゼロだ。

「鴨志田さんのような生き方はスケールの大きな人間にこそふさわしいと思料致します」

「分かってるなあ、てっちゃんは。相変わらず、マジでジェントルマンだねえ」

この男に対しては、とりあえず褒めちぎって会話を終わらせるのが最適の対処法だ。

「お待たせしました。遅れて申し訳ありません」

井端教授がよく通る声を響かせ、教室に入ってきた。

その後ろからもう一人、中年の男が入ってきた。

皆の視線がその中年男に集まる。

「今日は皆さんに、後期からの新入生を紹介します」

井端教授はホワイトボードに彼の名前を記した。

〈王子典之〉

「後期から聴講生として安政大学に通うことになった、王子典之《おうじのりゆき》さんです」

聴講生制度は生涯学習の一環として設けられ、半期あたり一講座一万円で聴講できる。

中年男は皆に向かって「よろしく」と片手を上げた。禿《は》げ上がった髪を短く刈り込んだ坊主頭で、口の周りには無精髭《ぶしょうひげ》が生えている。井端教授よりもだいぶ年上に見える。

「王子さんは、私の地元静岡の、高校時代の同級生で……」

紹介する井端教授の隣で、坊主頭の中年男はニヤニヤ笑いながら、ゼミ生たちを見回している。へいへい。ほうほう。そういうこと。井端教授の紹介に、忙《せわ》しなく相槌を入れる。

「皆さんご存じのとおり、私は少年の頃になんといいますか、グレていましたから、その時の仲間といいますか……」

淡々と語る井端教授の横で中年男は「分かった、分かった」と、しびれを切らした様子で割って入った。

「まったく学校のセンセーは話が長くてしょうがねえや。自分で喋っちまってもいいかな」

「なるほど、そうですか。どうぞ」

「まったく『そうですか』じゃないよ。それにね、王子さんとか王子様とか言われちゃ、むずがゆくてやってらんねえからよ」

中年男はホワイトボードに書かれた「王子典之」に黒マジックでバツ印を付け、その隣に「おじさん」と書き加えた。

「おじさん、ね。みんな、おじさんって呼んでちょんまげ。仲間に交ぜてちょんまげ」

週に三科目の講義を聴講し、ついでに井端ゼミにも交ぜてもらうのだという。

「どうよ？　三百六十度上下左右どこをどっから見たっておじさんだろうよ。はい、リピートアフターミー。おじさん！」

誰も反応しない。

「いやあまいったね、みんなして真面目くさった顔しちゃってよ、アカデミックだねー」

すると夏海が「なんだか『おじさん』って感じに見えてきた。ていうか『おじさん』としか思えなくなってきたかも」と言って中年男を指差した。

「お嬢さん、いいねえ！　そうこなくっちゃ。はい、リピートアフターミー、おじさん」

「おじさん！　おじさん、よろしくね」

夏海は早くも「おじさん」との交流を面白がっている。

「なんだ、みんな怪しい者を見るような目で」

ゼミ生たちを見渡し「ちょいと自己紹介したほうがよさそうだね」と語り始めた。

「生まれは静岡、次郎長一家で有名な清水の港のあたりだ。ちっちゃな頃から悪ガキで十五で不良と呼ばれるようなロクデナシ、親兄弟にも見放され、十九で東京に出てきたわけだ。東京に行けばなんとかなるさってね。何がなんとかなるかって、カネだよ、カネ。時はバブル真っ盛り、最初の仕事はスカウトマンだ。ただのスカウトマンじゃないよ。歌舞伎町《かぶきちよう》のキャバクラの黒服ってやつだ。路上に立って逸材を発掘してくるわけだ。見習いで入ってみたらば、俺には人を見る目があった。連れてきた女の子が次から次へと大当たりで店は大繁盛だ。おまけに口から先に生まれた俺にはうってつけの稼業で、まあ稼げるの稼げないのって、濡れ手で粟《あわ》のあぶく銭。十九のガキでそこらの勤め人の倍も稼げるんだから笑いが止まらないってもんだ。

そうこうしてたら、どっから噂を聞きつけたのか、埼玉のキャバクラ王ってやつに見込まれてさあ大変、盃《さかずき》をやるって言うから断れなくて、そいつの舎弟になったさ。埼玉でキャバクラの店長へ華麗なる転身ときた。上納金をおさめながらも自分の店を切り盛りして、二十歳にしてフロント企業の経営者、一国一城の主《あるじ》ってやつよ。その後もバブルがはじけたって、夜の街ってのはしたたかなもんだ。それに自分で言うのもなんだが、俺にはその道の世界でやってく才能があったらしいもんだから、あれよという間に五つ六つと店を増やして儲《もう》かるばかり。

そこそこ金持ちになったんだから満足しそうなもんだが、人間、もっと儲けたいとなっちまうからタチが悪い。いざ東京進出だと意気込んで、手え出しちゃいけない場所に乗り込んだ。ここでもまた、あの手この手を使って店は大繁盛。小さいながら自社ビルの事務所までおっ立てて、我が世の春だと調子こいてたその時だ。裏の世界を甘く見ちゃいけなかった。最後には完膚《かんぷ》なきまで叩きのめされすっからかん、残ったのは命ぐらいなもんだった。

三十で足を洗ってからはかれこれ二十年、飯を食ってくためにはなんだってやってやらあ、とはいえ一応堅気《かたぎ》の仕事を転々と、そんでもって今に至るってなわけだ。おしまい」

おじさんは、詳しく語れば何時間にもなりそうな半生を、講談師のような語り口で一分程度にまとめてしまった。

徹郎は軽妙な語り口に驚きながら、早くもこの中年男を値踏みしていた。会社勤めの中高年の大人と接する機会ならば大歓迎だ。だが、この男からは、会社勤めの匂いがしない。彼は就活の役に立たない大人だ。就活の役に立たない大人とは交流する価値がない。

「ちなみに五十歳独身、彼女募集中どえーす！　青春キャンパスライフってやつを求めてはるばるやってきたわけよ。こう見えて、遠くに若くて可愛《かわい》い彼女がいるんだけどさ、彼女なんていうものは何人いたって嬉しいもんだからね」

本当にへらへらとよく喋る中年男だ。

井端教授は「王子さんには、アウトローの教材としても一役買ってもらいます」と言う。

「アウトローって、反社会的勢力ってやつ？」と夏海が興奮気味に訊ねる。

おじさんは「ご安心を！　今はバリバリの社会的なおじさんです、おお、我こそは社会的勢力だといっても過言じゃーありませんよ」と答える。

徹郎は手を挙げて「井端先生と高校の同級生とのことですが、井端先生からのお招きで大学に来られたのでしょうか」と質問する。

おじさんは「いい質問だねえ」「いや、でも言えないねえ」などとはぐらかす。

井端教授は「彼が勝手に訪ねてきたんです」と横から答えた。

おじさんは「またまた、勝手だなんて、つれないねえ」と茶化す。

「この大センセーがテレビでとぼけたこと話して袋叩きにされてんのをタママ見ちゃって、

驚いたのなんのって。大学の教授になってやがんの。安政大学の井端昇センセーだってよ！　どうなっちゃってんのよ？」

「その間、お二人は長年交流はされていなかったのでしょうか」

徹郎が訊ねるとまた「スーツの兄ちゃん、いい質問だ！」と膝を打つ。しかし「でもそれは言えないなあ……」ともったい付けたようにじらす。

「三十年以上ずっと会っていませんでした。テレビで私を見て、ひょっこり現れたんです」

井端教授があっさりと答えた。

「なんで言っちゃうんだよ。もったい付けたほうが謎の人物っぽくていいだろう？」

おじさんがまたふざけた調子で茶化す。

「とにかく、おじさんと井端センセーはね、高校の時の悪友です。よろしく！　この井端センセー、ガキの頃は悪かったんだから。なんでもバラしちゃうよー」

この中年男の口から出る言葉は、調子の良さも相まって、どこまでが本当でどこからが嘘か分からない。一言で表すならば「胡散臭《うさんくさ》い」と徹郎は感じた。

「おじさん、先生の弱みでも握っちゃったりしてんすか？」

鴨志田が親しげな様子で訊く。俺は誰とでも交流できるという虚勢が見え隠れする。

「おう、井端昇って男は、弱みが服着て歩いてるようなもんだよ。なんちゃってね！」

「なるほど。まあ、弱みもほとんど洗いざらい喋って、だいぶひどい目に遭ってますから」

井端教授は笑いながら飄々《ひょうひょう》と答えた。

「ていうことで、みんな仲良くしてちょんまげ！」

おじさんが改めて手を上げて挨拶を終わらせた。

そこへ、四年生の盆田要《ぼんたかなめ》が入ってきた。黒のスーツ姿で、ビジネスバッグを携えている。

「すみません、面接があって遅れました」

背中を丸めて教室に入り、小さく溜息を吐きながら自分の定位置の席に座った。生気の失せた表情が、今日の面接の結果を物語っている。

「なるほど、そうですか。おつかれさまでしたね」

井端教授は盆田に労《ねぎら》いの言葉を掛けた。

「新入生の、おじさんだよ。よろしく！」

知らない中年男に声を掛けられた盆田は、戸惑った表情を浮かべながら頭を下げた。

「後期は三年生も就職活動が本格化しますね。今日は就職と逸脱をテーマに議論します」

井端教授の言葉に、徹郎はすかさず手を挙げた。

「ゼミのテーマ『逸脱文化史』とどのような関連があるのでしょうか」

井端教授は、採用試験を受けて会社に入ることを狭義の就職とし、そのレールに上手く乗れない又は自ら乗らないことを逸脱と仮定して捉えると言う。

「まあまあ、井端先生がカリキュラムどおりに講義したことなんかないじゃん」

夏海に宥められると、徹郎は「承知しました」とあっさり引き下がってしまった。

井端教授の講義がテーマから脱線するのは今に始まったことではない。

おじさんが「相変わらず悪い奴だねえ。よっ、はみ出し教授！」と囃《はや》し立てる。

「まず、それぞれの就職活動の状況報告をしてください。お互いの状況を共有しましょう」

「畏《かしこ》まりました。では先生のご指示に沿って議論を進めます」

徹郎は司会進行を買って出た。「この議論に何の意味があるのか」と内心うんざりしながら、司会進行の座は誰にも渡したくないという本能が働く。就活のグループディスカッションなどにおいて、リーダーシップは重要な評価基準だ。

徹郎は四年生から順に話を振り、発言を促してゆく。

多良木正太郎《たらきしょうたろう》は、春から大手企業を回るも全て不採用。今も特に業界や業種を問わず「自分に合う会社」を探すべく地道に回っているという。

「昨日は事務機器の卸会社の面接で『御社が第八志望です』と伝えたら、落ちました」

多良木は首を傾《かし》げながら語る。徹郎は啞然《あぜん》としながらも「多良木さんは正直な方ですから」と受け流し、次の盆田に話を振った。

「ぼくは、三年の三月から半年間で、五十社以上の企業を受けましたが、内定ゼロどころか最終面接にも一度も進んだことがありません」

盆田が語り始めた。自分の怠慢を後悔し、懺悔《ざんげ》するような痛々しい語り口だった。盆田が語り終えると、教室に重苦しい沈黙が流れた。

　聞けば聞くほど絶望的だ。かつての就職氷河期の時代には五十社受けて内定ゼロということもあったらしいが、昨今の売り手市場と言われる時代には珍しい。

「では盆田さんが現状を打開されますよう、適切な解決策を出し合うことと致しましょう」

　静原が「ちょっといいですか」と手を挙げ、徹郎は「どうぞ」と応じた。

「今ここで盆田さんにとって大切なことは、解決策を出すことではないと思います」

「それでは静原さんは、何が大切とお考えですか」

「……みんなで悩みを分かち合うことです」

　徹郎はバカなと思いながらも「分かち合うこと」とオウム返しをして微笑んだ。悩みを分かち合って就活に勝てるならば、誰もがそうするだろう。

「静原さんの仰ることも、ごもっともです。しかし皆で解決策を考えることに意義があるのではないかと、私はそのように拝察致します」

　本当は考えるまでもないことだ。努力が足りていないからもっと努力する。それだけだ。

「解決策っていっても……どうすればいいんだろう」

　夏海は真剣に悩んでいる。答えは努力以外の何物でもないのに、皆それ以外の近道を探そうとする。夏海にだけはそうなって欲しくない。

　徹郎が考えを述べようとした時、おじさんが「あのさあ」と声を発した。

「王子さん、何かご意見等ございますか」

徹郎は試すような口調で話を振った。おじさんは「うーん」と首を傾げて唸《うな》る。それから
「俺は就職したことがないからよく分からないけど……」と前置きして言った。

「就活ってのはクソゲーみてえだなあ」

教室の中に「クソゲー」というキーワードがひと際強く響いた。

「不勉強で大変申し訳ございません。クソゲー、とはどういったものでしょうか」

「クソゲーってのは、クソゲームのことだよ。俺らがガキだった昭和の頃はファミコンってのが流行《はや》って星の数ほどゲームソフトが発売されてな、中には設定からしてボロボロで、ほぼクリア不可能なゲームなんかがよくあったのさ」

難し過ぎて主人公がすぐに死んでしまうアクションゲーム、絶対に謎が解けないロールプレイングゲームなど、おじさんは「クソゲー」の事例を語った。

「何十社受けて一社も受かりませんでしたとか、異常だよ。悪いのはあんたらじゃない。就職活動とかいう世界そのものが、ばかでかいクソゲーなんだよ」

徹郎はなんとか微笑みを保ったまま「よろしいでしょうか」と手を挙げた。

「就活はクソゲーであるという仮説をご提示いただきましたが、一方で、新卒一括採用システムを経て毎年多くの学生が企業に就職しております。この事実をどうお考えでしょうか」

「そんなことは知らねえよ。ただボンちゃんにとってはクソゲーだ。クリアできなくたって

気に病むことはねえ」

それを聞いた盆田が泣き出した。「許された気がしてしまった」と。なんと安直な正当化だろう。得体の知れない中年男の言葉に感涙したところで、何の解決策も出てはこない。

「みんな、クソゲーを苦にして悩んだり死んだりすることはないんだよ。俺は就職なんてしたこともないし、できるわけねえけど、今まで生きてこられてるよ」

「俺は、元から就活なんてする気ないし」

自称自由人の鴨志田が訊かれてもいないのに誇らしげに宣言した。

「俺って、会社とかでやっていけるタイプの人間じゃないじゃんか。だから自由に生きるしかないっていうかさ」

資産家の息子で千駄ヶ谷の一軒家に住む彼ならば、遊んで暮らしていけるかもしれない。

徹郎は「鴨志田さんは常人とはスケールの違うお方なので、一度話を戻しましょう」と穏やかな口調で流す。嫌悪感は全く表に出さず、鴨志田を立てることで黙らせた。

「静原さんは今、どのような状況でいらっしゃいますか」

静原は例のごとくじっと徹郎を見つめ返してきた。長い沈黙の後、静原が口を開いた。

「私には無理です。就職活動は私には無理だと分かりました」

自他に宣言するような、強い語気だった。

「就職しないで生きる道はないものか、考えています」

なんだ、この集団催眠にかかったような状態は。今知り合ったばかりの中年男の甘言に導かれ、集団で地獄の淵《ふち》に向かって走ってゆこうというのか。

「なるほど。そうですか。議論が活性化してきましたね」

井端教授が割って入った。何が活性化だ。とんでもない方向に進んでいるではないか。

「様々な意見があると思いますが、就活を止めたからといって、人として逸脱したことにはならない。これはひとつ、言えることだと思いますね。なるほど、なるほど」

無責任な二人の大人の甘言に、愚かな学生が惑わされるという、地獄のような構図だ。新卒採用は生涯に一度だけ行使できる特権であり、自分も含めた平凡な学生が人生の勝利を摑《つか》み取るためのプラチナチケットだ。それを破り捨てても構わないと言うのか。

その後は話がどんどん脱線し、夏海が「クソゲーって面白そう」「やってみたい」と見当違いなことを言ってはしゃぎ出した。結局、議論の場はクソゲーの話題に脱線し、その日のゼミはそれっきりになった。

徹郎の下宿先は池袋駅北口から徒歩十分、大学から徒歩一分で家賃は四万円。安政大生が多く住む、ドミトリータイプ二人部屋の安いシェアハウスだ。

食堂やシャワー、トイレなどがある一階の共用部分を通り、階段で二階の居室へと上がる。四部屋並ぶうちの一番奥の部屋で徹郎は生活している。

ロフトベッドの下に机と椅子を入れて作業スペースとして使い、上のベッドで寝起きする。徹郎にはこれで十分だった。

スーツを脱いでハンガーに掛けてクローゼットにしまう。それから就寝用のYシャツとスーツに着替え、ネクタイを締める。堕落した服装は人間をダメにするので、寝る時も緊張感を保つために就寝用のスーツを着て布団に入るのだ。

隣のロフトベッドには、夏休み前まで留年した五年生の男が寝起きしていた。ほとんど言葉を交わすこともなく元々お互いに空気のような存在だったが、夏休み前に部屋を退去した。事情は知らないし、知りたいとも思わないが、退学したという噂が流れている。

物の少ない二人部屋は十分過ぎるほど広々としている。徹郎は物をほとんど持たない。衣類や生活用品の他は、スマホやノートPC、タブレット端末さえあれば就活はできる。

部屋の静寂の中、タブレット端末から就活サイトを起動させる。あの中年男の声が耳の奥で反響して鳴りやまない。

〈就活ってのはクソゲーみてえだなあ〉

自分が全身全霊で挑む就職活動が「クソゲー」と侮辱された。全てを否定された心地がする。きっと落ちこぼれた大人が若者に甘言を吹き込んで、自尊心を満たしているだけだ。

人生に敗北した大人の言葉には、耳を傾ける価値などない。

父親の言葉が脳裏に蘇る。

〈徹郎、お金を稼ぐのともらうのとは違う。稼ぐっていうのは自分の力で仕事を取ってお金を得ること、もらうっていうのは会社に雇われて養ってもらうことだ〉

小さな町の自動車整備工場を営んでいた父が、子供の頃は誇らしかった。誰かから給料をもらうのでなく、自分の城を持ち、自分の力で生きるのだと。

しかし結局、父は会社から給料をもらっている大企業の社員に生殺与奪《せいさつよだつ》の権限を握られていた。不景気で仕事を回してもらえなくなった父親の城は滅び、父親は大手ディーラーの整備工場に拾われて肩身の狭い思いをしながら食いつなぐ身となった。

工場の経理や庶務を支えていた母親は廃業後、心労でふさぎ込んだ。

一国一城の主は大企業に捨てられて城を追われ、妻の心も犠牲にし、何も残さなかった。

完全なる敗北者だ。徹郎は彼のようには絶対になるまいと胸に刻んで生きている。

翌朝、ドアをノックする音で目覚めた。管理人の中年女性が「蜂矢さん、新しい人が来ました」と告げた。そういえば近日中に、隣のロフトベッドに新しい入居者が来ると言われていたのを思い出した。誰が来ようと特に興味はないため、すっかり忘れていた。

「どうも、よろしく！」

大きなボストンバッグを二つ抱えた男が立っていた。徹郎は、目を疑った。

「おいおい、井端大センセーに、大学の近くに安くていい物件がねえかなあって訊いたら、うちのゼミ生が住んでる大学の真ん前のアパートに空きができたらしいっていうからよ。うちのゼミ生って誰だろうなって思ったら、スーツの兄ちゃんか！」

「……大変驚いたとしか申し上げようがございません」

おじさんは「しかし、まさか同じ部屋だとは思わなかったね。全くあのズボラ教授ときたら、ちゃんと説明しろっつーの、なあ」と、大はしゃぎを始めた。

「いやはや奇跡だね、運命だね、神様のいたずらだねえ」

「残念ながら、私は近日中に引っ越すことになっておりまして、入れ違いでございます」

騒がしく荷物をほどくおじさんの横で、徹郎は物件の検索サイトにアクセスし、すぐに部屋探しを始めたのだった。

翌日、ゼミのグループチャットは、徹郎とおじさんの「共同生活」の話題で持ち切りとなった。おじさんが「まさかのルームメイトはてっちゃんだった！」と投稿したのだった。

徹郎は直ちに行動を起こした。池袋駅近くの不動産屋で、大学から徒歩五分のシェアハウスを仮押さえしてもらった。すぐに書類を整えて申し込めば、来週には引っ越しできる。

就活はクソゲーだと吹聴する中年男と暮らすなど、ありえない。

早速引っ越しの準備をすべく、部屋に戻った。

ドアを開けると、奥のロフトベッドの下から切迫した女性の声が聞こえた。

「あー、やばい、やばい、死ぬ、死ぬー」

何が起こっているのか。あの中年男が女性を連れ込んでいることだけは確かだ。

「あーっ、また死んだー」

女性はゲラゲラと笑っている。「そりゃ死ぬよなあ」と、おじさんの笑い声が続いた。

どうやら、深刻な事態ではないようだ。徹郎は、おじさんに話し掛ける体で「ただいま戻りました」と奥へ向かって声を掛けた。すると、ロフトベッドの下から女性がひょっこりと顔を出した。その顔を見た瞬間、徹郎はその場で硬直した。

「てっちゃん、お邪魔してるよ」

見紛うこととなき、浜本夏海だった。徹郎には咄嗟に状況が飲み込めなかった。

自分の部屋に、夏海がいる。想像の範疇《はんちゅう》を遥かに超える異常事態だ。

「おう、てっちゃんもこっちに来て一緒にやりなよ」

おじさんに誘われ、徹郎はロフトベッドの下を覗き込んだ。夏海はパソコンの画面を食い入るように見ながら、ゲームに興じている。

「なっちゃんがクソゲーやってみたいって言うからよ、パソコンにファミコンのコントローラー繋いで、遊んでたんだ」

「ずっと同じところで死んでるの」

そう言った矢先、夏海の操るキャラクターは、敵の餌食になって死んだ。黒い画面に白字でゲームオーバーの文字が表示される。

「まさか、てっちゃんとおじさんが共同生活だなんて、びっくりだね。時々クソゲーやりにくるからさ、またこの部屋で遊ぼうよ」

「でもてっちゃん、もうすぐ引っ越しちまうんだってよ」

おじさんの言葉に夏海が「そうなの？　せっかく面白そうだと思ったのに」と落胆する。

「てっちゃんと入れ替わりで、なっちゃんがここに来るか。俺とここで暮らすか？」

「お断りしまーす」

夫婦漫才の掛け合いのように、笑い合う二人。

「実は引っ越しの件につきましては、敷金などの事情でトラブルがございまして、残念ながらご破談となりました次第でございます」

徹郎は咄嗟の作り話で引っ越しを無しにしてしまった。

「本当に？　よかったね、おじさん」

「なんだよ、せっかくなっちゃんと暮らせると思ったのによ。まあ、しょうがねえ」

それから徹郎もクソゲーの輪に加わって、画面の敵と格闘した。

徹郎が操るキャラクターは開始三十秒足らずで死に、おじさんと夏海がゲラゲラと笑った。

自分はいったい、何をしているのだろうか。

第三章　彼は就活の敗北者をたぶらかした

静原寿々歌にとって、水曜五時限のゼミは以前にも増して待ち遠しい時間になっていた。夏海と会える幸福感だけでなく、おじさんの加入で何かが起こる期待感が加わった。

後期二回目の『逸脱文化史』ゼミは、前半から逸脱まっしぐらの様相を呈していた。井端教授は幕末から明治維新にかけて脱藩志士や博徒などの逸脱者が果たした役割について、課題図書を解説すると、学生たちに議論を持ち掛けた。

「少し脱線しますが、前回の議論に話を戻します。前回は、就活はクソゲーだという仮説が生まれ、活発な意見交換で終わりました。今週もこの仮説をもとに意見交換をしましょう」

少しどころか何の脈絡もない脱線だ。

「では蜂矢君、進行をお願いします」

蜂矢は異を唱えるかと思いきや、寿々歌の推測に反し、あっさりと進行役を引き受けた。

「議論の進行を承るにあたりまして、まず私からお話し致します。あの後、クソゲーなるものについてネット上の記事などを少し自分なりに調査致しましたところ、クソゲーと言われるゲームにも、少数ながらクリアした方が存在することを確認致しました」

蜂矢の表情は微笑みの仮面に覆《おお》われているが、語気からは好戦的な熱が感じられる。端的に言えば、彼はおじさんに対してムキになっている。

「難易度の高い課題に対しても、努力を積み重ねれば必ずクリアできます」

寿々歌は、この言葉に彼の本質を見た気がした。蜂矢は努力で手に入れた能力や成功体験により、他者への共感を著《いちじる》しく欠いている。だから上手くいかずに苦しんでいる人間を見ても「努力が足りない」としか思わないのだ。生存者バイアスとも言われる勝者の論理だ。

特に逆境を努力で克服してきた人間に見られる。

「ゲーム同様、就活も努力でクリア可能と思料致します。皆さんはどう思われますか」

蜂矢は「皆さんは」と言いながらも、おじさんへ視線を向けた。

「努力すればできないことはないってか。いやいや、ご高説だ。じゃあてっちゃんよ、目でピーナッツを食ってみせろって言われて、努力で解決できるかい」

そこへ盆田が「はい」と遠慮がちに手を挙げた。

「目でピーナッツは食べられませんが、ここにあるコーラを消すことならできます」

盆田はバッグから紙コップと缶コーラを机上に出すと、缶のプルタブを上げた。炭酸ガスがプシューと音を立てて勢いよく噴き出す。

「先生、少しだけ時間を頂きますが、いいですか？」

井端教授は「そうですか。もちろんです。どうぞ、どうぞ」と興味深そうに頷《うなず》いた。

すると盆田は、コーラを紙コップに注いだ。コップの中で炭酸の泡の弾《はじ》ける音がする。

「ご覧のとおり、本物のコーラです」

盆田は紙コップを左の掌《てのひら》に載せ、飲み口に右手を被《かぶ》せて覆う。それからゆっくりと上下に何度か動かした。さん、にい、いち、と唱える。

「いま、コップの中でコーラが消えたようです」

盆田は紙コップの飲み口を覆っていた右手を外し、そっと皆のほうへ向けて見せる。

教室がどよめいた。蜂矢は声ひとつ上げず、ただ仮面のような微笑みで拍手を送っている。

「喉が渇いたので、もう一度コーラを戻してみたいと思います」

また盆田は右手で飲み口を覆って、ゆっくり上下に振る。再び右手を飲み口から外すと、コップは再びコーラで満たされていた。拍手喝采の中、賞賛と驚嘆の声が上がる。

「おい、おい、おじさん感動しちまったよ！　ひょっとしてボンちゃん、目でピーナッツを食べられちまうんじゃないの？」

盆田は「そういうマジックもできたらいいですね」と真面目に答えた。

「努力すれば困難な課題でもクリアできるっていう、てっちゃんの意見、ぼくもそう思うよ。今のマジックだって、自分で言うのもなんだけど、努力の賜物だから」

盆田は少し悲しげな眼差しで蜂矢を見ながら言った。

「三年半、努力のエネルギーを全てマジックに費やしてきた。気が付いたら、マジックの他には何の取り柄もない人間になっていた。努力のしどころを間違えていたのかな」

「マジックで人並み外れた努力を積み重ねて輝かしい成績を収められた盆田さんでしたら、他のあらゆる場面でも、努力によって必ずや結果を出されるのではないでしょうか」

蜂矢の言葉は盆田を思いやったわけではなく、就活のグループディスカッションで評価されやすい、協調性の高い言動に徹しただけだ。彼は盆田の心情には関心がない。

「てっちゃんは優しいな。ありがとう」

盆田はしんみりとした口調で蜂矢に感謝した。

多くの人は、蜂矢の紳士的で穏やかな言動を一見すれば、優しくて思いやりのある人間だと誤解するに違いない。それほど彼の表層的な印象は精巧に作り込まれている。

実際に蜂矢がいつも浮かべている微笑みは、まるで本物のようだ。だが蜂矢を観察し続けてきた寿々歌には分かる。微笑む目の奥の、そのまた奥は全く笑っていないのだ。寿々歌は、蜂矢が本当に笑ったのを一度たりとも見たことがなかった。

一瞬、蜂矢と目が合った。蜂矢の目に、かすかな嫌悪感が宿る。

その時、夏海が手を挙げた。

「盆田さんって謙虚だから、就活でマジックのことPRしてないんじゃないですか？」

「夏海の言うとおり……面接とかで、あんまりマジックの話はしてないね。謙虚とかじゃなくて単純に、マジックの話で上手く自己PRできないんだ」

盆田は苦笑いを浮かべ、溜息交じりに言った。

「マジックのことを話し出すと嬉しくて熱くなり過ぎて、ただマジックが大好きな大学生が好き勝手に話してるだけになっちゃうから」

「てっちゃん、盆田さんが上手くPRできるよう、みんなで相談してみるのはどうかな」

「浜本さんの仰るとおり、前向きで有意義な議論ができるかと思います」

夏海の提案に、ほんの少しだが蜂矢の目の色が変わった。

「盆田さんのマジックにおける実績は、ガクチカの話題として申し分ないものと思います。努力を重ねて物事を達成し得る人材であることを証明する強力なツールではないでしょうか。伝え方次第で、盆田さんの強みやお人柄を最も端的に表せると思いますので……」

蜂矢の弁舌が熱を帯びたところへ、おじさんが「ちょっと待った」と割って入った。

「せっかくの超能力、もとい手品の腕前を面接の話のネタなんかに留めちゃもったいねえや。ボンちゃんだって、そんなことのために手品をやってきたわけじゃないだろう。ボンちゃんの手品は並大抵じゃない。もったいねえよ。ボンちゃん、こいつはカネになるぜ」

盆田は「ぼくのマジックが、お金に？」と訊き返した。

「勤め人だけが人生じゃない。努力のしどころを間違ったなんて、決め付けるのは早いぜ」

「一度、お話を整理させていただきます。王子さんはすなわち、盆田さんは勤め人ではなくマジックで生計を立ててゆくべきだとお考えでしょうか」

「べきだとか堅苦しいことは、言わねえよ。そういう道だってあるってことさ」

「井端ゼミからプロのマジシャンが出るの？　すごい！」

夏海は就活の話など忘れてしまったかのように面白がっている。

「ボンちゃんよお、その腕前でカネもらったことあるか」

「いいえ、ありません」

「やれやれ、宝の持ち腐れとはこのことだ。もしも俺にその手品の腕前を預けてくれたらまず何をやるか。手品道具と投げ銭入れの箱を持って街に出るね。すぐにでもカネになるもんを、会社の面接で自慢話に使っておしまいだなんて、もったいない」

夏海が「そういう見方もあるか」と感心する。蜂矢は何か言いたげだが、口を閉ざした。

「一度でもいいから、自分の持ってる力をカネにしてみなよ。どうだボンちゃん。思ったもん勝ち、やったもん勝ちだよ。カネになると思わなければカネにならない、カネになると思えば、カネになる。腕ひとつで生活してる手品師だって、いるわけだろう？」

おじさんの言葉に蜂矢が「少し整理させていただきます」と割って入った。

「盆田さんのマジックにおける努力と成功体験が就活にどう活《い》きるかを考える方向で議論を進めようとしておりましたが、王子さんからはマジックそのもので生活できるのではというご意見を頂きました。王子さんのご意見の根拠は何でしょうか」

蜂矢は穏やかに疑問を呈した。

「先人たちが根拠だ。俺がショーパブの司会で日銭稼いでた頃は、プロの手品師も出入りしてたぜ。今見たところ、ボンちゃんの腕はそいつらにだって劣っちゃいないよ」

「どんなスキルもマネタイズできるってことじゃん。ヤバいね、夢がありまくる！」

鴨志田はマネタイズという言葉が大好きだ。お金にする、収益化するということを彼は大好きなカタカナ語でしきりに強調する。

「断っておくが、俺はてっちゃんの考えてることを否定しちゃいないんだぜ」

「ご心配は無用でございます。あくまでも意見の相違であると認識しております」

「いや、顔に書いてあるよ。俺様の正しい考えにケチをつける、とんでもねえ奴だってね」

「おじさん、てっちゃんはジェントルマンだから、そんな野蛮なことは考えてないっすよ。見て、この笑顔。どっから見ても百パーいい奴」

鴨志田が持ち上げると、夏海も「そうだよ、てっちゃんは真っ直ぐだから」と同調する。

「もしお気に障るようなことを申し上げておりましたら、大変申し訳ございません」

蜂矢はいつもよりも心持ち口角《こうかく》を上げ、おじさんに向かって頭を下げた。

「申し上げておりましたら……だってよ。まったく慇懃無礼《いんぎんぶれい》で嫌な野郎だねえ」

「常に就活の実戦に耐えうる言葉遣いを心掛けておりますもので、申し訳ございません」

寿々歌は蜂矢の笑顔にほんの一瞬、おじさんへの強い怒りあるいは敵意を感じ取った。

「なるほど、同居人同士、議論に熱が入るのはよいことですね。結構じゃありませんか」

井端教授が割って入った。

「そうそう、王子さんのサポートは、三年の学年リーダーで同居人でもある蜂矢君にお願いしたいと思っているんですが、どうでしょう」

井端教授の語気に、寿々歌は蜂矢を試すような含みを感じた。

「先生は具体的にどのようなサポート業務をイメージされていらっしゃいますでしょうか」

蜂矢は顔に微笑みを張り付けながら挙手をして質問をした。

「おじさん、アタシも大学のこと色々教えてあげる。五十歳の同級生とか、面白いし」

「本当か？　なっちゃんにお世話してもらえんなら、そのほうが嬉しいや」

おじさんが浮かれた調子で言う。すると蜂矢が、サッと手を挙げた。

「私がお引き受け致します」

「なんだい、てっちゃん、さっきまで嫌がってたのに」

「決して嫌がっていたわけではなく、二、三、確認させていただきたかっただけです。井端先生からのご指示とあらば、お引き受けすること自体には、何ら異議はございませんので」

蜂矢はそう言って、おじさんの席の前まで歩み寄り、膝を突いて目線を下げると、スーツの内ポケットから名刺入れを取り出した。

「私が不在の際も、ご不明な点などございましたらこちらの連絡先にお問い合わせくださいませ。改めまして、よろしくお願い致します」

おじさんは苦笑いし、受け取った名刺をしげしげと眺める。それからスーツ姿の蜂矢を頭のてっぺんから足のつま先まで眺めた。

「てっちゃんは、随分と粗忽者《そこつもの》なんだねえ」

粗忽者と言えば落語などに出てくるそそっかしい阿呆《あほう》のイメージしかない。

「就活に勝つぞ、そのためにいつでもスーツ着て名刺持って、勤め人になりきるぞってことだろう？　就活一筋に絞って、就活に勝ったらば人生安泰だって思ってんだよな」

就活に全てを懸けるあまり、極端に生き急いでいると言いたいのだろうか。

「人生、そう単純に最短距離にはいかないもんだと思うぜ。急がば回れって言葉もある。果たして、脇目も振らねえで就活に勝っていい会社に入れば幸せになれるのか」

蜂矢は「人生の先輩からのご助言、ありがたく頂戴致します」と慇懃に頭を下げた。

◆

朝八時を回り、出かける支度を整えた徹郎はロフトベッド下の事務椅子に腰掛け、壁に貼ってある毘沙門天の旗印に手を合わせた。

クローゼットの脇に据え付けられた姿見の前に立ち、もう一度身なりをチェックする。

隣のロフトベッドから、おじさんがもそもそと起きだす音が聞こえた。徹郎が昨夜就寝した時にはまだ帰っていなかった。深夜に帰ってきたのだろう。

おじさんの生活には不可解な点が多かった。

大学に顔を出して「遅れてきた青春を謳歌《おうか》」しつつ、部屋にこもって何やらパソコンで作業しているらしき日もあれば、出かけたまま深夜まで帰ってこない日もあった。どこかを遊び歩いているのか、あるいは何らかの仕事をしているのかもしれない。

彼がどこで何をしていようが関係のないことだが、ひとつだけ確信できるのは、地に足のつかない、まっとうではない生活を送っているということだ。何をもって「まっとう」とするかは人それぞれだが、少なくとも彼はまっとうな人物ではない。五十にもなってこの安下宿で寝泊まりし、定職に就いたことがない経歴を得意げに語るような男だ。

徹郎はおじさんとの関わり合いを最小限にするため、以前にも増して部屋には寝泊まり以外に極力滞在しないようにした。

時折顔を合わせると軽口に付き合わされるが、聞き捨てておけばさほどの害はない。だが、ゼミの議論の時に聞き捨てられなかった言葉が、繰り返し心の奥で反響する。

〈就活ってのはクソゲーみてえだなあ〉

〈てっちゃんは、随分と粗忽者なんだねえ〉

〈いい会社に入れば幸せになれるのか〉

定職に就かず流転の人生を送ってきた中年男に言われる筋合いはないのだ。

ビジネスバッグを手にして部屋を出ようとしたその時、おじさんがロフトベッドから顔を出し、梯子《はしご》を伝って下りてきた。

「おう、お出かけかい。学校にはまだ随分早い時間だな」

「おはようございます。今日は一日、会社訪問が入っておりまして」

「一日会社訪問？　学校には行かなくていいのかい？」

「就活との兼ね合いで、講義を休まざるを得ない場合も出てまいります」

「そうだ、てっちゃん。早いとこ俺に大学の中案内してくれよ」

「畏まりました。近日中にぜひ」

徹郎は面倒な気持ちを悟られぬよう快諾を装って答えると、部屋を出た。

大手スマホゲーム開発会社のマイポケット社のワンデイ・インターンは、午前の会社見学会を終え、午後の部へと差し掛かっていた。

午後の部はゲームの販促企画を考える、体験型のグループワークとなっている。

蜂矢徹郎は自己紹介の時点で早くも勝利を確信した。

「私はスマホゲームの業界を第一希望に就活を進めたいと考えており、本日のワンデイ・インターンに参加させていただきました。大ヒットゲーム『クイズ&ドラゴン』は忙しい現代人の掌の中、隙間時間に灯《あか》りをともすような楽しみを提供し……」

午後のグループワークで社員の好印象を残した学生は、後々の選考過程で優遇される。今日の戦いに備え、昨夜は一夜漬けではあるが、効率的な情報収集ができた。

「以上、本日は第一志望であるマイポケット社様のインターンに参加させていただくことができ、それだけでも私は感激しております。皆様どうぞよろしくお願い申し上げます」

自己紹介を予定どおり一分程度でまとめた。今この瞬間だけは、徹郎の第一志望は紛れもなくマイポケット社だ。そういう人物になり切るのだ。徹郎にとって就活の「本番」は、五大商社の採用選考である。それまでの間、実戦に慣れておかねばならない。

「では、それぞれグループワークに入ってください。企画案をまとめていただき、三時半から発表の時間とします。よろしくお願いします！」

人事担当の女性社員が、フランクな雰囲気でグループワーク開始を促した。表向きは業務体験のような気軽さを装っているが、すでに真剣勝負は始まっている。

四人一組のグループで『クイズ&ドラゴン』の販促キャンペーン企画を一時間半で考え、その後に各グループ二十分間で企画を発表する。

「じゃあ、とりあえずサクッと司会を決めようか」

切り出したのは、自己紹介で軽口を交えて長々と喋っていた男子学生だ。夏休みを満喫していたのか、真っ黒に日焼けしている。自分は面白い人間だと自負し、サークルではムードメーカーを自任するタイプといったところか。

徹郎はこの男を心の中で便宜上「ムードメーカー」と名付けした。

「お、みんな、ぼくに司会やって欲しいって？　思ってる？　思ってる？」

ムードメーカー男子の勢いに押され、全員一致で司会は彼に決まった。実戦の場では、このように司会を強引に取りに来る学生がいる。想定の範囲内だ。

「私はタイムキーパーを拝命します。最初の三十分をアイデア出しのブレインストーミング、次の三十分でまとめ、最後の三十分でプレゼン資料の時間配分でいかがでしょう」

徹郎は申し出た。ムードメーカー男子は「オッケー」と快諾した。

時間配分を司《つかさど》ることで、徹郎は陰の主導権を握った。

ムードメーカー男子の他の二人は、大ヒットゲーム『クイズ&ドラゴン』への愛をアピールするクイドラ女子、「要するに」を多用して存在感を示そうとする要約女子。徹郎は進行管理に徹し、皆のアイデア出しを促し、気持ちよく喋ってもらった。

一時間半の議論の末、徹郎たちのグループは、ハロウィンキャンペーンとして強力アイテムを付与する企画案をまとめた。数値的な根拠も織り込まれ、よくまとまっていた。

プレゼンもムードメーカー男子が買って出た。徹郎は快《こころよ》く譲った。今日は参謀役の立ち位置のほうが、自分に対する社員の印象が良くなると直感したからだ。

徹郎はムードメーカー男子に花を持たせながら、企画の方向性を決める主導権を握り、タイムキーパー役として企画案を完成に導いたのだった。

解散後、ムードメーカー男子がグループのメンバーを呼び止めた。

「せっかくだから、お茶でもして帰らない？」

普段ならば同級生と茶飲み話などしても就活の役に立たないので体よく断るところだが、今日戦った三人の敵と飲食を共にすることは、敵情視察として非常に有意義だ。

会社から少し離れたファミレスに入り、四人ともドリンクバーだけを注文した。

三人の敵たちは、実によく喋った。まずは今日を振り返り、互いの健闘を称《たた》え合う。

その後、話題は就活全般に対する愚痴や不安へと移っていった。

徹郎は一歩引いて聞きながら、頭の中で目まぐるしく敵の就活戦闘力を分析する。

まずは学歴。意外にも頭ひとつ抜けていたのはムードメーカー男子だった。彼は最難関の帝都《ていと》大学文科一類、しかも現役合格だという。他は徹郎も含め、都内私立大学の文系学部で学歴のスペックは概ね同等。昨今は学歴に囚《とら》われない採用を掲げる企業が多いものの、応募者の多い大手企業などには未《いま》だ学歴でフィルターをかけて選考する企業も少なくない。

徹郎は帝大よりも、経済面で圧倒的に手厚いトッププランナー特待生の安政大を選んだ。やむを得ぬ選択だった。帝大のブランドは、素直に羨《うらや》ましく思う。

実は徹郎は帝大からの合格通知を鞄の中のクリアファイルに潜ませて持ち歩いている。自分が帝大入学に値する人間であることを証明する、お守りのようなものだ。だが、そんな証明書を見せびらかす場面は今後もなさそうだ。今日ムードメーカー男子に出会って、帝大生など恐るるに足らないと確信した。

次に容姿。徹郎は中三の頃からSNSなどで様々な就活生を分析してきたが、美男美女は早めに内定を取る傾向がある。一部の就活マニュアルにも容姿はアドバンテージだと明記されている。彫りの深い顔立ちのムードメーカー男子と二重瞼《ふたえまぶた》で鼻筋の通ったクイドラ女子は、第一印象で優位に立つだろう。だが中身が伴っていない場合、マイナスの印象に転じかねず、優れた容姿は両刃《もろは》の剣《つるぎ》になることもある。その点、徹郎は父親そっくりの凡庸《ぼんよう》な容姿に感謝している。身長百七十センチ、体重六十キロ、顔面偏差値なるものがあるなら、五〇・〇だと自負する。凡庸な容姿は、第一印象による先入観を与えにくい。

身だしなみは三人ともそれなりに整っている。しかしムードメーカー男子のグレーのスーツは、企業の性質によっては賛否が分かれるだろう。

言葉遣いや振る舞いに関しては、三人ともひどいものだ。あと一年半で社会に出る人間とは到底思えない。この惨状を目《ま》の当《あ》たりにすると自信が湧くよりも、むしろ不安になる。敵がこんなに弱くて大丈夫なのだろうかと。これでは、徹郎はいとも簡単に勝ってしまう。だが本番である五大商社の面接には、難敵がひしめいているはずだ。油断してはならない。

三人の敵たちはそれぞれ、弱みを次々に披露する。徹郎には信じられなかった。この人たちは敵を欺くために弱いふりをしているのだろうか。

「みんな不安なんだって知って、ちょっと救われたなあ。蜂矢君は、どんな調子？」

ムードメーカー男子は最後に徹郎に話を振ってきた。

「私は、就活は私たち学生に与えられた特権であると捉えており、採用選考を通じて様々な企業様を拝見できる幸せに打ち震えております。このような有意義な体験ができるのは、今この時期をおいて他にないと思料致します」

馴れ合いの愚痴やボヤキを期待していたのか、しらけた空気が漂った。

「いやいや蜂矢君、今は面接じゃないんだから、もっと素のままの自分でさ、ぶっちゃけて話そうぜ。今日半日、一緒にグループワークで企画を作った仲間じゃん」

ムードメーカー男子が場の空気を取り繕う。何をぶっちゃければよいのだろう。

続いて、今日の記念に互いに『クイズ&ドラゴン』のフレンド登録をする流れとなった。

「私は『クイズ&ドラゴン』というゲームをプレイしたことがございません」

徹郎は悪びれることなく正直に話した。テーブルを囲んでいる他の三人が固まった。

冗談だと思っているのか、クイドラ女子が「蜂矢君って、面白いね」と笑う。

「申し訳ございません。本当に、ダウンロードすらしておりません」

「マジで？　マイポケットが第一志望って熱く語ってたじゃん。あれもしかして嘘？」

クイドラ女子が疑念に満ちた声で言った。

「嘘ではございません。確かに第一志望でございます」

「いや、意味分かんないわ。『クイズ&ドラゴン』って、マイポケットそのものみたいな大ヒットゲームだよね。それをプレイしたことなくて第一志望って、ありえないでしょう？」

問い詰めるクイドラ女子をムードメーカー男子が「まあまあ」と宥めるが、収まらない。

「真剣に参加した人たちに失礼じゃないかな。要するに冷やかしに来たの？」

要約女子が冷めた口調で言った。

「決してそのようなことはございません。私もマイポケットは第一志望としておりますので、本日は真剣に参加させていただきました次第でございます」

「ちょっといい加減、その喋り方、止めてもらえないかな」

クイドラ女子が指摘した。安政大学内では好評だが、不快に思われることもあるようだ。

「大変申し訳ございません。常日頃からこうした話し方が習慣付いており、一朝一夕での修正は困難でございまして、平にご容赦いただけましたら幸いでございます」

「じゃあ蜂矢君、もし社員の人から『クイドラをプレイしていますか』とか訊かれたら、何て答えるつもりだったの？」

「正直に、プレイしたことはないと申し上げるつもりでございました」

徹郎の今日の目的には、志望する企業の商品を使わずとも採用選考に勝てるかという試行錯誤も含まれている。ハンデを背負った状態でどこまで戦えるか、実戦で試したかったのだ。

結果は楽勝だった。人事担当社員の評価が一番高いのは自分だと確信できる。

「私、クイドラが大好きで、高校生の時から毎日やってるの。なんか、バカにされた気分」

どうやら嫌われたようだ。嫌われたところで今後の就活には何の支障もない。

企業は自社製品の愛好者を欲しているのではなく、優秀な人材を欲している。ゲームを愛しているなどと言い募り、情に訴えて内定を得ようとする魂胆は甘いと言わざるを得ない。

「ご気分を害してしまいまして申し訳ございません。これにて失礼させていただきます」

徹郎はドリンクバー一人分の代金をテーブルに置いて席を立ち、恭《うやうや》しく頭を下げた。

「オッケー、蜂矢君、クイドラやってみる気になったらまた教えてよ」

ムードメーカー男子が笑顔で親指を立てて掲げた。度量の広さを装っているのだろうか。クイドラをプレイする気はないが、せっかく敵が手を差し伸べてくれたのだ。利用しない手はない。徹郎はふと思い立ち、ダメ元で言ってみた。

「皆様と、本日のご縁を記念してネームブックのグループを作成させていただいてもよろしいでしょうか」

「みんなをこんな微妙な雰囲気にしといて、よく言えるね」

クイドラ女子が冷笑した。勝手に憤慨したのは彼女だが、それを指摘しても仕方がない。

「申し訳ございません。今後、皆様のご気分を害するような言動のないよう十分に留意致しますので、SNS上だけでも引き続きのご縁を賜《たまわ》りたく、お願い申し上げます」

ムードメーカー男子が「オッケー、俺がグループ作っとくよ。いいでしょ」と引き受け、その場を収めた。徹郎は丁重に礼を述べ、ムードメーカー男子に名刺を手渡した。

この面々と双方向の交流をするつもりは毛頭なく、目的はあくまでも敵情視察、敵情分析だ。今日戦った敵が今後どのような戦歴を辿《たど》るか注視して、自分の就活に活かすのだ。また、徹郎の就活の戦果を記して敵の目に触れさせ、精神的な打撃を与える効果も期待できる。

「それでは失礼致します。今後とも、何卒よろしくお願い申し上げます」

徹郎はファミレスを出て、丸ノ内《まるのうち》線の四ツ谷《よつや》駅から池袋行きの電車に乗った。ビジネスバッグのポケットからスマホを取り出し、ネームブックを開いて、記事を投稿した。

〈これから、あるボランティア団体の説明会に参加してまいります。池袋という街の恩恵を受ける者として、街の環境を少しでも良くするために、力を尽くす所存でございます〉

夏休み中の短期インターンの際、社員との面談でボランティア活動のことを訊かれた。その時、自分にはボランティアの実績が不足していると感じた。弱点は今のうちに補強しておく必要がある。そのために、街の環境美化のボランティアに参加し、実績を作るのだ。

記事を投稿した後、画面をスクロールさせて「友だち」の投稿をなんとなく眺めていた。OB訪問で知り合った電機メーカーの社員が社食の充実ぶりを自慢している記事など、就活の役に立たないゴミみたいな情報ばかりが並ぶ。うんざりしながら読み流す。

そんな中、浜本夏海の投稿が徹郎の目に飛び込んできた。

〈今日は、新しく友だちになった五十歳の同級生に、大学の図書館を案内します！　名前は

「おじさん」です〉

投稿された時間は午前十一時十五分。図書館の入口の前でおじさんがVサインを掲げている。コメント欄には〈五十歳の同級生ってどういうこと?・〉〈名前は「おじさん」って意味分からん（笑）〉など、反響が多数寄せられている。

〈図書館でたくさん本を借りた同級生のおじさん。ランチで安政大生のソウルフード、ジワジワ麺の洗礼を受ける。じわじわ辛い！〉

写真の中のおじさんは、真っ赤なスープを絡めた麺を箸ですくい、顔をしかめている。

土曜日の大学の構内や周辺を、二人で歩いているようだ。

徹郎は急に、一刻も早く池袋に戻らなければならない気がしてきた。あの男の案内役は自分だから、夏海一人に任せるのは業務上適切ではない。だから急いでいるのだ。徹郎は自分にそう言い聞かせ、夏海にメッセージを送った。私信ではなく業務連絡だ。

〈平素より大変お世話になっております。王子さんのご案内役を買って出ていただきありがとうございます。今はどちらにいらっしゃいますでしょうか〉

すぐに夏海から返信が届いた。

〈おつかれ！　てっちゃんの部屋にいるよ！〉

昼食の後すぐ部屋に来たとすれば、もう三時間以上は経っているだろうか。その間、自分の部屋の中で夏海とおじさんが二人で過ごしていたことになる。

〈承知致しました。私ももうじき戻りますので、今少しお待ちいただけましたら幸いです〉

池袋駅に着くと徹郎は半ば駆け足で下宿に帰った。部屋の手前で乱れた呼吸を整えてからドアを開けると、奥のロフトベッドのほうから笑い声が聞こえてきた。

「てっちゃん、お邪魔してるよ」

なぜか盆田がゲームをプレイしていた。

「おつかれ！　クソゲー、てっちゃんもやりなよ」

夏海が部屋にいる。つい半月前まで、こんな光景を想像し得ただろうか。

「おう、今日はヤケにお早いお帰りじゃねえか」

おじさんが勘繰るような口調で言った。

「この男ときたら、全く家にいやしねえんだよ。女の家にでもしけこんでんじゃないの？」

「決してそのようなことはございません」

徹郎は笑顔で否定した。しかし思いがけず、語気が強くなった。

「で、なんだい、てっちゃん。今はリアルのクソゲー世界から帰ってきたってところか」

「本日はワンデイ・インターンというものに参加してまいりました」

「なんだい、そのなんとかターンとかいうのは」

おじさんの問いに徹郎は、インターンについて、学生が企業の業務を経験するもので、実質的には選考を兼ねている場合もあることなどを簡潔に説明した。

「要するに一日体験入社みたいなもんなんだな」

「さすがてっちゃん、フル回転だね」

夏海が親指を立てて言った。

「本日は、浜本さんに王子さんのご案内役をお任せしてしまい申し訳ございませんでした」

「ううん、大丈夫。すっごい楽しかったよ」

夏海は屈託なく笑った。

「いやあ、おじさん、舞い上がっちまったよ。遠くで若くて可愛い彼女が待ってるのに」

おじさんはスマホで夏海がＳＮＳに投稿した記事を見せてくる。

「どうよ、なっちゃんと一日デート。ラブラブのいちゃいちゃで、おじさん長生きしてた甲斐《かい》があったってもんよ。大学って最高だな。ほれ、見ろよこのラーメン食ってる俺の写真、どう見たって彼氏を撮る目線で……」

「不適切な発言はお控えください！」

自分でも驚くほど大きな声だった。皆、呆気《あっけ》に取られて静まり返った。

「大きな声を出してしまい、申し訳ございません。たとえ冗談交じりでも、目上の男性がその立場を利用し、年下の女性に対して男女の仲をほのめかすような発言をすることはセクシュアル・ハラスメントに該当する可能性があるため、指摘させていただきました」

「こんなに怒ったてっちゃん見たの、初めて……」

当のおじさんは「ホトケのてっちゃんを怒らせちゃったってか」と笑っている。

「まあまあ、てっちゃん、ゲームでもやって落ち着いて」

夏海に無理やりコントローラーを握らされ、ゲームが開始した。

キャラクターを操る徹郎の横で、盆田が改まった様子でおじさんに向き直った。

「おじさん、そろそろご相談してもいいでしょうか」

「おう、そうだったな。じゃあ酒買ってくるか。俺のソウル・リキュールってやつをね」

「近くに格安の酒屋があるから、アタシ案内するよ」

おじさんと夏海と盆田が、玄関で靴を履いて出て行った。

その時「お邪魔しています」という声が頭上から降ってきた。徹郎は狼狽《うろた》えた。ロフトベッドの下から少し後ずさりして見上げると、静原がベッドの二階に座って本を読んでいた。

「静原さんもいらっしゃったのですね。失礼致しました」

ロフトベッドの上から、静原は冷徹な目でこちらを見つめている。徹郎は「ごゆっくりどうぞ」と目礼を返し、またロフトベッドの下にもぐり込み、ゲームを再開するふりをした。

徹郎が操るキャラクターは早速一回死んでいた。

「蜂矢君は他人に関心がない」

頭上から静原の声が降ってくる。またもや、何の脈絡もなく唐突な断言だ。

「そのように見えますでしょうか。私としては日々、色々な方々との交流を大変興味深く感じております。本日もインターンで一緒になった方々と繋がってまいりました。皆さんがどんな日々を送られているのか、大変興味がございます」

「蜂矢君の関心は人ではなく就活に役立つ情報」

徹郎は咄嗟に言い返せず「そういう側面も、もちろんございます」と、一部を肯定する。

「他人への関心を……思いやりを持ったほうがいい」

徹郎は少なくとも静原よりは社交的だと自負しているし、ゼミの時も議論が進むように気を配って皆に話を振っている。物静かで自分からはあまり言葉を発しない静原のほうこそ、余程他人に関心がなさそうに見えるが、反論したい気持ちを抑える。

「思いやりは重要ですね。今日のインターンで、無神経な発言をしてしまいました」

「そうじゃなくて、他人への無関心が蜂矢君自身を傷付けることになる」

静原の預言めいた言葉は相変わらず不気味に徹郎の心を抉《えぐ》る。

「でも蜂矢君には今、強く関心を抱き始めている人物が二人だけいる」

人の心をずけずけと断定してくる。聞き流せばよいのだ。そう思いつつも、言葉が断片的で、不本意ながら逐一詳細を確認したくなる。

「そのお二人とはどなたか、ご教示いただいてもよろしいでしょうか？」

「夏海とおじさん。夏海に対しては唯一無二の特別な関心を抱いている」

「確かに浜本さんには感謝と尊敬の念を抱いております。浜本さんのおかげで、私はたくさんの方とのご縁を繋いでいただきました」

ロフトベッドの天板を隔てた頭上にいる静原の気配が、なぜか強く感じられる。

「そうやって夏海への特別な関心を隠すのは良くない。はっきり伝えないと夏海は気付かない」

静原は淡々とした口調で恐ろしいことを言っている。前にもエントリーシートを出せなどと言っていたが、静原は一体何をどうしろというのか。

「蜂矢君は夏海がおじさんに異性としての特別な関心を抱いていないか心配している」

「なぜ私がそのような心配をしていると断言されるのでしょうか」

「蜂矢君は夏海のネームブックを見ておじさんと二人きりでいると誤解し、慌てて帰ってきた。ボランティア団体の説明会にも行かずに」

静原は、徹郎がつい三十分前に投稿したばかりの記事をもう確認済みということか。まるで徹郎の行動を監視しているようだ。ますます不気味で、恐ろしい。

「説明会の日付を間違えていたことに気付いたのです。日を改めてまた参加します」

徹郎は咄嗟の方便で切り返した。

「夏海とおじさんは今日一日二人きりではなく図書館から私も一緒にいた。私はSNSとかに載りたくないから夏海が撮った写真にはおじさんだけが写ってる」

「そうでしたか。静原さんもいらっしゃったのですね」

「夏海とおじさん二人だけではなかったことに蜂矢君は安心している」

静原の言葉で徹郎はコントローラーの操作を誤り、主人公のキャラクターは塔の階段を転げ落ちて死んだ。実によく死ぬゲームだ。

「確かに王子さんは、女性に不適切な発言をされる傾向が見受けられますので」

買い出しに行っていた三人が戻ってきた。ロフトベッドの下とその外に続く二畳ばかりのフローリングのスペースで車座になり、酒盛りが始まった。こうなると就活の事務作業などできるはずもない。夏海に「てっちゃんも飲もうよ」と声を掛けられ、結局徹郎も輪に入って飲み始める羽目になってしまった。

二リットルのペットボトルに入った安い焼酎をウーロン茶で割り、皆で飲んだ。

盆田はあっという間に一杯目を空けると、二杯目をコップに注ぎ、相談事を切り出した。

「おじさん、自分の腕をお金に換えてみろっていう話ですけど、挑戦してみたいんです」

「いいねえボンちゃん、そうこなくちゃ！」

「だけど、どんなマジックをやれば、その……お金になるのか分からなくて」

「そんなの、色々やりながら考えればいい。手品だけに、手を替え品を替えてよ」

盆田は「試行錯誤ですか。そうですね」とブツブツ呟く。

「それとこの間、自分なら道具と投げ銭入れの箱を持って街へ出るって言ってましたよね。どんな場所でマジックをやれば投げ銭が入るかイメージできなくて」

「人の多い場所に立って、バーンと見せつけりゃいい。夜の池袋駅前なんて、どうよ？」

盆田は「駅前ですか……。あんなごった返してる場所で、どうやったら見てもらえるのかイメージが湧かないですね」と首を傾げる。

「夜なら、駅の西口のシャッターの前はどうかなあ。アタシのバンドがあそこで演奏して、結構人が集まってましたよ。最後は交番のお巡りさんに止められちゃったけど」

夏海が場所を提案すると、盆田は「バンドは音も大きいし人数も多いから、マジックとはだいぶ違うよなあ」とブツブツ呟くばかり。

この一連のやりとりで、盆田が就活で負け続けている理由が分かった。

課題を確認し、それに対する解決策を考えるという、単純で基本的な作業ができていない。

「ひとまず課題を整理しましょう」

徹郎は挙手した。あまりの不甲斐《ふがい》なさに黙っていられず、体と口が勝手に動いていた。

「ざっと考えたところ、課題が何点か浮かびます。まず歩いている人を立ち止まらせなければなりません。それに野外の雑踏ですと声が通りにくいため、機材が必要になります。また、天候や場所の制限もあるため、見せられる技も限られてくると思われます」

こんな馬鹿げた計画をと思いながらも、議論が始まると全力を出してしまう。議論の場にいながら役に立たない人間は害悪でしかない。就活の場では敗北する。

「通りがかりの人の足を止めるのが難しいならば、発想を転換し、最初から足が止まっている場所を狙えばよい、という仮説も生まれます。たとえば予《あらかじ》め一定数の人が留まっている場所、かつ屋内がよいのではないでしょうか。いかがでしょう」

「それならクロースアップマジックがいい。蜂矢君が挙げた条件をクリアできる」

静原が断言した。盆田が「なるほど」と得心したように呟いた。

「すごいね、静原さん。クロースアップマジックなんてよく知ってるね……」

「小説のワンシーンで読んだことがあります。流しのマジシャンが酒場に現れてテーブルを回ってマジックを披露してチップを荒稼ぎする場面を思い出しました」

徹郎は小説をほとんど読まない。就活本やビジネス本ならば千冊以上読んでいるが、小説は実用的な情報を取り入れるには効率が悪い。昨今の採用面接では、愛読書を訊くのは思想や信条に立ち入る質問として忌避《きひ》される。だから徹郎には愛読書など必要ないのだ。

「そのクロースアップマジックってのは、要するになんだい？」

「大勢の人の前で披露するのがステージマジック、少人数に対して近い距離で披露するのがクロースアップマジック。テーブルマジックと言ったほうが分かりやすいかもしれません」

静原の説明に盆田が「いやあ、静原さんの博学には恐れ入るなあ」と感心する。

夏海が「寿々歌ってすごいでしょう」とおじさんに向かって自慢げに言った。

「すずちゃんよ、おかげで思い出したぜ。テーブルマジックならいけるよ。間違いねえ」

おじさんは、十数年前にショーパブの司会進行をしていた。その店では時折マジシャンも来て、ショーとショーの間にテーブルを回って結構な投げ銭を稼いでいたと語る。

「テーブルマジックがよいとの意見が出ましたが、盆田さん、いかがでしょうか」

徹郎は自分の課題提起が上手く機能したことに満足した。全員が発言し、集合知によって解を導き出した。今の議論の展開は就活の場でも高い評価を得られそうだ。

「面白そう！　盆田さん、そのテーブルマジックっていうの、やったことあるんですか」

夏海はもうその気になって盆田に訊ねる。

「やったことはあるけど、地元の中学の同窓会で、余興程度にテーブルを回っただけだよ。あれでお金を取るなんて、プロのマジシャンがやるものだから」

「ボンちゃん、プロだからカネをもらえるんじゃなくて、カネをもらえたらプロなんだぜ」

躊躇《ちゅうちょ》する盆田に構わず、おじさんは続ける。

「まずはプロっぽく何か名乗っちゃいな。名乗ったもん勝ちだよ。そうだな、さすらいの手品師、マジカル・ボンちゃんとかどうよ？　名乗って、カネを取れたらプロだよ」

「王子さんは、そうした実績をお持ちなのでしょうか。もし差し支えなければ、参考までにご披露いただけましたら幸いです」

「俺が堅気の仕事で初めてカネを取ったのがこれだよ」

ノートパソコンの画面に映し出されたのは、ラーメン店のホームページのようだ。

「二十年ぐらい前は今みたいにＳＮＳなんかほとんど無くて、宣伝に熱心な店はそれぞれホームページを作ってた。これはカネになると思った。ホームページプロデューサーを名乗って『ホームページ制作お任せください』みたいな宣伝ページをハッタリで作って出してみたら結構な数の仕事が来て、びびったのなんの」

　ＨＴＭＬ、ＣＧＩといったホームページで使用される基本的なプログラムやフラッシュの技術を組み合わせて、とにかく見栄えがするホームページを作って納品したという。

「ハッタリでもいいから名乗って誰かに喋ってみるといい。後に退《ひ》けなくなるからな」

「おじさん、ホームページ作れるの？　すごい。プログラミングの勉強とかしたの？」

「勉強なんかしないよ。ハッタリで仕事を引き受けちまって、さあ大変だ。よその色んなホームページからパクれるものは全てパクって見様見真似《みようみまね》でそれらしいものを作った」

「技術は後付けで先に仕事を引き受けた、ということですね」

　なんと大胆不敵で無計画なのだろう。

「この最初の仕事で十万円稼いだ。カネを取れれば、ハッタリでも一応プロだ」

　その後は美容室、飲食店、歯科医院などの個人経営の店から次々とホームページ制作を請け負った。画像処理や音声ファイルの作成など次々とオプションメニューを追加し、持ち前の口の上手さで営業をかけ、売り上げは右肩上がりだったという。

「全部、見様見真似で作りながら覚えたよ。一から自分で勉強しようなんて、短気な俺には無理だからな。それにカネが懸かった仕事の実戦で覚えたほうが早いぜ」

いい加減なビジネスだが、本当の話ならば雑草のような逞《たくま》しさは認めざるを得ない。

「なにせカネになったからな。儲かるなら何でも楽しいもんさ」

「それほど利益が上がるのに、なぜ手を引かれたのですか？」

「飽きたんだよ」

徹郎は、少しでも感心したことを後悔した。

「俺は長続きしねえ性分だから、いろいろな仕事をやってきたよ」

おじさんは障子《しょうじ》や襖《ふすま》の張替えを請け負ったこと、ゴルフの腕を活かして金持ちに指南をしたことなど、就職せずに転々と生きてきた日々を語った。

「部屋の片付け屋ってのも勝手に名乗ってやったりしたな。ある時、飲み屋でおねえちゃんと与太話してた時さ、俺は物をバンバン捨てるのが得意だって気付いてな、部屋の片付けを手伝ったんだよ。捨てられないものとかを気持ちよく捨ててもらってゴミ屋敷寸前の部屋が今のてっちゃんの部屋みたいにきれいさっぱりってな感じで」

言われてみればおじさんの居住スペースには、徹郎と同じぐらい物が少ない。

「ちょっとした特技でも、ハッタリでカネに換えてきた。すぐに飽きてどれも大成しちゃいないが、それに引き換えボンちゃんはどうだい。一流の腕を持ってる」

おじさんは盆田を指差して、力を込めて言った。

「勤め人も立派だけどよ、自分の腕一本で食っていく生き方もあるぜ。ボンちゃんはその腕を持ってる。街へ出て、一円でも稼いでみたら世界が変わるかもしんねえぜ。どうよ？」

　おじさんは盆田の腕を褒めそやし、勤め人への道からの逸脱をそそのかすばかり。徹郎には死神の誘惑に見えた。就活は学生の特権だ。それを自ら捨てるなど自殺行為に等しい。

「やってやりますよ。腕一本で、稼いでみせましょう！」

「ボンちゃん、よく言った！　そうとなったら、今週からやるぞ」

「今週からはちょっと……もう少し練習をしてからのほうが」

「そういうこと言ってる奴は一生、練習ばかりで終わっちまうんだよ」

　夏海が「そうですよ」と同調する。それから夏海は「てっちゃん、なんだっけ、いきなり現場に放り込まれて、仕事しながら研修していくやつ」と訊ねてくる。

「ＯＪＴですね。オン・ザ・ジョブ・トレーニングという研修方法です」

「おお、会社の仕事にもそんな方法があるのか。いいじゃねえか。オンブだか抱っこだか知らねえけどよ。実際にやってみるのが一番早い。そうだ、職業体験をインターンとか言ったな。どうだいボンちゃん、名付けて、おじさん主催の裏インターンってところだ」

「裏インターン……なんだかかっこいい響き！　どこでやるの？」

　夏海は、もう盆田が「裏インターン」とやらを実行する前提で目を輝かせている。

「俺さ、流しのテーブルマジックをやらせてくれそうな店、何軒か知ってるからさ」

「流しだって。かっこいい！　ねえおじさん、アタシもついて行っていいかな」

おじさんは「おお、みんなでボンちゃんを応援しに行こうぜ」と応じた。

「流しから始めて、腕一本で食えるようにするぞ。おじさんがボンちゃんの興行師だ」

様々なことが誤った方向へ向かっている。一人の就活生が今まさに人生の道を踏み外そうとしている。盆田が就活を止めて路頭に迷うのは彼の勝手だが、夏海がこの中年男の思想に汚染されるのだけは許しがたい。

「てっちゃんも、行くでしょう」

「同行させていただきます」

馬鹿げている。そんな心の声とは裏腹に即答していた。おじさんや盆田の間違いを見届けるために行くのだと自分に言い聞かせた。

第四章　彼は名乗ったもん勝ちだとうそぶいた

三日後の夜、コールセンターのバイトを終えた徹郎は新橋駅《しんばし》に降り立った。勤め人の街・新橋の夜は、仕事帰りの人々で賑《にぎ》わっている。

「てっちゃん！」

徹郎は待ち合わせ場所の新橋駅前ＳＬ広場に着くなり呼び掛けられ、振り向いた。ＳＬの車体の前で盆田が手を振っていた。夏海と静原、そしておじさんも揃っている。

「どこの勤め人かと思えばてっちゃんじゃねえか。大学じゃ目立つのに、新橋に来ると保護色の動物みたいに同化しちまうなあ」

おじさんの軽口を徹郎は目礼で軽く受け流した。

夏海、盆田、静原、徹郎の一行は、おじさんに連れられて夜の新橋の街を歩いた。大通りを一本脇に入った路地の中ほど、赤提灯《あかちょうちん》を下げた店の前でおじさんは立ち止まった。

「ここがボンちゃんのデビューの場所だよ」

古びた木製の引き戸を開けると、店内の喧騒が耳に飛び込んでくる。同時に、煮物の出汁《だし》の匂いが鼻の先に漂ってきた。

徹郎たち五人が奥のテーブル席に腰掛けると、カウンターの向こうから老婆が出てきて、小さな背を丸め、上目遣いでこちらを窺《うかが》い、「久しぶりだね」とおじさんに声を掛けた。

「ダチを連れてきたよ。スーパー手品師のマジカル・ボンちゃんとゆかいな仲間たちだ」

おじさんは老婆に皆を紹介し、瓶ビールと焼き鳥の盛り合わせを注文した。

「店の中を自由に回って、好きにやりな。うちの取り分は二割だよ」

六つのテーブル席とカウンター席は、仕事帰りと思《おぼ》しき勤め人や年配の客でほぼ満席。おじさんは、店の老婆を交えて隣のテーブルに座る四人組の男性客と親しげに軽口を叩き始めた。大学生になって青春を謳歌しているなどと語り、上機嫌だ。

すると白髪の男性客が徹郎に「スーツのお兄さんは、就職活動かい」と訊ねてきた。

徹郎は目礼で応じながら、素早く年配の一団を観察した。六十代から七十代だろう。隠居生活のシルバー軍団だ。彼らと交流しても就活の役には立たないし、得る物はなさそうだ。

「ボンちゃん、そろそろいってみようか」

「え？　もう始めるんですか……」

「『もう』じゃなかったら、いつ始めるんだよ」

おじさんに促され、盆田は強張った顔で席を立ち、鞄から衣装と道具を取り出した。

「上手く見せようとか色気を出しちゃいけないぜ。俺たちの前で見せたとおりでいい」

盆田は、おじさんと一緒に、まず隣のシルバー軍団の席の側に立った。

「さあさあ、こちらの若者、口は下手だが手品は手練《てだ》れ、学生マジック界を席巻《せっけん》する期待の新星、マジカル・ボンちゃん！　これからスターになること間違いなしの逸材を、こんな場末の酒場で見られる皆さんは、なんと運のよいことでしょうか」

おじさんの紹介の口上に老婆がカウンターの向こうから「場末の酒場で悪かったね」とダミ声を上げると、シルバー軍団は楽しげに笑った。

夏海は隣のテーブルを眺めながら「すごい、おじさんが盛り上げてる」と感心する。

だが盆田がボソボソ声で自己紹介を始めると、一気に客席のテンションが下がった。

「盆田さん、超緊張してる……」

夏海が心配そうな面持ちで隣のテーブルを見つめている。

だがその時……盆田が両手で揉《も》み手を始めると、突如一万円札が出現した。

シルバー軍団の四人から歓声と拍手が沸き起こり、ムードが一転した。

次のコインを使ったマジックでは、コップの底に五百円玉を押し当てて貫通させ、掌に載せた五百円玉を消してみせる。続いて、新聞紙を細かく破いて丸めた後、開いて元どおりに復活させる。最後は、トランプを使ったカードマジックで締めくくった。

徹郎は感心しつつも、やはり盆田は努力のしどころを誤ったのだと改めて確信した。これほどの技能を身に付ける努力を就活に傾けていれば、今頃は相応の企業から内定を得ていたに違いない。趣味に大学生活を費やした時点で、既に盆田の人生は敗北が決していたのだ。

十分程の演目を終えると、おじさんが「いやあ、どうでしたか？　すごいものを見てしまいましたねえ」と軽薄な調子で割って入った。

「よかったと思っていただけたならばそのお気持ちをぜひこの若き青年に寄せてやってください。お気持ちというのは、皆様お分かりいただけますでしょうか……」

おじさんはアクリル製らしき四角い透明の箱を両手に持っている。投げ銭入れだ。

「なにぶん、どんなに温かい拍手やご声援でも温まらないのが懐《ふところ》というものでございまして、お気持ちは目に見える形で頂けますと幸いです」

シルバー軍団の面々は「全く相変わらず調子がいいなあ」と突っ込みを入れる。

「こちらのマジカル・ボンちゃん、実は大学四年生でして就職活動の真っ最中です。これが厳しいことこの上なく、三十社、四十社、五十社……。受けても受けてもどこも採ってはくれない。自分は必要とされない人間なのだろうかと嘆く青年。そんな彼ではありますが、大学生活の全てをマジックに懸けてきたのであります。果たして彼の腕がプロとして通用するかどうか、その第一歩が今宵《こよい》この時この場所、皆々様の御前という次第でございます」

軽薄だが軽妙な語り口に、他のテーブルの客たちも注目し、耳を傾けている。

「さあどうでしょうか、人生の大先輩方が一人の若者の門出を祝ってくれるんだから、お気持ちは、二つに折り畳める形で頂きたいもんだなあ」

そう言っておじさんは千円札のプリントが入ったタオルを取り出してみせた。露骨な誘導だがシルバー軍団は手を叩いて笑っている。続いて盆田も「よろしくお願いします」と言いながらパッと掌を開き、千円札を出現させてみせた。

シルバー軍団の面々は口々に盆田を称えながら、投げ銭入れの箱に千円札を入れてゆく。

続いて隣のテーブルに移った盆田は、落ち着いた様子で別のマジックを披露し、拍手と歓声を浴びた。ほろ酔いの客たちは大盛り上がりで、アクリルの箱に気前よく投げ銭を入れていく。意外にも、千円札が次々と入っていた。一時間ほどかけて、五つのテーブルを回った。

最後に盆田は、徹郎たちの座るテーブルでマジックを披露した。夏海と静原は千円札を入れた。徹郎も仕方なく二人に倣《なら》った。

アクリルの箱には折り畳まれた千円札がひしめいていた。

「ボンちゃん、数えてみなよ」

おじさんが、ニヤニヤしながら盆田を促す。盆田は札と硬貨を取り出して数え、計算する。

「一万八千三百円……ぼくのマジックが……」

盆田は呟くなりホロリと涙を流した。

「すげえじゃねえか。なあ。ボンちゃんの手品にはこれだけカネを出す価値があるってことだ。お初のご祝儀《しゅうぎ》、酔っ払いの気まぐれも手伝っちゃいるけど、上出来じゃないかい?」

「なんだか分かりませんが……。やっていけるかもしれないって、少し思えました」

盆田は約一時間で一万八千三百円を得た。徹郎はこの金額がどれほどの価値か、頭の中で分析した。年収二千万円の一流企業の社員と比べても、時間単価の換算では劣らない金額だ。しかし一度だけの成功体験でマジシャンとして大成できると思うのは大間違いだろう。

夏海は「盆田さん、すごい！」と目を輝かせ、盆田に拍手を贈っている。

「ボンちゃんよ、おじさんプロデュースの裏インターン、どうよ？」

おじさんに肩をポンと叩かれた盆田は、洟《はな》をすすってから言った。

「今日のことは、一生忘れません」

まさか今宵の成功体験に浮かれて、プロになる決意でも固めたのか。

「ボンちゃん、感動しちゃってるところ申し訳ないが、少し種明かしだ。こちらの席に座ってるご老体がたは、古くからの知り合いで、今日は前途ある青年が流しで手品を披露するから見に来てくれと頼んであったわけで、実は仕込みでございました！」

なるほど、今宵のささやかな成功劇は、仕組まれた出来レースだったというわけだ。

「では、お情けでぼくのマジックに千円札を入れていただいたんですね……」

盆田が呟く。すると「ちょっと待った」と声が上がった。

「俺たちがお情けで千円入れたって？　見損なってもらっちゃ困る」

ゴマ塩頭の男が真顔で言った。

「お兄さん、最初はオドオドしてて『大丈夫か』って思ったけど、何にもないところから一万円札を出された時は心底驚いた。楽しませてもらったから、千円入れたんだよ」

「それに、他のテーブルの人らは、知り合いでもなんでもないよ。ボンちゃんの実力だ」

おじさんは盆田を励まし、さらに種明かしをする。千円札を入れてもらうための誘導は、大道芸人が投げ銭を呼び掛ける時の口上を動画サイトで見て拝借したという。

盆田は「結局、おじさんの話術のおかげですね」と落胆したような声で言った。

「俺の口上はただのきっかけで、ボンちゃんに腕があったってことだ。きっかけは何だっていい。稼げるっていう自信は人を変えるんだよ。なんて、俺が言っても説得力ねえか！」

「ノリさんは器用貧乏だからね。下手の横好きっていうか、ちょっと器用にこなしたらすぐに飽きちまうんだから」

長老が苦笑いしながら言った。おじさんは、彼らからノリさんと呼ばれているらしい。

夏海が「皆さんは、おじさんとどんな繋がりだったんですか」と訊いた。

「何て言ったらいいかねえ、襖繋がり、かな」

長老は笑いながら言った。定年退職後に表装技能士という資格を取り、襖や網戸の張替えの会社を立ち上げたという。おじさんも、その資格を取っていた。

「襖や障子の張替えってのは驚くほど仕事があるらしいって聞いて、俺も講習を受けて資格を取って、個人で仕事を受けてたんだよ」

「ノリさんは器用だし、お調子者で、お年寄りのお客さんに取り入るのが上手いんだよ」

「皆さん、定年退職される前は、どのようなお仕事をされてたんですか」

夏海が訊ねると長老は「金融関係だよ」と答えた。銀行の平取締役を務めていたという。

「お話を聞かせていただいてよろしいでしょうか」

徹郎は思わず身を乗り出した。体が勝手に動いていた。目の前にいるのは、隠居後とはいえ大企業の役職経験者だ。気に入られなければならない。

隣のテーブルから、静原が冷めた目で徹郎を見つめていた。

徹郎は入店直後に話し掛けられた際の素っ気ない応対を挽回すべく、彼らの話に適度の相槌を打ち、合間に問いを投げ掛け、退職後の起業に至るまでの逸話を引き出した。

「ずっと会社の看板、会社の傘の下で仕事して給料をもらってきたからね。リタイアした後は手に職を付けて、自分で何かをやって稼いでみたいと思った」

大企業でリーダーを務めたほどの人にも、物好きな人がいるものだと徹郎は思った。

そこへ、三人組の外国人が店に入ってきた。顔立ちを見ると、インド系の人だろうか。英語で言葉を交わしながら、空いたばかりのカウンター席に座った。

「おや、女将《おかみ》さんよ、ずいぶんとグローバルな店になったもんだな」

「最近、古民家風居酒屋だとか言って、外国の人も来るんだ」

三人組はマジシャンの衣装をまとった盆田に興味を示したようで、口々に話し掛けてきた。

盆田は困惑するばかり。徹郎は通訳に入ろうとしたが、おじさんが割って入り、三人組と英語で談笑を始めた。発音はひどいもので、いわゆる日本語英語だが、それがまた三人組の笑いを誘っているようで話がどんどん弾んだ。

「オー、アイアム、ヒズ、ファーザー」

おじさんは、自分は借金まみれで、息子に酒場でマジックをやらせて日銭を稼ぎながら暮らしているなどと出鱈目《でたらめ》を語り、外国人の三人組は笑いながら聞いている。

夏海が「おじさん、英語喋れるんだ。すごいね！」と驚きを口にする。

「若い頃、六本木の外国人パブに通い詰めてなあ、金髪の綺麗なおねえちゃんと話したい一心でよ。動機は不純だが、だからこそ話せるようになった。おかげで、外国人の観光ガイドなんかも引き受けて日銭を稼いでた時期もあったよ」

盆田がしみじみ「すごいですね……」と言った。

「やってみりゃなんとかなることって、意外とあるもんだよ。今日ので分かったろう。少なくともボンちゃんの手品には、カネを出す価値があるのは間違いない」

就活に負けて絶望していた盆田が、この裏インターンによって生気を取り戻している。だが徹郎にはおじさんが、邪道を説くペテン師にしか見えなかった。

「そういえば、マジシャンのお兄さんは就職活動中って言ってたね？」

シルバー軍団のゴマ塩頭が話し掛けてきた。盆田が答える前におじさんが「これだけ腕があるんだから、就職活動なんてもんには見切りをつけて腕一本でやったらどうだって言ってんだ。オヤジさんたちもなんとか言ってやってくれよ」と焚《た》きつける。

徹郎は挙手して「盆田さんのマジックの腕や、今夜の体験を就職活動に結びつける方法もあるのではないでしょうか」と質問する。

「おい、てっちゃん。ボンちゃんが乗り気になってきたのに、なんで邪魔をするんだよ」

「邪魔をしているわけではございません。ひとつの選択肢としてご提示しております」

盆田が道を踏み外すのは勝手だが、就活はクソゲーだと言い放つおじさんにそそのかされるのを見ていると、自分の人生がバカにされているようで我慢ならなかった。

「ボンちゃん、特技は財産だ。財産は、転がしていけばいくらでも箔《はく》は付けられる」

おじさんは盆田を諭《さと》す。徹郎はこれに被せて盆田に提案する。

「たとえば飲み屋で突然テーブルにお邪魔してマジックを披露するにあたり、見せ方を工夫し、営業トークを磨き、多くの投げ銭が入りました。そういった形で箔を付けてはいかがでしょう。面接の場でもひと際輝く、最高のガクチカになります」

「てっちゃん、俺は面接の話なんてしてないぜ。腕に箔を付けて稼げるってことだ」

「ご意見は様々あるかと思いますが、年長者の方々のお知恵を拝借できましたら」

徹郎はシルバー軍団に話を振った。

「うちの息子の会社、そういえば去年から一芸採用を始めたって言ってたよ」

長老の息子は大手通信会社のＮＮＴモバイルで人事部の採用担当をしているという。

「一芸採用のことは聞いたことはありますが、中途採用がメインではないかと……」

　盆田が困惑した様子で言った。

「確かに、中途採用がターゲットらしいけど、学生さんでも受けられるか訊いてみるかい」

「おいおいオヤジさんまで、そっちの話になっちゃうのかい」

　失望した様子で呟いた後、おじさんは何かを思い直したように言った。

「ところで、ボンちゃん本人は結局どうしたいんだい？」

　皆の視線が盆田に集まる。盆田は少し俯いて考えてから、顔を上げた。

「今日ここでもらった自信を、もう一度就活にぶつけてみたいです。就活本に『就活は、自分はどんな人間であるか言葉を尽くして伝えることだ』みたいなことが書いてありました。ぼくにはそれができていなかった。でも言葉でなく、マジックを通せば伝えられそうな気がします。大学生活の全てを捧げたマジックで『自分はこういう人間です』って」

　NNTモバイルほどの大手企業に一芸採用の特殊ルートから就職できるチャンスが与えられるならば、みすみす見逃す手はない。妥当な選択であろう。

　盆田は長老に向かって「一芸採用、ぜひチャレンジさせていただきたいです。お願いします」と頭を下げ、長老は「息子に聞いとくよ」と請け合った。

「そうか。じゃあ頑張れよ」

　おじさんは意外にもあっさりと盆田の意向に納得した様子だ。

「今の盆田さんなら大丈夫です」

長い間気配を消していた静原の声だった。例の断定的な口調で言った。

おじさんは「すずちゃんが言うと、本当にそう思えるのが不思議だなあ」と笑った。

「一芸採用か。それならボンちゃんは強《つえ》えだろうなあ……。クソゲーってのは死ぬほど難しい分、笑っちゃうぐらい強力な裏技が潜んでるもんだよ」

それから盆田は半月ほど、新橋の老婆の店でテーブルマジックをさせてもらいながら「一芸採用」に望みをかけた。

そして一発勝負の一芸面接でNNTモバイルの内定を獲得したのだった。

井端ゼミは盆田の逆転劇に沸き立った。

徹郎の脳裏には「不公平」という言葉が浮かんだ。ずっと趣味に没頭し、就活には何の努力もしてこなかった盆田が、たった一度のチャンスに恵まれて勝者になった。

キリギリスが幸せになるのを見ているアリのような心地がしたのだった。


十月も下旬に差し掛かる頃、日本は自国開催のラグビーワールドカップで沸き立った。

井端ゼミの面々も例外でなく、昨夜はおじさんの十四インチの液晶テレビを囲み、皆で日本代表チームの試合を観戦した。盆田の内定祝いとテレビ観戦を兼ねての宴会となった。

徹郎には、他人の戦いを応援したり、勝利を祝ったりする気持ちが理解できなかった。

おじさん、盆田、夏海、そして静原までもがテレビ中継に観入っていた。昨夜は日本代表チームが決勝トーナメント進出を決めたらしく、皆の歓《よろこ》びようは尋常ではなかった。

今朝もおじさんは、昨夜の勝利を伝えるニュースを観ながら騒いでいる。

「いやあ、めでてえなあ！　てっちゃん。決勝トーナメントもみんなで観るぞ！」

「大変結構なことかと存じます」

徹郎はうんざりしながら、就寝用のスーツから外出用のスーツに着替えると、敵情視察のためにスマホでSNSを開き、敵たちの堕落ぶりを確認する。

ある者は河川敷で最高の仲間たちとのバーベキューを楽しみ、ある者はサークル活動に情熱を注いでいる。野外で最高の仲間のために肉を焼く技術を身に付けたところで、就活の自己PRに使えるはずもない。仮にどこかに入社できたとして、社内のレクリエーションで便利な若手社員としてささやかな活躍の場が与えられる程度であろう。サークル活動も、余程突出した実績がなければガクチカの肥やしにもならない。

盆田は例外中の例外なのだ。彼は稀《まれ》に見る強運で、一芸採用の成功を手にしただけだ。

先日知り合った『マイポケット・ワンデイインターンの会』のグループを覗くと、新着の近況コメントが投稿されていた。急に活発なやりとりを始めたところを見ると、おそらく就活に関する愚痴の言い合いや、傷の舐め合いでもしているのだろう。

最初の投稿は例によって帝大生のムードメーカー男子だ。

〈今日、マイポケットから社員懇談会への招待メールが来た！　みんなはどう？〉

社員懇談会に招待された学生は、今後の選考段階で優遇される。

ムードメーカー男子の投稿に続き、他のメンバーも招待メールの到着を報告し合っている。

〈あとは蜂矢君、かな？　どうだった……〉

ムードメーカー男子が徹郎の返信を待つコメントを投稿している。

徹郎は就活用のアドレス宛てに届くメールは一通たりとも漏らさずチェックしているはずだ。まさかと思いつつ、就活用のメールアドレスの受信フォルダを確認した。

それらしきメールは見当たらない。

徹郎は、負けたのだと察した。それも、屈辱的な一人負けである。練習試合のスタンスで参加したインターンとはいえ、こんなにもはっきり負けるとは夢にも思わなかった。

かの軍神・上杉謙信公でさえ生涯で二度の敗北を喫したといわれている。それを思えば、就活戦線を無敗で最後まで突き進もうなど、甚《はなは》だ思い上がりであった。

徹郎は緒戦の局地的な敗北を潔《いさぎよ》く受け入れ、努めて平静を装って返信を投稿した。

〈残念ながら、私は招待メールを頂いておりません。皆様、社員懇談会をどうかお楽しみくださいませ。今後の皆様のご活躍を心よりお祈り申し上げております〉

さすがに、マイポケット社のシンボルであるクイズ&ドラゴンをプレイせずに臨んだのは慢心だったようだ。反省し、次に活かす他ない。

徹郎は惑いの中、毘沙門天の旗印に向かって手を合わせた。

◆

静原寿々歌は図書館のいつもの席に座り、世界へ向けて名乗った。

『学生投資家リンベル研究所』

〈就職しないで生きていく決意をした大学三年女子です。特待生制度を使って大学に通いながら、株の運用で資産を増やしています。投資歴五年半で総資産額五千万円〉

ブログの公開ボタンにカーソルを合わせ、ひと思いに押下《おうか》する。

学生投資家。誰に与えられた肩書でもなく、ただ勝手に名乗っただけだ。だが寿々歌は、はっきりと実感した。名乗った瞬間から人は何者かになれる。

寿々歌は馴染みのコミュニティサイト『陰キャレパラダイス』を開いた。

▼リンベル：今度こそリクルートスーツを売り払った。
▽駄菓子：ついにやってしまいましたか……。で、この先どうするの？
▼リンベル：分からない。とにかくまずは自分の力でお金を稼ぐ。
▽駄菓子：リンベルさん、どうしちゃったの。もはや陰キャの言葉とは思えん。

▼リンベル：：これが私の生きる道。↓『学生投資家リンベル研究所』（私のブログ作った）。
▽駄菓子：：学生投資家？　投資で生きていくの？
▼リンベル：：まだまだだけど、投資でそこそこ稼いでいる。

まずはネットで繋がった、顔も知らない仲間に喋った。

〈ハッタリでもいいから名乗って誰かに喋ってみるといい。後に退けなくなるからな〉

おじさんの言葉を思い出す。名乗ったもん勝ちだ。

寿々歌は、名乗ることで自分の人生を変えたいと思った。これまでどおりに株の運用で利益を生み出しながら「学生投資家リンベル」を名乗って情報を発信する。ブログに広告のバナーを貼ってみた。勝算など分からない。ただ、一歩を踏み出した実感はある。

〈自分の力で金を稼ぐことは自信に繋がる〉

あの日、寿々歌は新橋の古びた居酒屋で、盆田が自信を獲得してゆくのを目の当たりにした。居酒屋の喧騒の中、寿々歌はその変化を観察していた。まるで生まれ変わったかのような変様だった。「今の盆田さんなら大丈夫です」という言葉は、確信が口を衝《つ》いて出たのだ。

寿々歌は図書館を出て、ゼミが始まる前に井端研究室に立ち寄った。

ドアをノックすると「どうぞ」とよく響く声が聞こえてくる。

「今日もよろしくお願いします」

寿々歌はドアを開け、いつものように戸口から声を掛ける。時々ゼミの前にこうして研究室に立ち寄り、井端教授から特別課題に対するフィードバックを受ける。

「力作のレポート、読みましたよ」

井端教授は研究室のドアを開け放ったまま、寿々歌に応接ソファに座るよう促した。研究室で女子学生と二人になる時には必ずドアを開け放つ。一見ぼーっとしているが、井端教授にはこういう細やかな配慮がある。

「シャイな性格の盆田君が流しのテーブルマジックに挑戦するなんて、劇的な変化ですよ。これもまた『おじさん効果』のひとつですかねえ」

あのテーブルマジックの夜のことを、寿々歌はとりわけ詳細に書いたのだった。

「蜂矢君の表情や言動を追って目に焼き付け、家に帰ってすぐに書きました」

「そうですか。蜂矢君の反応がどんどん変わってゆく様子が、実に克明に記されている。それに主観的なようでいて、静原さんの視点はいつも客観的で冷静ですね」

「おじさんが来てから蜂矢君の様子が明らかに変わりました。井端先生はおじさんを煽って蜂矢君に何かを気付かせようとしているのだと私は考えています」

「なるほど、そうですか。しかし、さすがにそれは深読みが過ぎるかもしれませんね」

「井端先生が逸脱文化史の研究題材としておじさんを招いた。私はそう思うのですが」

「招いたわけでもなく、ひょっこり訪ねてきたのは彼のほうで、片やこれは面白いと思ってゼミへの出入りを許したのは私。両方とも事実です」

「では、おじさんに蜂矢君の下宿が空いていることを教えたのも事実ということで」

おじさんは「井端大センセーから聞いた」と皆に説明している。

「あの件で蜂矢君は井端先生を相当恨んでいます」

「そうですか。なるほど無理もない。あれは……さすがに蜂矢君には申し訳ないことをしてしまった。部屋を探していると言うから、ついうっかり言ってしまったんですよ」

額に手を当て、さも申し訳なさそうに呟くが、本心は読み取れない。

「王子典之氏が蜂矢徹郎氏へ及ぼす影響について。このくだりが実に面白いです」

井端教授はプリントアウトした寿々歌のレポートを取り上げて言った。

「二人のはみ出し者が同じ部屋で生活までして、これからどうなることやら」

寿々歌は、二人のはみ出し者という言葉に、強い違和感を抱いた。

「蜂矢君は、はみ出し者には程遠い人物です」

「そうですか。王子典之と蜂矢徹郎。タイプは真逆でも、どちらも相当なはみ出し者です」

「いまひとつ腑《ふ》に落ちませんが、しばらくあの二人を対比しながら見てみます」

「面白い。二人を比較対照しながら観察すると、より考察が深まるかもしれません」

井端教授が「そろそろ時間ですね」と壁掛け時計を見上げた。ゼミの始業時間まであと五分。寿々歌は研究室を辞去して、先にゼミの教室へと向かった。

寿々歌が席に着くと間もなく、二週続けて休んでいた四年生の多良木が教室に入ってきた。多良木は黒のスーツ姿で、ビジネスバッグを携えている。十月が終わろうとしている今もなお、内定ゼロのまま就活を続けているらしい。

「ボンちゃん、おめでとう」

多良木はスーツの上着を脱いで椅子の背もたれに掛けた。いつもどおりの、感情が読み取れない声だ。盆田は「ありがとう。運がよかった」と気まずそうに答えた。

井端ゼミの四年生は昨年まで四人いたらしいが、一人は春から海外放浪の旅に出て休学中、もう一人は限界集落に住んで自給自足の生活をすると宣言し、四年生に上がる前に中退していた。寿々歌たち三年生が知っているのは、盆田と多良木の二人だけだ。

「タラッキー、調子はどうよ？」おじさんが軽い調子で訊く。

「今日も全然しっくりいきませんでした。なかなか合う会社がありませんねえ」

「タラッキーさんって、ずっと就活しまくってんじゃないすか。すごいっすよね。何社くらい回ってるんすか？」

鴨志田が無神経とも思える問いを投げたが、多良木は淡々と「今日で八十三社」と答えた。

「ひええ、八十三社って、よく正確に覚えてますね。すげえっす！」

途方もない数字を聞いて皆が言葉を失う中、鴨志田が見当違いな賛辞を口にする。

「疲れちまうだろう。俺なら八十三人もの女に振られたら、絶望しちまうぜ。どうよ？」

おじさんの言葉で、寿々歌はふと夏休みのインターンを思い出した。グループディスカッションで言葉を発せなくなり、自分は必要のない人間だと暗に言い渡されたような感覚。居たたまれなくなって逃げ出した。あのような体験を八十三回も繰り返したというのか。

「合っている会社を選ぶのが就活ですよね。会社のほうも自分の会社に合っている学生を探してるんでしょうけど。いっぱい回ってみないと分からないでしょう」

多良木は自暴自棄になっているようでもなく、心底そう思っているようだ。

寿々歌は蜂矢へ目を遣り、様子を窺った。彼はいつもの顔に張り付いた笑みを浮かべたまま、一点を見つめている。きっと関心がないのだ。

「合っている会社を選ぶって、すごく前向きな発想ですね。ねえ、てっちゃん」

夏海に同意を求められた蜂矢は「はい、多良木さんのお考えは大変ポジティブな発想だと思います」と微笑んで応じ、この話題への関心を偽装した。それから言葉を継いだ。

「まず内定を取りに行き、その中から『合っている会社』を選ぶ作戦はいかがでしょう」

「相手に合わせるのか。ぼくは思ったとおりに喋っちゃうから、無理だなあ……」

「タラッキー、気にすることはねえよ。てっちゃんは、選ばれることにかけちゃプロ中のプロなんだよな。大人たちのご機嫌を伺う天才ってところか」

おじさんの皮肉を蜂矢は慇懃な目礼で受け流した。

二人のはみ出し者。井端教授の言葉を思い浮かべ、寿々歌はおじさんと蜂矢のやりとりを観察する。おじさんは見たままの印象だが、蜂矢はどうしてもはみ出し者には思えない。

定刻になり、井端教授が教室に入ってきた。

「多良木君は、今日の教材は持ってますか？」

井端教授に訊かれ、多良木は「大丈夫です」と答えた。

今日の教材は井原西鶴《いはらさいかく》の『好色一代男《こうしょくいちだいおとこ》』の漫画版。易しい解説書や参考図書があれば積極的に使うのが井端流だ。無理をして難解な文献に向き合って挫折するよりも合理的だと寿々歌は思う。

「俺は古典を最後まで読んだのなんか初めてだけど『好色一代男』ってのは面白いなあ。古典の味わいが分かるなんて、俺もアカデミックな人間になったもんだ。どうよ？」

おじさんが心底嬉しそうにはしゃぐ。

主人公の世之介《よのすけ》は幼い頃から生粋《きっすい》の女好き。流転《るてん》の人生を送りながら三千人以上ともいわれる女と関係を持ち、家を勘当され出家しても生き方を改めず、牢に入れられても隣の牢の女と恋仲になるなど、何があっても懲《こ》りずに好色を貫いた。最後は六十歳で「好色丸《よしいろまる》」に乗って女だけが住む島「女護ケ島《にょごがしま》」を目指して船出する。

好き勝手に生きたはみ出し者の一代記だ。江戸時代にベストセラーとして庶民に愛され、現代に至るまで読み継がれている。

寿々歌には、異性へのあくなき探求を続ける世之介の気持ちは理解しがたいが、思うがまま、好きなものを追い求めた彼の生き方には不思議と心を惹かれた。

「読んでみて、皆さんは世之介の生き方をどう感じましたか」

井端教授の問い掛けにおじさんが真っ先に反応する。

「世之介、羨ましいね。どうよ？」

「俺もマジで世之介にシンパシー感じたっす」と鴨志田が漫画本をめくりながら同調した。

「皆さん、世之介の生き方を好意的に捉えているようですね。でも現実世界で彼みたいな人が身近にいたら、どう思いますか。たとえば定職に就かずフラフラして、とか」

「いやあセンセー、まいったな。定職に就かずフラフラって、もしかして俺のこと？」

おじさんが自虐を交えながらも、屈託なく笑った。

井端教授は「蜂矢君、どうですか、世之介みたいな人が身近にいたら」と話を振った。

「大変恐縮ですが、個人的には、お近付きにはなりたくないと感じる次第でございます」

「アタシも物語の中なら楽しいけど、実際に近くにいたら、ちょっと引くかも。でも物語ならアリで現実ではナシって、なんだか無責任だし矛盾してるなあ……」

「浜本さん、いい視点ですね。はみ出した人物のことを、物語上なら許せるのに現実世界では許せなかったりする。こうした矛盾から浮き彫りになるのは、いわゆる『普通』とか『まとも』といった言葉は非常に曖昧で輪郭《りんかく》がないということです。転じて、そこに逸脱者や逸脱行動の歴史に目を向ける意味があると私は思っています」

寿々歌は息を飲んだ。今の言葉に、井端教授がおじさんをこのゼミに出入りさせている意図や目的が潜んでいるような気がした。

「すると裏を返せば要するに、はみ出し者みたいに言われてる奴も、一体何からはみ出してんだって話だな。おおっ、俺の今の発言、アカデミックだった？　どうよ？」

おじさんが自画自賛すると、夏海が「アカデミック！」と親指を立てて応じた。

「では就活を経て社会に出ようとする皆さんにとって『普通』とは、どんなものでしょう」

井端教授の問いに多良木が手を挙げた。井端教授が「どうぞ」と発言を促す。

「何が普通かはともかく、ぼくは多分、就活の世界での普通というものから外れてるんですね。真面目にやってるつもりなのに、合う会社が全く見つかりませんから」

そう言って多良木は、初めて疲れたような表情を見せた。

「色んな業種で八十三社も回って、残ったのは、こんな就活日記だけです」

自虐的な笑みを浮かべながら、多良木は机の上に何冊かの大学ノートをドンと置いた。それから「見ますか？」と誰にともなく言った。

「面白そうじゃんか。見せてくれよ」

おじさんが言うと、多良木は席を立っておじさんにノートを手渡した。おじさんはノートを開くや否《いな》や、感嘆した。

「すげえなあ……びっしりだ。細かいところまでよく覚えてるもんだな」

「ぼくは何かの作業手順とか肝心なことは忘れるのに、変なところだけ記憶力が異常によくて。子供の頃にどこで誰と何をして遊んだとかも、映像みたいな感じで覚えてます。忘れられないんです。根暗なのかもしれません」

五冊のノートが皆に回され、いつの間にか多良木の就活日記を回し読みする会になっていた。寿々歌の手元にも一冊回ってきた。

ノートには、日々の採用試験で面接を担当した社員の名前、容姿や服装、投げかけてきた質問、そこから分析できる性格、圧迫面接の手口などが執拗《しつよう》なまでに記録されていた。

〈薄毛七三分けの小男N氏、深夜残業地獄を得意げに語った挙句に前時代的パワハラに耐えたエピソードを披露。睡眠不足を自慢するタイプの男だ。学生一同ドン引き〉

〈イケメン坊主社員S氏に『君は学生気分が抜けていませんね』と指摘された。『まだ学生ですから』と答えたら『もういいです』と言われた。もういいとは、どんな意味だろう〉

〈A社最終面接。その後なぜか健康診断。ついに内定獲得かと思いきや後日不採用連絡。電話を掛け、採取した私の血液を返却してくださいと請《こ》うたら電話を切られた。この会社から内定をもらわなくてよかったと心底思った〉

おじさんは少し読んで大笑いする。

「タラッキー、こいつは、カネになるかもしれねえぞ」

多良木は「これがどうやったらお金になるのか、意味が分かりません」と苦笑する。

「人間、多かれ少なかれ他人の失敗談が好きだ。なのに世の中なぜか、ドヤ顔の自慢話ばかりで溢れていやがる。どうせ就活だって同じだろう？」

確かに、内定者の成功体験談はごまんとある一方で、失敗談は圧倒的に少ない。

「現役就活生の生々しい就活失敗日記。いいじゃねえか。クソゲーってのは、どんな風に死ぬか、死に方もお楽しみのひとつだからなあ」

おじさんの言葉に蜂矢が口角をぐっと上げた。感情をコントロールする時の仕草だ。

「まずはこのノートの最初の一割ぐらいをネットにアップしてみないか。どうよ？」

「そんなことしてどうするんですか？」

「カネにするんだよ。俺に預けてみねえか」

「どうやってカネになるのか分かりませんが、これをネットに載せるのはさすがにまずいですね。ぼくは二度と就活できなくなります」

「会社の名前はアルファベットで伏せて、タラッキーの名前はペンネームにすればいい」

「ぼくにペンネーム？　そんな大そうなものを」

「名乗っちゃえばいいんだよ。そうだな……必殺ライター・真実エグルとかどうだ？　胡散臭いかな。とにかく名乗れば誰でも名乗ったもんになれる。なあ、ボンちゃん」

おじさんに話を振られた盆田は「はい、ぼくも『マジカル・ボンちゃん』になれました」と照れ臭そうに答えた。

学生投資家リンベルを名乗ったばかりの寿々歌は、無言のまま密かに心を躍らせていた。名乗れば誰でも名乗った者になれる。実際にやってみると本当に自分が新しい何かになれたような、分身を得たような心地がするのだ。

「記録魔タラッキーのオトボケ就活日記とか、いいじゃねえか。ページのレイアウトとかどうやったら検索に引っ掛かるかとか、そのあたりは俺に任してくれりゃいい」

蜂矢が「よろしいでしょうか」と挙手した。井端教授は「どうぞ」と発言を促す。

「多良木さんは、どんな経緯でこの膨大《ぼうだい》な就活ノートを書こうと思われたのですか？」

「最初は単純に、就活の記憶を、書いて記録しようと思ったからだね」

「なぜ記録を残そうと思われたのですか」

「記憶がどんどん溜まっていって心に毒が回るみたいな感じになるから、吐き出すために記録した。子供の頃からずっと日記も付けてる」

「この就活ノートも、子供の頃から続けられている日記も、ご自身のために記録しておいた、という認識でよろしいでしょうか」

「そうだよ。日記なんて本来は、人に見せるものじゃないでしょう」

「では、なぜ今日は私たちに就活ノートを見せてくださったのでしょうか」

「なんでだろう……。面白がってもらえるかなあと思った……だから見せてみたくなった」

多良木は、少し照れ臭そうに笑った。蜂矢の質問が多良木の本音を引き出した。

「その気持ちだよ、タラッキー！　みんな面白がってる。今と同じように、大勢の人間に面白がってもらうんだよ」

「読んでいてすごく面白いし、これって多良木さん自身が楽しんで書いてませんか？」

夏海が悪戯《いたずら》っぽく多良木に訊いた。

「正直に言うと、楽しんでる。毎日書いてるうちに、これが一日の楽しみになってた。就活が上手くいってないのに、その記録を書くのが楽しいだなんて、本末転倒だけどね」

「いいじゃねえか、まずはブログにでも載せて大勢に見てもらうんだよ。とりあえず就活開始から最初の一ヵ月分ぐらいをまとめてドーンと載せてみようぜ」

おじさんの勧めに多良木は「やってみます」と少し熱を帯びた言葉で答えた。

「いつまでにできる？」

「三日後ぐらいにはできます」

多良木が淡々と答えると皆どよめいた。多良木を焚きつけていたおじさんまでも「三日後？　本当かいそれは」と信じられない様子で訊く。

「はい、そういう作業は好きなので、苦にはなりませんから」

その後、多良木はノートをもとに就活珍道中ルポ『覆面ライター　ミスター・ラッキーの無い内定戦記』を書き上げ、序盤のエピソードをブログに公開した。面接でのしくじりや多彩な「敵キャラ」が溢れた珍道中が仕上がっていた。豪快な失敗談の数々の中、訪問先の企業の社員を客観的な目で見つめて時には皮肉も交えて書き記す痛快な筆致に、寿々歌は引き込まれた。ずば抜けた観察力と記憶力、それに記録力のなせる業《わざ》だった。

◆

窓の外には街の銀杏《いちよう》並木が深まる秋の風に揺れ、黄金色の葉を落としている。

東京駅近くのホテル一階のラウンジで、徹郎はOB訪問に臨んだ。余裕を持って約束の三十分前に到着し、ソファに腰掛けた。スマホに夏海からのメッセージが届いた。

〈OB訪問した先輩からご飯に誘われたんだけど、どうしよう。勉強になるから行ったほうがいいのかなと思いつつ、なんか気が進まないような〉

夏海は先日、食品会社の男性社員を訪ねたと言っていた。

〈個人的な交流を求めてくるような方は避けたほうがよろしいかと強く思料致します〉

〈やっぱりそう思うよね。ありがとう！〉

就活生の期待や不安に付け込んで親身な相談者を装い、セクハラや不貞を働く社会人もいると聞く。卑劣極まりない。夏海がそうした卑怯者《ひきようもの》に騙《だま》されなくてよかった。

就活生のほうも、くだらないOBに費やす時間はない。

徹郎はOBにもAからDのランクを付け、優先順位を管理している。Aは何度でも訪問する価値のある最優先クラス、Bはキープ、Cは会う価値無し、Dは害悪でしかなく一切の連絡を絶つべし、といったランク付けになっている。

〈てっちゃんは、帝都商事《ていとしょうじ》の進捗はどんな感じ？〉

〈おかげさまで、ちょうど今から帝都商事へOB訪問に臨むところでございます〉

〈すごい！　頑張って！〉

今回の相手には、会う前から特別にランクSを付けている。

間もなく、相手の男性社員が現れた。恭しく名刺交換を済ませ、テーブルを挟んでソファに腰掛け、向かい合う。

「改めまして本日はご多忙の折、お時間を頂戴致しまして誠にありがとうございます」

徹郎は頭を下げながら、テーブルに載せた名刺を改めて確認する。

〈帝都商事株式会社　経営戦略本部タスクフォースマネジメント室　屋敷《やしき》　彰久《あきひさ》〉

この屋敷という若い男性社員が、帝都商事内定への第一の扉だ。

屋敷は入社四年目。いわゆる「リクルーター」として就活生と個別に接触する立場だ。リクルーターは人事部門の社員ではなく、他の事業部門の若手社員が担う。

帝都商事のリクルーターと一対一で会えるのは、選ばれた一部の学生だ。

「勉強不足で申し訳ございません。屋敷様のタスクフォースマネジメント室という部署はどのようなお仕事をされているのでしょうか」

「簡単に言えば、社内の複数の部署が共同で進める仕事をコーディネートするんだ。これから始まるインターンの事務局も、ぼくらタスクフォースマネジメント室で運営してるよ」

「さようでございましたか。インターンの際もご指導ご鞭撻《べんたつ》のほど、お願い申し上げます」

「蜂矢君、ちょっと緊張し過ぎですね。もっと力を抜いて大丈夫だよ」

屋敷はそう言って優しげに笑った。

「申し訳ございません、なかなか加減が利かない性格でございまして」

やはり第一志望の帝都商事の社員を前にすると、これまでとは勝手が違う。顔の表情筋まで硬くなり、笑顔も思いどおりに作れなくなっている。

「エントリーシートから、すごく明確なビジョンを持っていることが伝わってきたよ」

屋敷はまず、先日送信したインターン応募用のエントリーシートを評価してくれた。

「熱意だけでもお伝えできましたらと、思いを書き綴りました次第でございます」

「蜂矢君は、エネルギー関連の事業に携わりたいんだって？」

「はい。若輩ではございますが、そのように考えております」

「そうか。ぼくも蜂矢君と同じだったよ」

「屋敷様も、エネルギー関連の事業を志望されたのですか？」

「うん。でも今は見てのとおり、全く違う部署で仕事してるけどね。やりたい事業に携われる人ばかりではない。むしろ希望とは違った配属になることがほとんどだからね」

帝都商事は世界を股にかけ、数え切れぬほどの事業と部署を抱える巨大商社だ。最初から希望の部署に配属されるなどほぼ無いことは、百も承知している。

達観したような口ぶりに徹郎は少し不快感を抱いたが、神妙に頷いて聞いた。

「やりたいことを持つのも大切だけど、最初は囚われ過ぎないほうがいいとも思う。まずは会社から求められた仕事に全力を注いでみる。それが大事なんじゃないかな」

入社四年目にして、屋敷は当初の志を諦めたのだろうか。

徹郎は内心で密かに失望し、屋敷のランクをSからAに格下げした。

今日の面談は、できる限り彼に気に入られることだけを考えればよい。彼との関係を踏み台に、さらに価値の高い帝都商事社員とのコネクションを築くのだ。

「屋敷様の仰るとおりと痛感致しました。どのような部署でも粉骨砕身働く覚悟であることを、ここにお誓い申し上げます」

屋敷は「蜂矢君、緊張し過ぎだって」と、また優しげに笑った。

その後、インターンへの意気込みなどを訊かれ、徹郎は緊張しつつも一生懸命な様子を前面に出し、言葉を尽くして答えた。

屋敷へのOB訪問は、上々の手応えで終わった。

◆

〈寿々歌へ。久しぶり。寿々歌が『リンベル』っていう名前でインターネットの世界にいること、実はママ、だいぶ前から知ってたんだ。『リンベル』って、素敵な名前だね。遠くまで響き渡る幸せな鈴の音のように、のびのびと育って欲しいと思って「すずか」って付けたこと、覚えててくれたんだね。とても嬉しいです。今のリンベルちゃん、すごいね。びっくりした。寿々歌が立派に自立した大人になってくれて、ママは誇りに思います。康男《やすお》さんも、すごいねって〉

〈大変ご無沙汰しております。その『リンベル』というインターネット上の人物のことを私は知りません。人違いです。それだけお知らせするために返信しました。連絡は以上です〉

〈もう隠さなくていいのよ。実はずっと前から知ってたの。寿々歌は高校生の頃から『リンベル』だったってことも。康男さんも知ってた〉

〈仮にその『リンベル』なる人物が私であるとして、あなた方は前から「知っていて」、なぜ今まで私に話さなかったのですか。私に興味がなかったからではないでしょうか〉

〈言わないほうがいいと思ったからよ。それに自分の娘に興味のない親なんているわけないでしょう。寿々歌はお勉強もできて優しくて、ママの自慢の娘だもん。ママは時々こっそり、

リンベルちゃんの書き込みを見てたのよ（ごめんね☆）〉

〈なぜこのタイミングで話そうと思ったのでしょうか〉

〈寿々歌とちょっと話してみたくなっただけ。自分の道を見つけたみたいだね。お金の本をいっぱい読んでたのも、ママは知ってたよ。康男さんも〉

〈あなた方は私の将来に興味はないはずです。本当の用件を教えていただけますか。なんとなく察しはついていますので、はっきりと言っていただいて構いません〉

〈少し困っていて、三百万円ぐらい貸してもらえないかな。本当に少しの間だけ〉

〈お断りします。お金ならあの人にお願いすればよいのでは〉

〈困っているのは私よりも康男さんなの。たまたま資金繰りが悪くなって、少しの間だけ。すぐ色々なところから集めて返すって〉

〈私はあなた方からの経済的な援助を一切受けずに大学に通い続け、今後も変わりません。どうか今までと同様、私に関心を持たず、あなた方はあなた方で幸せになってください〉

〈そんなこと言わないで。さっきの話、いいお返事を待ってるよ。ママも康男さんも『学生投資家リンベル』を応援してるからね☆〉

◆

秋の夜長、徹郎とおじさんの部屋は、今日も客人たちを交えた酒盛りで騒がしい。

「タラッキーは天才だからな！　どうよ、俺の見立てどおりだろう？」

おじさんが上機嫌で多良木を褒めちぎる。多良木は「いやあ、たまたまですよ」と素っ気なく答えるが、気分が昂揚しているようで、普段より声が大きい。

「どうよ、安酒もソーダで割っちまえば、美味《うま》いもんだろう！」

おじさんが多良木に酒を勧めている。

お隣に迷惑だと注意して静かにさせたいところだが、隣の部屋の学生は夜勤のバイトをしているらしく、夜は部屋にいない。おじさんはそれを知っていて「賑やかにやろうぜ」と悪びれもせず酒盛りを開いているのだった。

徹郎はノートパソコンに向かい、OB訪問の御礼メールを書いていたが、いつものごとく夏海に「てっちゃんも飲もうよ」と輪の中に取り込まれ、安酒を呷《あお》っている。

「わあ！　ブログランキング、就活カテゴリーで五位まで上がってる！」

興奮気味に歓声を上げたのは、夏海だった。

この部屋には夏海をはじめ、ゼミの学生たちが出入りするようになっていた。

「順位が上がってるのは、おじさんのおかげですから」

多良木は照れ隠しなのか、なおも素っ気なく言う。

徹郎は、多良木のブログの何が面白いのか分からない。面接やグループディスカッションでの失敗談を武勇伝のように語るばかりで、読んでいて不快な心地がする。

この『覆面ライター　ミスター・ラッキーの無い内定戦記』なるブログは、おじさんがホームページ制作で得たという知識を駆使して、検索順位を上げたらしい。無い内定、圧迫面接、お祈りメールといった就活のキーワードで上位に表示されるよう仕組んだ。

「ホントにＳＮＳでバズりまくってますよね。多良木さんマジリスペクトっすよ」

今日は鴨志田までもが初めてこの部屋に侵入してきた。最悪だ。

多良木の『無い内定戦記』はＳＮＳで十万件以上の引用投稿を記録し、あっという間に拡散した。就活生からのコメントが次々と並んでいる。

〈笑った！　面接とかでムカついた時には、無い内定戦記を思い出すことにします〉

〈就活生必読の失敗談武勇伝。明日の就活の活力だ！〉

〈読んでいて気持ちが明るくなった！〉

「自分の密かな楽しみで書いていたものが、こんなに面白がってもらえるなんて……」

多良木は少ししんみりした口調で安酒を呷った。

「でも、すまねえ。書籍化の件は俺の力不足だ。本にしてもらう話はどうやら厳しそうだ」

おじさんはかつて、サブカル誌や時には夜の街の潜入取材で記事を書いて日銭を得ていたこともあるという。多良木のブログをサブカル誌の出版社や編集プロダクションに持ち込み、書籍化の売り込みをかけていた。

だが徹郎が想像したとおり、すぐに書籍化の話がまとまるほど甘くはなかった。

「ライター稼業でやっていくには、本を出したっていう実績が一番の名刺になるんだ。だからなんとかしたいと思うんだがよ」

多良木は「いや、もう十分ですよ」と言った。自分の書いた文章が何万人もの人を楽しませ、同じ境遇の就活生に笑ってもらえただけで、幸せな気持ちになれたと言う。

「異常な記憶力や記録癖みたいなものを今までむしろコンプレックスに感じてたけど、その能力は全くの無駄ではないって思えたので」

多良木は淡々と、しかしすっきりした表情で言った。

「それに、目指すべき方向が定まりました」

多良木はＷＥＢメディアや編集プロダクションや出版社への就職を目指す決意を固めたと宣言した。キャリアを積み、物を書いて人を楽しませたいのだと言う。

ところが、おじさんは「いやいや」とかぶりを振った。

「編集プロダクションとやらに入って物を書くのもありだとは思うけど、そうなるとタラッキーの力は会社のものになっちまう。それによ、自分の書きたいものは書けないぜ」

またこの中年男は、自分の腕で稼げと学生をそそのかしている。徹郎には、この男が「俺みたいになれ」と言って自尊心を満たしているようにしか思えない。

「諦めるのはまだ早いぜ。カネになる能力をダイレクトにカネに換えない手はねえよ」

「でもおじさん、さっき、本にしてもらう話は厳しいって言ったけど」

夏海が首を傾げる。

「出版社が本にしないっていうなら、自分で本にしちまえばいい」

おじさんが威勢よく言ったところへ、静原が「それは」と難色を示した。

「自費出版は刊行部数三百部程度でも、数十万円から百万円ぐらいかかります。書店やネット通販で売れる見込みはごくわずかです」

静原は「本で読んだことがあります」と付け加えた。

「すずちゃん、よく知ってんなあ……。そこが思案のしどころだ」

「みんなで考えよう！　てっちゃん、話を整理できるかな」

夏海に言われ、徹郎は「では僭越ながら、少し整理させていただきます」と手を挙げた。

「多良木さんが目指される方向性は端的に言って、書くことを仕事にする、書く技術をお金に換えること、かと拝察致します」

鴨志田が「マネタイズだね」と大好きなカタカナ語で余計な口を挟む。

「目的達成の手段として浮上している選択肢が二つ。ひとつは多良木さんが仰る編集プロダクションなどへの就職。もうひとつは王子さんが推し進める、ブログの書籍化です」

おじさんは「なんだい、俺が無理やりやろうとしてるみてえだな」と笑う。

「書籍化については、出版社への売り込みが難航し、自費出版の選択肢も制作費用が高く、作っても売れるのは困難。この課題をクリアする手段はありますでしょうか」

徹郎は皆に投げかけた。ライター業を目指すにしても、大金をかけて売れない本を自費で出版するより、就職して地道にキャリアを積むのがよいに決まっている。

「マネタイズするなら、ダイレクト・パブリッシングってのがありますよ。電子書籍っす」

鴨志田がタブレット端末を皆に見えるよう床に差し出した。ネット通販大手の『サバンナ』が運営するSDP（サバンナ・ダイレクト・パブリッシング）では、個人が簡単な手続きで電子書籍を刊行し、サバンナで販売できると言うのだ。

「要は、書いたものさえあれば、すぐに本ができるってことか。そいつはすげえ！　カモシ、たまにはいいこと言うじゃねえか」

「鴨志田さんはこのSDPを、どのようなきっかけでご存じになられたのですか」

徹郎が訊ねると鴨志田は「俺もいつか本を出そうと思ってるから」と得意げに答えた。

おじさんが「そのいつかってのは、いつだよ」と突っ込む。

「分からないっす。まだ一行も書いてないっすから」

「まったく、しょうがねえやつだなあ」

「ものさえあれば、出版はめっちゃ手軽で、速攻でできるらしいんすけど」

そう言って、鴨志田はタブレット端末で出版手続きのページを皆に見せた。原稿ができたら、本の内容紹介を自分で作成し、作者名や作品名を登録、販売価格も自分で自由に設定する。自分の取り分は七十%までの範囲で自由に設定できる。

「こんなに簡単なの？　ひょっとして、やろうと思えば今すぐにでもできちゃう？」

夏海が目を輝かせて言うと、鴨志田は「そうだよ、ものさえあれば」と得意げに応じる。

「よし、そうときたら、前編を今ここで刊行しちまおうぜ」

「え？　今ですか」

「今やったって、明日やったって同じだろうよ。なら早いほうがいい。なあ、ボンちゃん」

「そうですね。タラッキー、勢いでやってみるのも意外と楽しいよ」

皆に急《せ》き立てられ、多良木はノートパソコンを開いた。

サバンナ・ダイレクト・パブリッシングの登録画面に、作者名は『ミスター・ラッキー』、作品名は『覆面ライター　ミスター・ラッキーの無い内定戦記』で登録する。

「検索カテゴリーは、シンプルなほうがいいな。まずは『就活』『内定』『面接』あたりか。肝心のカネはどうするよ。定価の価格設定とタラッキーの取り分だ」

おじさんは「買ってもらえるお手頃感と最大限の儲けの境目あたりを狙え」とけしかける。カネへの執着に徹郎は辟易《へきえき》しながらも「多良木さん、いかがでしょうか」と促す。

「価格は三百円かな。前・中・後編の三冊を千円以内で読んでもらえる。印税は六十%で」

「欲がねえなあ。七十%取っていいならフルで取っちまえよ。なんで六十%？」

「深い意味はなく、なんとなく欲張らずに六十%にしといたほうがいいと思うだけです」

「じゃあこういうのはどうだ。七十%にしといて、タラッキーは六十%であとの十%を俺にくれる。どうよ？　え？　グッドアイデアだろう」

おじさんは大口を開けて笑った。

夏海が「どうしておじさんが十%ももらうのよ？」と笑う。

「陰のアドバイザー手数料ってことで、どうよ？」

多良木は「いいですよ。七十%にして、おじさんに十%あげます」と快諾した。

「おお、本当かい。冗談で言ったつもりなのに」

「おじさんに背中を押してもらえなかったら、こんな風に形にはなってませんでしたから。本当にアドバイザー手数料って感じで」

「いやあ、嬉しいこと言ってくれるねえ、タラッキーちゃんよ！」

徹郎は確信した。この男はやはり、金に汚い。

必要項目の入力を終え、出版の手続きは一時間ほどで完了した。二日後にはサバンナ社の通販サイトに掲載され、販売が開始する。

「ぼくの本が、できた……」

多良木はノートパソコンの画面を見つめたまま放心したように呟いた。

「タラッキーの、いや、覆面ライター　ミスター・ラッキーのデビュー作刊行に乾杯！」

盆田がコップを掲げると、皆もコップを掲げ、交互にかち合わせた。徹郎も調子を合わせ

「おめでとうございます」と多良木に声を掛けた。

その時、乾杯の輪の中から、すすり泣く声がした。夏海がいち早く反応し「寿々歌、どうしたの？　大丈夫？」と声を掛ける。

静原がコップを片手に、咽《むせ》び泣いていた。

「何かを名乗って、何かを始めるって……すごいですね」

「なんだ、感動して泣いてるんだ！　びっくりした」

夏海は自分のポーチからポケットティッシュを取り出して、静原に差し出した。

いつも感情を表に出さない静原の突然の涙に、徹郎は不気味なものを感じた。

その後は多良木の出版記念パーティーだと盛り上がり、祝福と喜びの宴《うたげ》となった。

出版を喜ぶのはよいが、売れるかどうかは全く別の話だ。これだけ簡単に出版できるのであれば、星の数ほどの電子書籍が刊行されているだろう。

個人が何かを名乗ることや、何かを始めることが簡単にできる時代だからこそ、逆に数多の中から成功を収めることは、当然ながら極めて難しくなる。

徹郎は喜ぶ皆の様子を冷ややかに眺めて微笑みながら、安酒に口を付けた。

その後の一週間、徹郎は気持ちを入れ替えて就活の実戦経験を積んでいった。人の夢物語に乗っかっている時間などない。

エントリーシートを次々と出し、会社説明会に参加した。一次面接を始めている外資系などの企業には日程の許す限りエントリーし、先の選考過程へと駒を進めた。

その間、徹郎の予想に反して『ミスター・ラッキーの無い内定戦記』はぐんぐんと売り上げを伸ばした。SNSでバズった時、続きを読みたがっていた人が大勢いたのだった。

わずか半月のうちに前編、中編、後編合わせて一万ダウンロードを達成した。

多良木は『覆面ライター　ミスター・ラッキー』として歩む決意をする。一万ダウンロードという成功体験と、そこから得た金や自信が多良木の背中を押したのだった。

こうして、井端ゼミ四年生の二人が、おじさんのプロデュースにより成功を収めた。

徹郎は理不尽であると感じた。何の努力もしてこなかった人間が、ほんの少しのきっかけで成功を手に入れ、いい思いをしている。努力しない者はその当然の報いとして敗れ、努力した者が勝つのではなかったのか。徹郎の心の奥底に、雑念が芽生え始めていた。

こんなはずではなかった、と。

◆

〈寿々歌へ。大切なお金を貸してくれてありがとう。康男さんからのメッセージ、送るね。感謝の言葉と、厳しいことも書いてあるけど、康男さんが送りなさいって言うから。以下、康男さんより。『送金ありがとう。当座の資金繰りができました。その点は感謝します。しかし、ママに対してあんな冷たい物言いをするのはひどいだろう。君は子供の頃からお金の本を読み漁《あさ》っていたね。ぼくはお金で君に不自由をさせた覚えはなかったのに、お金、お金、お金。大学もママは帝都大に行って欲しかったのに、君はお金を全部出してくれる安政大を選んだ。お金さえあればぼくの世話にならずに済む、お金さえあれば就職しなくて済む。なんでもお金で解決できると思っていないか。お金さえあればいいのか。そういう人生は寂しい。ママを悲しませないように。君の大切なお金はなるべく早急に返済する』〉

〈お金の返済は不要です。借用証書はあなた方に贈与税がかからないよう、返済期間三十年・無利子貸し付けの形式を取るために作成しておきましたのでこのメールに添付します（貸主である私のほうで印刷・保管します）。お金そのものは実質的には手切れ金のつもりでお送りしました。そのようによろしくお伝えください〉

〈お願いだから、康男さんをあんまり怒らせないで。康男さんが怒るとママはまた寿々歌を怒らなきゃいけなくなる。お願い、ママは寿々歌と康男さんに仲良くして欲しいの〉

〈怒らせるつもりもありません。私からあの人と関わるつもりはありませんので、これから先も怒らせようとは思いません〉

〈こんなにお願いしてもダメなのね。よく分かりました。さようなら〉

第五章　彼は池袋の父と呼ばれた

　夜九時、今夜も仕切り板ひとつ隔てた隣のロフトベッドから、騒がしい声が聞こえてくる。見知らぬ男子学生たちが三人も部屋に上がり込んで安酒を飲み、自分語りをしている。

「俺たち、このままなんとなく就職していいのかなって思ってたんですよ。今日はおじさんと話せてマジでよかったです」

　男子学生の一人が言うと、おじさんは「真面目くさった顔しちゃってよ」と笑って流す。

　今や安政大学の、特に三年生の間では『おじさんの人生相談』が盛況になっていた。夏海がおじさんの「人生相談」をまるで神通力のごとく学内の友だちに広く吹聴して回り、おじさんも「俺は人を見る目だけはあるんだよ」などと気をよくしていった。

　おじさんと徹郎の部屋には進路に悩む学生が出入りするようになっていた。

「俺の話なんかありがたがらなくていい。三人とも無限の可能性があるってだけの話だ」

　実に騒がしい。そして「無限の可能性」という浮ついた言葉が実に耳障りだった。

　徹郎は学内の同級生たちに後期試験対策の『てっちゃんノート』を送信する不毛な作業に

追われていた。騒がしくて作業が手に付かないのでファミレスなどに移動したいところだが、そうはできない理由がある。

例によって、夏海も来ているのだ。

「じゃあ、三人の決断に乾杯！」

夏海の音頭で今日何度目かの乾杯を唱和している。おじさんや三人の男子学生が、夏海に対して不適切な言動をしないか、徹郎は耳をそばだて、注意しておかねばならない。

三人は音楽に関わるビジネスで起業するのだと、夢物語を語っている。

これからの時代、動画配信ライブが盛んになる。だから投げ銭ライブ・オーガナイザーを名乗り、動画配信で世界最大の投げ銭ロックフェスを企画するのだという。

「いいじゃんか、投げ銭ライブ・オーガナイザーって。名乗れば何かしら始まるからよ」

おじさんの助言を受け、背中を押された学生は皆、根拠なき自信に満ち溢れてゆくのだった。夏海の宣伝力と学生たちの口コミで評判は広がり、伝説の占い師・新宿の母ならぬ「池袋の父」などと皆に持ち上げられて尊敬を集めた。

「まあ、俺なんか数え切れないほど色んなもの名乗っては、すぐに飽きて放り出すっていう繰り返しだがね。今は差し当たり『池袋の父』ってところか。どうよ？」

「おじさん、ホントに池袋の父だよ」

夏海が持ち上げると、おじさんはますます調子づく。

こうして徹郎の周囲の雑音は日増しに大きくなるばかりだった。

終電の時刻も迫り、宴会はようやくお開きとなった。三人の男子学生は、集団催眠にでもかかったような、昂揚した様子で玄関へと向かってゆく。

「じゃあ、アタシも帰るね」

「夏海は待って！」

静原の声だった。聞き耳を立てていた徹郎だが、静原の発言が全くなかったため、彼女が部屋にいることをすっかり忘れていた。

「寿々歌、どうしたの？　そんな怖い顔して」

「話がある」

「分かった、アタシはもうしばらくいるから、話をしよう」

夏海は他のサークル仲間を送り出し、部屋に残った。

「俺とてっちゃんも、外したほうがよさそうかい」

おじさんが訊ねると、静原は「おじさんも聞いてください」と答えた。それから「蜂矢君も」と言って、徹郎のロフトベッドのほうへぬっと顔を出して覗き込んできた。

「一緒に聞いて欲しい。大事な話だから」

静原はいつになく感情を露わにした目で言った。徹郎は「承知致しました」と応じ、おじさんの居住スペースへと移動し、床に腰を下ろした。

「少し気持ちの準備をするので」

静原はそう言って二度、三度と深呼吸すると、意を決したようにノートパソコンを開いたが、画面を凝視したまま固まってしまった。呼吸が激しく乱れている。夏海が背中をさすると静原はなんとか呼吸を整え、ノートパソコンを操作し始めた。

「まずはこれを見て欲しい」

静原が作ったホームページのようだ。

『学生投資家リンベル研究所』

ブログには、日々の資産運用のレポートの他、投資の入門書のような記事もある。

「私は就職しないでこれでやっていこうと思って名乗ってみた。次は誰かに話すことで自分が名乗ったものにより近づけると思ったから三人に話そうと思った」

夏海が「すごい……いつの間に」と呟いた。

高校一年の頃から投資を始め、大学三年夏時点の総資産額五千万円。徹郎は初めて知ることばかりだった。夏海も今初めて知った様子だ。

「すずちゃんよお……いや、リンベル先生！　これは恐れ入った」

夏海とおじさんは、静原のサイトを閲覧しながら感嘆し、絶賛する。

「どういった経緯で静原さんは学生投資家リンベルを名乗られたのですか？」

静原は眼鏡の奥の細目で徹郎を凝視し、それから、おじさんのほうへ向き直った。

「お話しします。便宜上、年長者に向かって話す形でいいでしょうか」

「お、おお。なんだか改まって来られるとこっちまで緊張するなあ」

「私は二十年前、名古屋市の郊外で生まれました」

「おっと……そこから来たか。すずちゃんよ、今夜は語る気だねえ」

「長い話はよくないですね。すみません、もしつまらないようでしたら割愛して話します」

「寿々歌、大丈夫。大丈夫だから。ちゃんと聞いてるから」

夏海の言葉に、静原は「ありがとう」と言うと、再び静かに語り始めた。

「幼い頃から親の愛情を受けずに育ちました」

夜の店で働いていた母は静原が五歳の時に離婚し、店の太客《ふときやく》だった事業家の男と再婚。継父《ままちち》は懐《なつ》かない静原を疎《うと》んじ、母もそれに同調した。話をしたくても、かまってもらえない。話しかけても煙たがられる。自分の話はつまらないのだと思い、無口になっていった。学校でも先生や同級生と話せる自信がなく、クラスに溶け込めない子供だった。

小学二年の時、母と継父の間に弟が生まれると、静原はますます疎外された。

学校では図書室が一番の居場所。放課後は市の図書館に入り浸った。図書館の本で物語や知らない世界に触れ、図書館のパソコンで、インターネットにも触れた。

「少しお酒を飲んでもいいでしょうか」

静原はクリアカップの三分目ぐらいまで焼酎を注ぐと、割りもせず一息に飲み干した。

「本が私を助けてくれました。図書館で本の世界に逃げ込んでいる間は安全で幸せな時間で、家に帰っても図書館で借りた本をずっと読んでいました」

文学作品、図鑑、入門書、歴史漫画……書棚の端から手当たり次第に本を読んでいた静原は、勉強だけはよくできた。テストでいい点を取り続けていると一目置かれることに気付いた。英語も独学で習得し、中学に上がる前には洋画を字幕なしで理解できた。

中学に入ると、事業が下り坂になった継父は、ますます静原に辛《つら》く当たった。

「母もいつもあの人に同調しました。私は、親の庇護《ひご》下から早く抜けたかった。お金さえあればこの人たちから自由になれる。いつしかそう思うようになりました」

図書館で投資や資産運用の本を読み漁った。シミュレーションで元本百万円の投資をして、日々架空の計算をして遊んだ。

公立の高校に進んだ静原は、学校に通う傍ら図書館通いを続け、それから英語力を活かして海外製品の説明書翻訳のアルバイトを始めた。給料でタブレット端末を買った。

ハンドルネーム『リンベル』でSNSに登録した静原は、インターネットの世界で別人格と、新たな居場所を手に入れた。インターネットを介した文字のやりとりに限って、静原は知らない誰かと話せるようになった。

そしてインターネットで株式投資などの資産運用を始めようと思い立った。

「証券口座を作るには親権者二人のサインが必要だったので、あの人に手を突いてお願いしました。私があの人に何かをお願いしたのは、この一度限りです。あの人は私に一切関心がないので、好きにすればいいと、同意書にサインをしてくれました」

アルバイトで得たお金は全て投資に回した。投資信託への積み立てから始め、仮想通貨にも関心を持った。試しに少しだけ買ってみたビットコインの評価額が五百万円を超えて膨れ上がる経験をし、その利益は分散型の株式投資に充てた。

「将来のお守り程度に考えて運用していたお金が、高校三年の時には一千万円以上に増えました。幸い、母親もあの人も私に関心がなかったので、知られることはありませんでした」

あとは東京の大学に進み、家を出ることだけを考えた。選択の基準は、経済的に完全に自立しながら通える大学。安政大学の特待生制度は入学金も授業料も全額免除で、生活資金も出るという理想の条件だった。

教師からは帝都大学を受けるよう勧められたが、静原は安政大学を選んだ。母と継父に対して、仕送りなどの援助は一切不要という約束をして静原は東京へ出た。

「誰かと似ていると思いませんか。私たちは似た者同士だと思う」

静原は視線をおじさんから徹郎に移して言った。徹郎は内心困惑しながらも「経済的な自立を求めた点では、確かに私も同様です」と返した。

「それだけじゃない。ひたすら自分のためだけに努力をしてきた。そこが似ている」

徹郎は、静原の語気に気圧《けお》されながら「確かに、そういう一面もございます」と受け流す。

静原は徹郎と同様、就活を経て「いい会社」に入りたいと考えていた。だが短期インターンなどで自分はやはり組織に溶け込めない人間だと痛感したという。

「努力ではどうにもならない壁があるのだと、就活を少しだけやってみて気付いた」

夏海が「そんなことはないよ」と笑顔で否定する。静原はゆっくりと首を横に振った。

「本当にどうにもならない。それにはっきりと気付けたことが私のスタートだった」

静原が築いてきたものは、多くの本から学んだことや、高校一年の時から育てた五千万円余の資産と、それを増やすための方法だった。

「私は自分自身が投資活動をしながら、実体験の記録を広く知らせたい。少しでも人の役に立てると思って『学生投資家リンベル』を名乗りました。自分のためだけに積んできた努力が、人の役に立つかもしれない。そう思って、このサイトを立ち上げました。就活はきっぱり止めて、この道を歩いてみようと決めました」

そう言って、静原は少し顔を上げると、おじさんのほうを見つめた。

「私がこんな選択に至ったのは、おじさんのおかげです」

「おおっ、俺、何かしたかい？」

「名乗れば何かが生まれる。盆田さんや多良木さんが本当に何かを手にしていくのを目の当たりにして、私も思うようになりました。何かを名乗って、全力でそれになりきってみようと。就活だけでなく、そういう道もあるのではないかと」

静原はクリアカップを手に取り、ペットボトルから水を注いで飲み干した。

「私の継父にあたる男は『君はお金のことしか考えていない。お金、お金。そういう人生は寂しい』などと言ってきました。母親はあの人に逆らえないから同調するだけです」

おじさんが「俺は大賛成だね！」と割って入った。

「気にするな。カネを増やす人間を悪く言うような奴に限って、本当はそいつが一番カネに執着してるんだ。カネが汚いことなんてあるもんか」

お金でお金を生み出すなど、虚業ではないか。徹郎は「よろしいでしょうか」と挙手した。

「静原さんご自身が決断されたことですから大変喜ばしいことと存じますが、ただ、投資家として生計を立てる選択は、かなりリスクを伴うと拝察致します。着実に学業の道を歩んで来られた静原さんの選択にしては、ギャンブル的というか錬金術的というか……」

「投資はギャンブルでも錬金術でもなく、れっきとした生産的な活動」

静原は徹郎の語尾を遮《さえぎ》るかのように言った。

「投資は自分が見込んだ会社や事業にお金を預けるもの。預けたお金は事業に活かされるからつまり活きたお金になる」

最後に静原は、夏海のほうに向き直って言った。

「私のつまらない話をいつも聞いてくれてありがとう。夏海と会えたおかげで私は話をしていいんだって思えた。少しずつだけど色々な人と話ができるようになった」

夏海は「アタシは何も……」と照れ臭そうに笑ったが、居住まいを正して言い直した。

「ありがとう。アタシにとっても、寿々歌は大切な人だよ」

静原は二度、三度と頷くと涙目になってふーっと大きく息を吐いた。

「一生分ぐらい喋ってしまいました。お酒を頂いてもよいでしょうか」

静原は今度は焼酎に溶けた氷水をたっぷり注いで、また一息に飲み干した。

するとおじさんが「すずちゃん、今度は俺から話がある」と改まった口調で言った。

「こいつは、カネになるぜ」

「おじさん、またそれ？　寿々歌はもうだいぶお金にしてるけど」

おじさんは「いや、そうじゃなくて」と真顔でかぶりを振る。

「他の学生にも、すずちゃんのノウハウってやつを売るんだよ。俺に預けてみねえか」

「私の記録を読んでもらって役に立てて欲しいけど、それでお金を取ろうとは……」

「すずちゃんよ、カネを取ることで、もっと価値のあるものを作ろうって思えるもんだぜ」

価値あることがカネになるのではない。カネになることにはそもそも価値があり、カネを生み出しているということは、誰かに価値ある何かを与えているのだと、おじさんは言う。

また詭弁《きべん》を弄《ろう》し始めた。徹郎は閉口しながら聞いていた。

「オンラインサロンっていうのが流行ってるらしい。管理は俺に任せて、始めてみないか」

「聞いたことはありますが無名の大学生のオンラインサロンに人が集まるでしょうか」

「大丈夫だって。こう見えても俺は、十何年か前に情報商材ってやつに関わったことがあってな。二十万円もするネズミ講まがいのテキストやら道具一式を売って回ったら、これがまたボロい商売だった。あんなインチキ話でも売れたんだ。すずちゃんが一生懸命編み出してちゃんと結果も出てる投資術が、売れないわけねえ」

いつもながら、嘘か真か分からない昔話が飛び出した。しかし静原はそれを真顔で聞いている。夏海も「おじさんって、何でも売っちゃうんだね」と無邪気に感心する。

「儲かったら売り上げの十%ぐらい俺に回してちょんまげ。なんちゃって！」

また学生をそそのかして金を稼がせ、その分け前に与るつもりか。怪しい匂いが漂うが、目を輝かせて静原を応援する夏海を見ると、これでよいと思えてしまうのだった。

◆

「ご心配をおかけしましたが私はしばらくこの道を進みたいと思います」

寿々歌の報告を聞き終えた井端教授は「なるほど、そうですか」と、いつもと変わらぬ様子で呟き、再び寿々歌のタブレット端末に目を遣り『リンベルの部屋』を眺めた。

「なるほど。『投資は丁半博打《ちょうはんばくち》ではなく、活きたお金を社会に託す活動です。お金を通して社会と深く繋がる実感を意識すると、資産が増えた・減ったの一喜一憂を超えた根本的な喜びが得られるのではないでしょうか』。このくだり、すごくいいじゃないですか」

寿々歌は安堵した。投資は危険なものとして敬遠されることも多いが、井端教授は寿々歌の言葉を読んで受け止めてくれた。

「よかったですね。実は静原さんの進路のことは最初から心配していませんでした」

「ご心配されているとばかり思っていましたが」

「静原さんは大丈夫です。膨大な本を読んでいるから。たくさんの本を読んだ人の心には、たくさんの道ができます。だからひとつの道につまずいても、別の道が開けやすい」

寿々歌は毎日図書館に入り浸って読みたい本を読み続けてきただけだ。だが井端教授の言葉で、少なくともそれらの日々が自分の背中を押してくれているのだと感じられた。

「心配なのはやっぱり、蜂矢君ですねえ」

「蜂矢君も本は相当読んでいると思いますが」

「なるほど。でも私はそうは思えません。蜂矢君はたくさん読んでいるようで、読んでいない。何かに追い立てられて読まされているんでしょう」

井端教授は四月の当初、蜂矢との個別面談の際に、読書の話に触れたという。

「愛読書などはあるか、訊いてみたんです。彼は言いました。『会社四季報』が永遠のバイブルで、その他、常日頃から即戦力になる本を選《え》りすぐって読んでいると」

「即戦力になる本……」

寿々歌はこの言葉に非常な違和感を覚えた。小説、随筆、実用書、図鑑など、読みたいと思った本を手当たり次第に乱読してきた寿々歌には信じがたい感覚だった。

「蜂矢君が何をもって戦力と言っているのかすら全く分かりません」

「そうですか。蜂矢君の場合に限っては、明白だと思いますけどねえ」

なるほど、言われてみれば……、愚問だった。

「彼は就活の役に立つか否かの観点だけで本を読んでいる。もちろん否定はしませんが、そういう読み方では心に多くの道はできないんですね」

「先生から蜂矢君に何か本を薦めてみたことは」

「いいえ、ありません。私が言っても蜂矢君の心は動きませんから」

「もし何か一冊薦めるとしたら」

「坂口安吾《さかぐちあんご》の『堕落論《だらくろん》』でしょうね」

井端教授は即答し、マグカップを手に取ってコーヒーを一口飲んだ。

「私は十七歳の時に初めて自分で本を買いました。勉強をしよう、本を読もうと思い直した時、まず本屋に行ってみたんです。棚に並ぶ本の背表紙の題名を眺めながら、なんとなく手に取ったのが『堕落論』でした。堕落を論じるなんて面白そうだなと」

寿々歌も『堕落論』は高校生の時に読んだ。堕ち切ることによって救われる。人はそう簡単に堕落し続けられるほど忍耐強くない。そんな逆説に富んだ、坂口安吾の随筆だ。

「まともに本を読んだことなんてほとんどなかったので、難しくて分からない言葉もいっぱいありました。でも、人生を根本からひっくり返されるような、頭を殴られたような衝撃でした。自分が暴走や暴力や盗みやらで気取っていた堕落なんて偽物だという虚無感と、堕落からの救いもあるという希望が一度に押し寄せてきたような」

「その頃のおじさんは」

「彼と私は全く違う道に分かれていきました。同じ道をバイクで暴走していた者同士も、いずれ時が経てば全く違う道に進むんですよ」

井端教授はそう言って笑った。

「後から思えばですが『堕落論』を読んだ時に私の心に道ができていたんですね。逸脱文化史なんていう研究を始めるんですから」

「ゼミで『堕落論』を取り上げたら面白いと思います」

「なるほど。しかし、あれは大学教授に言われて講義やゼミのために読まされるような本ではない。他者の解説を超越する類の本ですね。願わくば自ら出会って読んでみて欲しい」

それから寿々歌は蜂矢の近況を井端教授に報告した。多良木がおじさんの指南でライターを名乗って活動を始め、蜂矢は多良木の成功を快く思っていないことなど。

「後でまたレポートにまとめてお送りします」

「なるほど、そうですか。蜂矢君を見ていると思い出すんです。スピード狂で、まっしぐらに道路を走り狂い、ガードレールを突き破って死んだ仲間のことを」

「ガードレールを突き破って……」

「蜂矢君がそうなるわけではなく、心に一本の道しかないのは危ういということです」

井端教授はまたコーヒーを口にした。心に一本の道しかないのは時に危うい。この言葉に寿々歌は、井端教授の言う蜂矢と逸脱との繋がりが見えてくるように感じた。


井端教授にも背中を押され、寿々歌は投資家の道を邁進すべく新たな一歩を踏み出した。

おじさんのプロデュースで『学生投資家リンベルの部屋』というオンラインサロンを開設した。おじさんは、すぐに検索エンジン対策を講じた。無料会員を集めて『投資のはじめかた〜証券会社はここで選ぶ〜』『安全運転コツコツ積立コース』『短期決戦！ 即買い売り抜けコース』『ただでは転ばぬ損切り』など、今まで蓄積したノウハウや体験を公開した。

寿々歌が株式投資を始めるに至ったストーリーや、資産運用によって就活以外の道が開けた経験なども発信した。すると自分も新たな気付きを得た。お金は人の選択肢を増やしてくれる。そこに意義があるのではないかと思い至ったのだ。

分かり易さとおじさんのプロモーション活動も功を奏し、オンラインサロンには投資に興味を持った大学生や社会人が少しずつ集まってきた。まだ無料会員ではあるが、相談に乗った会員から「証券口座を開設できた」「初めて株を買えた」「つみたてＮＩＳＡを始めた」など感謝の声が早速寄せられ、寿々歌は自分が役に立っていることを実感できた。

こうした小さな達成感の積み重ねが自信に繋がるのだと身をもって気付いた。

寿々歌は自ら名乗った『学生投資家リンベル』になっていった。

◆

十一月下旬の底冷えする朝、徹郎はスーツの襟元を正し、丸ノ内線大手町《おおてまち》駅に降り立った。

徹郎にとって勝負の冬がやってきた。

第一志望・帝都商事の長期インターン『フェローズ・シップ』が始まった。

まずは第一ステージの「営業インターン」。帝都商事が展開するインターネットメディア事業の営業部に配属され、実務に従事する。時給千百円の有給インターンで、週に十時間以上の勤務を条件としたシフト制になっている。

特別待遇の選考ルートに乗るための第一歩であり、絶対に負けられない戦いだ。

二十五階建ての本社ビルを見上げて、大きくひとつ深呼吸をする。

ここへ入るために生活の全てを捧げてきたのだ。

一階のロビーを通ってエレベーターホールを目指す。徹郎はすれ違う全ての社員に笑顔で挨拶をした。どこで採用担当の社員が見ているか分からない。一瞬たりとも気を抜けない。

十階へ上がり、説明会の会場となっている会議室に到着。机と椅子が教室形式で並んでいる。開始十五分前だが、大勢の敵が既に着席していた。前から四列目にひとつ席が空いていたので、徹郎はそこに座った。

「蜂矢君?」

隣の席に座る敵からふいに名前を呼ばれ、徹郎はぎょっとして横に目を向けた。以前、マイポケット社のワンデイ・インターンで同じグループになった、ムードメーカー男子だった。

「やっぱりそうだ。蜂矢君だ！　人違いじゃないよね」

「はい、蜂矢でございます。大変ご無沙汰しております」

夏の敗戦が急に思い出され、嫌な心地になったが、動揺を悟られぬよう、微笑んで応じた。

「よかった！　まさか、ここで再会できるなんて。いやあ、知り合いがいると心強いよ」

ムードメーカー男子は勝手に再会を喜ぶが、徹郎は彼の名前が思い出せない。

「そうだ。あの後、俺も蜂矢君を見習って、名刺を作ってみたんだ」

ムードメーカー男子はスーツの内ポケットから名刺入れを取り出し、たどたどしい手つきで「よろしくお願い致します」と名刺を差し出した。

〈帝都大学文科一類　三年　加賀美　俊樹〉

「名刺を持ち歩くと、急に社会人に近付けたような気がするよ。ははは」

そう言って彼は屈託なく笑った。徹郎は「加賀美俊樹《かがみとしき》」という敵の名を胸に刻んだ。

間もなく、インターンの事務局担当者の説明が始まった。説明者は先日のＯＢ訪問で会った、若手社員の屋敷だ。彼はキーパーソンではなく、事務局の一担当者に過ぎなかった。

帝都商事の長期インターンは、ファーストステージの営業インターンから始まる。

近年、帝都商事はインターネットメディアを買収し、求人情報、住宅情報、グルメ情報などのサイト運営に乗り出している。今年度の営業インターンは、求人情報サイト「ジョブ・ポータル」の広告出稿主を獲得する業務に従事する。見込み客と呼ばれる営業先のリスト作成。電話でのアポ取りや、求人情報の入稿確認、掲載後のフォローが主な業務となる。

今回のインターンには約二十名が参加。四人ずつのチームに分かれて業務に当たる。

営業インターンの全体像に関する説明を受けた後、全員、別室へと移動させられた。

部屋に入ると前方のスクリーンにチーム割の表が映し出されていた。徹郎は「Ｂチーム」に自分の名を見つけた。

「蜂矢君、同じチームじゃん！　めっちゃ心強い」

加賀美が弾んだ声を上げた。徹郎は微笑みながら彼を蹴落とすことを心に誓った。

部屋のスクリーンに指示が映し出されていた。

〈各チームそれぞれ所定の席に着き、一分程度で自己紹介し合ってください〉

加賀美が「自己紹介、さくっとやっちゃいますか？」とグループのメンバーに呼び掛ける。

今回もムードメーカー的な立ち位置を確保する魂胆のようだ。

徹郎は咄嗟に「では僭越ながら」と挙手した。

「安政大学総合文化学部三年、蜂矢徹郎と申します。大学では英会話サークルで三年間活動してまいりました」

わざと大学名を言った。他の三人も徹郎に倣って自己紹介をしてゆく。徹郎はこれから競い合う敵たちの名前とスペックを記憶に刻み込む。

帝都大学文科一類三年　加賀美　俊樹（フットサルサークル主将）
帝都大学文科三類三年　三条《さんじよう》　司《つかさ》（スキーサークル幹事長）
帝都大学理科二類三年　西園寺《さいおんじ》　蓮《れん》（体育会アメフト部）

徹郎を除いた三人は全て帝大生だった。学歴では明らかに徹郎が不利だが、想定の範囲内だった。帝都商事は五大商社の中でも帝大卒の割合が特に多い。

加賀美、三条、西園寺の三人は互いに同じ大学と知り、皆、端正な顔をほころばせ、真っ白な歯を見せて笑っている。その笑顔に、徹郎は勝ち続けてきた者の驕《おご》りを垣間見た。

三人の名字からは、由緒ある家柄の気配が漂う。家庭環境、頭脳、容姿、運動神経、あらゆるものに恵まれて何不自由なく過ごしてきた人生が目に浮かぶ。こんな根っからのエリートたちに負けるわけにはいかない。倒しがいのある敵が揃った。

徹郎は三人の敵を注意深く観察した。前に静原から受けた忠告が頭に浮かんだのだ。

〈蜂矢君は他人に関心がない〉

この忠告は一部的を射ている。常日頃からSNSなどで敵情視察に努めてはいるが、深い分析が足りていなかった。難敵を倒すためには敵を知り尽くす強烈な関心が必要だ。

自己紹介タイムが終わると、グレーのスーツを着た長身の男がスクリーンの前に進み出た。スーツの上からでも筋骨隆々な体格が分かる。隙のない身だしなみ、演壇の前に立った時の姿勢、視線。それらを一目見ただけで徹郎は直感した。この男がキーパーソンだ。

男がタブレット端末を操作すると、スクリーンに今日のメニューが映し出された。

〈1・業務概要説明
帝都商事国内ビジネス営業本部新規ソリューション部長・猪狩新吉《いがりしんきち》
2．業務開始（各チーム）〉

「おはようございます。求人情報サイト『ジョブ・ポータル』の営業統括を担当している、猪狩と申します。よろしくお願いします」

冒頭、猪狩はほとんど名乗るだけの短い自己紹介をした。百八十センチはゆうに超えていると思われる。その存在感と独特のオーラは、頭脳派の格闘家を想起させる。

インターン生たちは皆居住まいを正し「よろしくお願いします」と口々に応えた。

猪狩に仕事ぶりを認められなければ、次のステージ「企画インターン」には進めない。

「私たち帝都商事社員一同、皆さんに対して、お客様扱いはしないつもりで臨みます。ということで今日は、早速、見込み客リストに沿って電話を掛けてアポを取っていただきます」

猪狩は「では三十分休憩した後、業務を開始してください。よろしくお願いします」と、にこやかに話を切り上げ、スクリーンの前から立ち去ろうとする。

重苦しい沈黙が流れる。ほとんど何も説明されていない。だが、誰も言い出せない。

「一点だけ、よろしいでしょうか」

一人、意を決したように声を上げた。加賀美だった。猪狩は「どうぞ」と発言を促す。

「加賀美と申します。失礼します、業務概要の説明はしていただけないのでしょうか」

「たった今ご説明致しましたよ。見込み客リストに沿って電話を掛けてアポを取っていただく。これが業務概要の説明です。やり方は自由です。皆さんの創意工夫にお任せします」

学生たちの間に動揺が走った。穏やかな口調とは裏腹に、有無を言わせぬ威圧感がある。

「皆さんにお願いするのは作業ではなく、仕事です。お分かりでしょうか」

「承知しました。申し訳ございませんでした」

猪狩に諭された加賀美は、バツが悪そうに頭を下げた。敵が一人、早々に自滅してくれた。

「大事なことなのでもう一度繰り返します。お願いするのは作業ではなく仕事です。今質問してくださった加賀美さん？」

加賀美は「はい」と強張った表情で答える。徹郎は内心ほくそ笑んだ。

「加賀美さん、素晴らしいですね。疑問に感じたことを訊くのは、決して恥ずかしいことではありません。むしろ大事なことです」

　いったいどういうことか。猪狩が加賀美を称え始めた。

「作業ではなく仕事。私はここまで話したいと思っていた。でもわざといったん、話を終わらせた。それはなぜか。皆さんが訊ねてくださるのを待っていたのです。もし加賀美さんが手を挙げなかったら……。私はそのまま、何もお話ししないつもりでした」

　猪狩の言葉を、加賀美は呆気に取られたような表情で聞いている。

「加賀美さんが私に訊ねてくださったからこそ『お願いしたいのは作業ではなく仕事です』という大事な意図を皆さんにお伝えできました。皆さん、加賀美さんに拍手！」

　猪狩に促されるがまま、皆が従順に加賀美に拍手を送った。早くも全員が猪狩に試されていたのだった。そして図らずも、加賀美に一ポイント先取されてしまった。

「個人的には小さな石ころから巨大な石油プラントまで、何でも売れるのが商社マンだと思っています。数ある商材の中で皆さんが今回売るのは、求人情報の掲載枠というだけのことです。お分かりでしょうか」

　この「お分かりでしょうか」が、口癖のようだ。柔らかい物腰なのに圧を感じる。

「それでは改めまして、各チーム、三十分の休憩の後、業務に取り掛かってください」

　猪狩が退出すると、各チームとも休憩はせず、打合せを始めた。

　徹郎たちのBチームでは、西園寺が「いやあ、びっくりですね」と声を潜める。

「なんだか『お願いしたいのは作業ではなく仕事です』とか言えば聞こえは良いけれど、このやり方はいかがなものか」

もう一人のメンバーの三条も「ちょっと無茶ブリだよね」と愚痴をこぼし始めた。

敵は案外弱そうだ。あるいは、わざと不平不満を言って他のメンバーの士気を下げようとする、攪乱《かくらん》戦法なのだろうか。

そんな中、加賀美が手を挙げた。

「猪狩さんのやり方が、いいとか悪いとかは置いといて、他のチームも置かれた条件は同じだよね。今はチームで協力して、いい仕事をすることを考えるべきなんじゃないかな」

「加賀美さんに賛同致します。一件でも多くのアポを取ることが先決でございます」

この状況は、徹郎にとって絶好の追い風だ。なぜなら、アポ取りの営業電話には、絶対的な自信があるからだ。大学一年の頃からアルバイトをしてきたコールセンターで、徹郎は「アウトバウンド」と言われる発信業務も数多く経験し、別の大手求人情報サイトのアポ取り業務にも従事したことがある。

三十分の休憩の後、早くも業務が開始された。

見込み客リストには、他の求人情報サイトに掲載されている店舗や企業が並ぶ。

「既に求人を出してる会社や店舗に、弊社の『ジョブ・ポータル』に求人を出しませんかって提案するのか。なんだか奇妙な話だね」

西園寺が見込み客リストを前にして困惑した表情を浮かべている。

徹郎には全く迷いはない。求人情報の提案営業では定石の手法だ。

いきなり実戦に放り込まれて戸惑う学生が多い中、徹郎は見込み客リストに沿って電話を掛けた。次々とアポを獲得し、その度に、事務局担当社員の屋敷が大声で知らせる。

「Bチーム蜂矢さん、アポ一件取りました！」

勝鬨《かちどき》を聞いているようで実に心地よい。その時、仕事の様子を見回っていた猪狩が徹郎の側で足を止めた。早くも猪狩の好印象を勝ち取った。そう思った。

「蜂矢さん、その話し方、少し気を付けたほうがいいですね。ただ丁寧過ぎるばかりでは、言葉に温《ぬく》もりが感じられなくなります」

温もり。その言葉に徹郎は困惑した。温もりで物が売れるか。利益が上がるか。

「申し訳ございません。緊張しておりまして」

徹郎は恐縮した素振《そぶ》りで頭を下げた。

「電話だけのアポ取りの場面では結果を出せたとしても、将来的に本当の営業力としては通用しません。要するに、腹を割った話ができないんですね」

にこやかだが、言っていることはズバズバと容赦なく、かつ語気は淡々としている。

「ご指導大変ありがとうございます。肝に銘じ、改善に励んでまいります」

長期的な視点では、猪狩の指導を真摯《しんし》に受け止めるべきかもしれない。だが今は就活に勝利し、入社することが最優先。結果が全てだ。結果とはズバリ、数字である。

アポ獲得件数と、掛けた電話の本数に対する獲得率に勝負が掛かっている。

徹郎は自分のペースを貫き、獲得件数と獲得率の両方ともトップで第一週を終えた。


翌週、月曜の朝八時に徹郎は帝都商事に出社した。部長の猪狩と何人かの社員は既に出社していたが、インターン生はまだ誰もいない。

「おはようございます、猪狩部長」

「蜂矢さん、おはようございます。随分早いですね」

「準備のため早めに出社しようと心掛けましたところ、早く着き過ぎた次第でございます」

猪狩と一対一で話せただけで、今朝の収穫は十分だ。

「蜂矢さんは確か、アポ獲得件数も獲得率も、断トツでしたね」

「それもこれも、皆様のご指導のおかげでございます。運にも大変恵まれております」

徹郎は「しめた」と思いながらも、全力で謙遜した。

「電話を掛けるにあたって、何か自分なりのやり方があるのですか」

「他社の求人サイトで継続して掲載しているお客様は、何度掲載しても人材が獲得できていないのではないかという推測が立てられます。そうした状況を念頭に置きながらお客様にご提案をすることで、アポイントを承諾いただける確率が上がると、考えております」

「いい着眼点ですね。蜂矢さんがトップの理由がはっきりと分かりました。素晴らしい」

「恐れ入りましてございます」

「蜂矢さんはBチームですか。加賀美さん、三条さん、西園寺さんと一緒ですね」

「さようでございます」

「今言った着眼点、チームのメンバーには教えましたか」

「いいえ。私の我流でございますので」

「なぜ教えないのです」

「皆様、各々の手法で進めておられます。私の手法を教えるなど、僭越かと存じます」

「自分だけいい成績を取りたいからでしょうか」

「いいえ、滅相もございません」

本当は猪狩の言うとおり。図星《ずぼし》だ。自分だけ飛び抜けるため、仕事のコツは教えない。

「仕事はチームでするものです。いいと思ったやり方は共有する。お分かりでしょうか」

「ご指導ありがとうございます」

「では、今日からチームのメンバーに共有してください」

「畏まりました」

「それから、今日から蜂矢さんはリスト作成に回ってください」

徹郎は返事をしかけて、一瞬固まった。せっかくトップの成績で結果を出し続けていたのに、なぜリスト作成業務に回されなければならないのか。

「承知いたしました。差し支えなければ、理由をご教示いただけますでしょうか」

「適任だと思うからです。理由は、やってみながらご自身で考えてみてください」

断トツのアポ獲得率を誇る自分を架電《かでん》から外すなど、理解できない。

だが上司の指示とあらば仕方がない。徹郎は加賀美たちBチームのメンバーに自分の営業手法を共有し、他の四チームのためにまで見込み客リストを作成した。

徹郎はリストを作成しながら、誰かがアポを獲得する度に焦った。敵が数字に見える形で成果を上げている中、自分は裏方の業務に回されている。これではアピールできない。

徹郎は猪狩に、リスト作成と並行で架電業務にも加わりたいと懇願したが、却下された。

「Bチーム加賀美さん、アポイント獲得しました！　今日五件目です」

また加賀美がアポイントを獲得し、部屋の中にひと際大きな拍手が鳴り響いた。

ただでさえ好印象の加賀美に数字上の実績が加われば、彼の評価はたちまちうなぎ上り間違いなしだ。加賀美にだけは絶対に負けたくない。

上司のミスリードのせいで敗北するなど、あまりに理不尽だ。

「Bチーム、素晴らしいです」

猪狩がBチームの躍進を褒めた。猪狩の満足げな笑顔を見て、徹郎ははっとした。

おそらく、これはミスリードなどではない。帝大卒の猪狩が帝大生の三人を引き上げ、安政大生の徹郎を落とすための謀略ではないか。恣意的《しいてき》に落としたと見られないよう、徹郎を間接的な業務に回して活躍の機会を奪う。そんな陰謀が透けて見えた。

「蜂矢君のアドバイスと、蜂矢君のリストが素晴らしいんですよ」

加賀美が猪狩に向かって、徹郎の功績をアピールした。このやりとりも芝居ではないか。

徹郎をリスト作成作業に回すアイデアも、きっと加賀美が猪狩に進言したのだろう。断トツの数字をたたき出していた徹郎を、裏で結託して蹴落《けお》とそうという魂胆に違いない。

徹郎は就活を、公平な競争システムだと信じていた。個性だ何だと言いながら、結局はエントリーシートの書き方、自己分析の方法、筆記試験や面接の対策など、どれも基本的な攻略法が存在している。努力を続けていれば勝てるはずなのだ。

だが今、帝大出身の社員と帝大の学生たちが結託し、公平な競争システムは恣意的に歪《ゆが》められようとしている。すなわち、努力だけでは勝てない戦いになりつつあるのだ。

敵が策を弄するならば、こちらも犯罪以外のどんな手段を使ってでも勝たねばならない。

勝つべき戦術を思案するが、妙案は、すぐには浮かばなかった。

その日の夕方、徹郎はかつてない無力感に苛《さいな》まれながら業務を終えた。ロッカーから荷物を取り出していると、スマホが鳴った。電話の着信だ。

ディスプレイには「浜本夏海」とあった。徹郎はすぐさま応答した。

「はい、蜂矢でございます」

〈あ、てっちゃん、ごめん。相談があるんだけど、今少し大丈夫？〉

徹郎は呼吸を整え、努めて平静な声で「どうぞ。承ります」と応じた。

〈今、池袋西口の居酒屋にいるんだけど、これから来られるかな……〉

「ちょうど今しがた帰路に就くところでございまして、全く問題なく参上できます」

〈ホントに？　よかった！〉

夏海の声が大きく弾んだ。得体の知れない感情の昂《たか》ぶりで、左の胸が急に痛み出す。

〈で、お願いなんだけど、他に男子三人集めて来てくれないかな〉

少しの失望感と、疑問が同時に沸き起こる。他に男子三人を集める意図が分からない。

「平素よりお世話になっております浜本さんのお声掛けとあらば万難を排しても参上致したく存じますが、どのような目的の会合なのでしょうか」

〈合コン！　四対四の〉

徹郎は絶句した。あの有害極まりない会合。昭和・平成の大学生が生み出した負の文化遺産だ。徹郎自身はもちろん参加したこともない。

夏海が言うには、相手方の他大学の男子学生四人が、日取りを来週と勘違いして認識していたことが先ほど判明し、今日は来られなくなったらしい。

〈アタシがセッティング役なんだけど、『あちゃー、やっちゃったー』って感じ……〉

夏海はあくまでも、ただのセッティング役のようだ。浮かれた友人に請われて、断り切れずに不純な会合を設定させられているに違いない。同情を禁じ得ない。

〈友だち三人とも、もう店に来てくれてるんだ。せっかく集まったから、なんとかならないかなあと思って。お願い。なんとか三人〉

「私にその大役が務まるか、一抹の不安がございます」

〈大丈夫。てっちゃんは人脈がめっちゃ広いから、三人ぐらいすぐ集められるよ〉

信頼されている点は意気に感じつつ、釈然としないが、なんとか自分を納得させる。

〈何よりも、みんなめっちゃ可愛くていい子ばかりだから、そこのところ推しといて！〉

「承知致しました。同級生の方々にお声掛けし、三名揃い次第、会場に参上致します」

色よい返事をしてしまったが、徹郎は途方に暮れた。

誰に声を掛ければよいか思案したその時、とてつもない名案が天から降ってきた。

加賀美たちBチームの三人を誘い出せばよい。

三人ともつい先ほど退勤記録を付け、別れたばかりだ。まだ近くにいるはずだ。

徹郎はスマホでメッセンジャーを立ち上げ、一気呵成《いっきかせい》に文章を作成した。

〈平素より大変お世話になっております。安政大学総合文化学部三年、蜂矢徹郎でございます。業務外かつ大変急な連絡でございまして恐縮ですが、先ほど、私のゼミの同級生である浜本夏海様より、本日十八時三十分から、池袋駅西口の飲食店で開催される会合へのご招待を頂きました。会合の趣旨は、合同コンパとのこと。先方は浜本様ご本人と彼女のアルバイト先のファミリーレストランの同僚女性三名様がご出席。当該三名様はいずれも他大学の同級生であり、皆様揃って容姿端麗かつ品行方正との付言も浜本様より承っておりますことを申し添えます。本件経緯につきましては、予定されていた男性側参加者との行き違いにより、急遽代替の参加者を募集するとの由、この蜂矢が急募の事務を拝命した次第。不肖、蜂矢と致しましては、現在、帝都商事での前途を夢見て苦楽を共にする同志の皆様をぜひともご招待したく、お便りを差し上げた次第でございます。不躾《ぶしつけ》ながら、本文面をご覧になりましたら、大至急ご一報くださいますよう何卒よろしくお願い申し上げます。蜂矢徹郎拝〉

　彼らは先日、業務の合間の雑談の折、三人ともこの夏に交際相手と別れたばかりだと嘆き合って意気投合していた。そんな彼らにとって、今回の件は悪い話ではないはずだ。

ただ、三十分後に池袋に集合という条件はあまりにも急で、難しい気もしてきた。

ところがなんと、一分も経たぬうちに三人全員から大喜びで参加の返事が来た。

彼らは暇なのだろうか。それとも大学生活において色欲が最優先なのだろうか。

合コン。学生にとって、これほど有害な会合はない。不純な会合で結ばれた男女はその後、甘美な陶酔状態に陥って愛という名のもとに互いを束縛し合い、膨大な時間を浪費する。その結果、学業や就活といった学生の本分はどんどん疎かになってゆくのだ。


　本来ならば一切の関与を避けるべきところだが、今回ばかりは別の話だ。

今宵の会合で、加賀美、三条、西園寺の三人には死んでもらうことにした。色欲の沼地に加賀美たち三人をおびき寄せるのだ。何としても三人揃って交際相手を見つけてもらおう。彼らを色欲の沼に沈め、自分は帝都商事内定の栄冠を勝ち取るのだ。必ずや加賀美たち全員を麗しき三人の女性と寄り添わせ、この先の大学生活を共に笑い共に迷い共に歩ませてみせよう。その分、徹郎の勝利はより確実なものになる。

ここに徹郎の大義名分は成立した。

自分が「合コン」なるものに参加するのは、就活に勝つためだ。今宵は決戦だ。徹郎の頭の中には鬨《とき》の声が反響し、出陣の陣太鼓が鳴り響く。決戦の地は池袋。敵は三人とも池袋へ向かっている。後れを取ってはならない。

今宵は色ボケした三人の敵を葬り去るのみ。徹郎は不退転の決意で池袋へと向かった。

十八時四十分、徹郎は指定された居酒屋に駆け込んだ。

イタリアンの個室居酒屋だ。店員に案内され、個室のテーブル席に通された。

「あ、てっちゃん、ありがとね！」

夏海が手を振る。徹郎は「失礼致します」と一礼し、個室の中へと入っていった。

加賀美たち三人も到着したばかりのようで、立ったまま先方と挨拶などを交わしていた。

夏海の言葉どおり、三人の女性はどこで選りすぐったのかと思うほどの美女たちだった。

徹郎は、心の中で快哉《かいさい》を叫んだ。彼女たちならば、加賀美ら三人を骨抜きにできる。片や加賀美、三条、西園寺の三人も美男子揃い。しかも帝大生、かつ帝都商事のインターン生であり、いわゆるスペックの面でも申し分ない。彼女たちに加賀美ら三人の魅力を全力でプレゼンし、必ずや三組の交際を成立させてみせる。徹郎は決意を新たにした。

「蜂矢君、ちょっとこっちで、心の準備を」

加賀美が徹郎を手招きで呼び出した。男性陣四人でエレベーターホールまで退却。開口一番、加賀美は「蜂矢君、どうなってるの？　可愛い子ばっかりじゃん」と興奮を露わにする。

「私も幹事の浜本さん以外は初対面でございまして、見目麗しさに大変驚いております」

「ちょっと話が上手すぎない？　これ、ギャラ飲みとかじゃないよね……」

三条が声を潜めて徹郎に確認を求める。

「ギャラ飲みとは、飲食を共にする対価として主に男性から女性に高額な金銭を支払う会合と認識しておりますが、浜本さんはそうした会合を主催するお方ではございません」

西園寺は「俺、あの中の誰かと付き合えたら人生に悔いなしだわ」と鼻息を荒くする。

夏海については、三条が「あの幹事の子もクラスで三番目ぐらいのちょい可愛い子って感じで、悪くないよね」とおまけのように付け加えた程度だった。

「ちなみに蜂矢君は、誰がいいの？」

加賀美が含み笑いを浮かべながら訊ねてきた。

「それには及びません。私は皆様の素晴らしさをプレゼンし、良き縁を結びたい一心で参上致しました。今宵は滅私奉公で皆様の大願成就のお手伝いに徹する所存でございます」

加賀美は「蜂矢君は身を引くってこと？　神だね。格好良過ぎでしょ！」と持ち上げる。

「それでは参りましょう」

徹郎は戸口に最も近いほうの、事務局然とした位置に椅子をずらして着席した。ここで全体を見渡し、かいがいしく酒や料理の注文を取るなどしながら、粛々と作戦を遂行するのだ。

夏海の隣、一番末端の席に見覚えのある顔が目に入った。

静原だった。完全に気配が消えており、今まで全く気が付かなかった。目が合うと、訊ねてもいないのに彼女のほうから口を開いた。

「諸事情により付いてきました」

「寿々歌はスペシャルゲストだよ！」

何の説明にもなっていないが、夏海が言い切るとわけもなく納得させられてしまう。

それから夏海は、三人の女性を紹介した。名前を明日香《あすか》、彩奈《あやな》、樹里《じゅり》といった。徹郎は、今宵限りの必要情報として三人の名前を頭にインプットした。

「本日の会合の事務局を務めさせて頂きます、安政大学総合文化学部三年、蜂矢徹郎と申します。至らぬ点はあるかと存じますが、何卒よろしくお願い申し上げます。なお、浜本さんがお三方を下のお名前でお呼びされていることなどから、私も司会進行の便宜上、明日香さん、彩奈さん、樹里さんとお呼びする旨、お許しいただけましたら幸いでございます」

徹郎が自己紹介すると、女性陣から「おもしろーい」と声が上がる。

夏海が「てっちゃんはアタシの就活の師匠でね、超礼儀正しいんだよ」と三人に紹介してくれた。夏海の友人女性三名は、徹郎の言動を面白がっている。自分が道化役となって出会いの潤滑油になるならば好都合だ。六人の男女に、懇《ねんご》ろになってもらおうではないか。

しかし開戦からわずか十五分。徹郎の目論見は思いがけぬ形で狂い始めた。

あろうことか、加賀美、西園寺、三条の視線のほとんどが夏海に集まり始めたのだ。

三人とも最初は夏海が連れてきた美女三人に目がくらんでいたが、次第に夏海と言葉を交わしたがり、しきりに絡むようになった。

徹郎は浜本夏海という人を甘く見ていた。

戦いの情勢を変えなければ。思案を始めたその時、個室の入口の引き戸が少しだけ開いた。

「あ、おじさん、遅いじゃん」

夏海が入口に向かって声を掛けると、引き戸がガラガラと開いた。

「どうも、おじさんでーす！」

夏海の友人たちが「おじさんって、ひょっとしてあのおじさん？」と夏海を問い質《ただ》す。

「そうだよ。今日のスペシャルゲスト二人目、おじさんです！」

女性陣三人は「いつも夏海からお話だけは伺ってます」などと物珍しそうに挨拶する。

「そりゃ、どうも。俺も、なっちゃんの彼氏としてはお友だちに挨拶しとかなきゃなあ」

例によって、どうしようもない軽口を叩くと、皆がどっと笑う。

彼は「おじさんって呼んでちょんまげ」と挨拶し、いわゆる、お誕生日席に陣取った。

「いやあ、みんな美しすぎて目がやられちまうぜ、え？　いやあ俺、生きててよかったわ」

おじさんは相手方の三人の女性をジロジロと見回す。

「そうした言動はセクシュアル・ハラスメントに該当する恐れがございますので、お控えいただきますようお願い申し上げます」

「おお、誰かと思えばてっちゃん！　あと、すずちゃんもいるじゃねえか」

加賀美が「どちら様？」と徹郎に訊ね、おじさんが「どちら様ってか？」と割って入る。

「おじさんだよ。てっちゃんの同居人の、おじさん。怪しい者じゃあございません」

「え？　蜂矢君、この方と同居してるの？」

男女六人が呆気に取られる中、おじさんのトークが繰り広げられてゆく。聴講生になってゼミに入ったこと、徹郎と同じ部屋で暮らすようになった経緯、嘘か真か分からぬ昔話まで。

おじさんの特異な存在感が、女性陣三人の興味を強く惹きつけている。夏海に気を取られていた男性陣三人も、ここはおじさん中心の話の展開に従っている。

これは吉か凶か。戦いの流れが大きく変わったことだけは事実だ。

「しかし最近の大学生ってのは驚いたな。寝る時もスーツ着て寝るんだもんな」

おじさんが急に徹郎に話を振ってきた。自分を出汁に使って笑いを取る魂胆らしい。

「就寝時専用のスーツとネクタイを着用しております」

徹郎が受け答えする度におじさんが突っ込み、爆笑が沸き起こる。好意的に見れば、おじさんを中心に一体感が醸成され、徹郎は「いじられキャラ」として話題に貢献している。

だがこのままでは、楽しいだけの会合で終わってしまう。敵をせん滅する目的が達せられなければ、今宵の決戦は単なる時間の浪費に成り下がる。

「禿げたおじさんと付き合ってみるのも人生経験としてきっとプラスになるぜ、どうよ?」

おじさんが軽口を叩いたところへ、男性店員がツナ・コーンピザと、明太チーズピザを運んできた。取り皿が十枚用意されており、各々、円盤状のピザに十等分の切れ目が入っている。しかし話に夢中で誰も手を伸ばそうとしない。

徹郎は二種類、二枚のピザをペアにして取り皿に載せて取り分けた。すると各自「ありがとう」などと言って受け取り、ピザを頰張り始めた。

これだ。

徹郎は自分の果たすべき役割を、このピザの取り分けによってはっきりと見出した。二種類のピザを、小皿に二枚ずつ、ペアにして取り分ける。この作業が肝要なのだ。

徹郎は「少しよろしいでしょうか」と挙手をした。

「お話が弾むのは大変喜ばしいことですが、皆様、本日のグループディスカッションの目的をお忘れになってはいませんか？」

◆

寿々歌にとって、ここは異世界だ。

池袋西口の居酒屋の個室テーブル席で、寿々歌は初めて合コンというものに立ち会った。図書館へ行った後、夏海からの電話で「これから友だちと飲むから、寿々歌も一緒に行こうよ」と気軽に誘われた。見知らぬ人と飲むのは怖かったが、蜂矢も来るという。これまでと違った環境で蜂矢を観察する絶好の機会だと直感した。

だが、来てみると、合コンという名の異世界に来てしまったことに気付いた。

男性陣の世話役は、蜂矢徹郎。夏海に頼まれて急遽、帝都商事のインターンで知り合った男子学生を三人連れてきた。三人とも帝大生で顔立ちも明らかに美男の部類に入る。

一方、夏海が連れてきたバイト先の女子三人は、まぶしいぐらいキラキラしている。以前読んだ小説の合コンの場面で、幹事の女子は自分より可愛い友だちは連れて来ないと書いてあったが、夏海はそんな計算などなく、純粋に親しい三人を連れてきたのだろう。

ところが、飲み始めて十五分も経つと、早くも雲行きが怪しくなってきた。

男性三人は相手方の女性三人と探るような会話を試みながら、隙あらば今日の世話役である夏海に絡もうとする。無防備に全てを肯定する笑顔、笑い声、相槌。同性の寿々歌から見ても夏海の存在感とその輝きは他の三人を圧倒していた。

寿々歌は不安に駆られた。大切な夏海が、よく知らない男に奪い去られるかもしれない。

そこへ、救世主のごとく、おじさんが現れた。

いきなり喋り倒すおじさんに、六人は圧倒されながらも、笑いの渦に包まれた。

とりとめもない会話がしばらく続いたところで、蜂矢が突然、手を挙げた。

「皆様、本日のグループディスカッションの目的をお忘れになってはいませんか？　三対三のご縁の中から願わくは唯一無二のお相手を見つけ出すことではなかったでしょうか。私たちはこの会合の事務局として、ファシリテーターに徹することとさせていただきます」

蜂矢が宣言すると、三条が「ちょっと待って、夏海ちゃんも？」と絡む。

「アタシも今日はジムキョクだよ。昭和的に言うと、くっつけおばちゃんってやつ？」

夏海はおじさんから教わった昭和ネタを口にし、ケラケラと笑った。

「ここでいったん、トイレ休憩を挟ませていただきます」

蜂矢が、トイレ休憩は一斉に済ませたほうが、一体感を保てると言う。

「休憩の後、私から皆様のスマホに重要な情報をお送り致します。女性陣の皆様にはショートメッセージでお送りしますので、電話番号をご教示いただけますでしょうか」

「蜂矢君、幹事の特権で連絡先ゲット？」などと加賀美が冷やかす。

「電話番号は、本会合の目的達成のためにのみ、事務局の私が使用させていただきますが、本会合の終了後、確実に破棄させていただきますのでご安心ください」

蜂矢に促され、双方とも素直に席を立ち、トイレへ向かった。

「ここから必ずや愛のM&Aを三組一気に成立させて差し上げましょう」

皆がトイレへ向かってゆくと、蜂矢は鞄から付箋とボールペンを取り出した。

「浜本さんと王子さんで、付箋に『○○といえば』という問いを思いつくままに書き出していただけますか？」

「お、てっちゃん、『○○といえばゲーム』か。任せとけ」

おじさんが蜂矢の部屋で皆に紹介した、平成初期のゲームだ。『○○といえば』というお題に沿って、二人のペアが一斉に答えを口にする。合致した時の一体感と、全然違う時の面白さを楽しむゲームらしい。

「ここでこのゲームをもってくるとは、てっちゃん、いいセンスしてるじゃねえか」

「王子さんにご教授いただきましたおかげです。楽しい共同作業により、心理的距離を縮める効果が大いに期待されます」

蜂矢はおじさんを持ち上げて気分を乗せ、味方に付けている。

おじさんと夏海は次々と付箋に言葉を書き出してゆく。

それから蜂矢は「静原さん」と声を潜め、寿々歌に耳打ちしてきた。

「至急トイレにて女性陣三名様にお声掛けいただき、男性陣のうち第一志望から第三志望までを聞き取り調査していただきたく、お願い申し上げます」

「なぜ私が……」

「私は女子トイレに立ち入れないので、お願い申し上げます。男性陣には私が当たります」

「みんな夏海の友だちだから、夏海にお願いしたほうが……」

だが蜂矢は「これは私と静原さんにしか遂行できない業務でございます」と譲らない。

「蜂矢君は何をたくらんでいる」

「三人の同志の皆様が、良き伴侶と結ばれていただきたい一心でございます」

寿々歌は蜂矢の魂胆を察した。蜂矢の思考パターンから推測すれば、インターンで同じグループで働く三人は仲間ではなく競争相手、蹴落とすべき敵ではないか。この時期に新しい交際相手を斡旋《あっせん》し、就活に注ぐ力を削《そ》ごうということか。

「それに、このままですと男性陣三人のうちのどなたかが、浜本さんに接近しかねません。静原さんはそれを望んではいらっしゃらないはずです」

利害が一致していると言いたいのだろう。

「急いで取り掛かりましょう。どうか、聞き取り調査を」

「でも私、初対面の人とそんな……」

「浜本さんをお守りするための事務局業務とご認識いただき、平にお願い申し上げます」

真顔でメモ用紙とペンを手渡され、寿々歌は頷くしかなかった。恐る恐るトイレの入口から中を覗き込むと、女子三人が洗面所の前に並んで化粧直しをしていた。

「今日の三人、レベル高いねー。みんないい人っぽいし」

「でもさあ、どうせ夏海に全部持ってかれちゃうよー」

彼女たちはぼやきながらも一番のイケメンは加賀美君だとか、品評会を繰り広げている。

相手にしてもらえるだろうか。緊張で足が震えたが、意を決して中に踏み込んだ。

「ちょっとよろしいでしょうか！」

力んだせいで声が極端に大きくなってしまい、三人の視線が一斉に寿々歌へ集まった。

寿々歌は「事務局の者です」と名乗った。すると三人は「おつかれさまです」とか「色々すみません」などと事務的な挨拶を返してきた。

「単刀直入にお願いしますと相手方の三人の中でお好みの方を教えていただきたいのです」

寿々歌は懇願し、なんとか彼女たち各々の第一志望から第三志望までを聞き出した。

三人が出て行くのを見送ってから、寿々歌もトイレを出た。出口付近で蜂矢が待っていた。

寿々歌は蜂矢にメモを手渡した。女性陣の第一志望は加賀美に集中している。

「こちらが男性陣の状況報告です」

蜂矢はスマホのテキストメモに記した情報を差し出してくる。

「浜本さんを第一志望に挙げられたいとのご意向が多数ございましたが、事務局員である浜本さんは対象外ということでご了承いただきました」

蜂矢が聞き取った男性陣の第一志望も、特に美形な「樹里」に集中している。

「第一志望で合致したのは、加賀美さんと樹里さんの一組だけですね」

蜂矢は少し思案すると、スマホを操作し始めた。それから画面を寿々歌に差し出した。

「この情報を私から男性陣、女性陣にそれぞれ根回しします。絶対内密ですと念押しして」

まず男性陣へ送るメールにはこう書かれている。

〈女性陣に対する第一志望中間聞き取り結果（事務局調べ）：樹里さん↓加賀美さん、彩奈さん↓西園寺さん、明日香さん↓三条さん〉

一方、女性陣へ送るメールにはこう書かれている。

〈男性陣に対する第一志望中間聞き取り結果（事務局調べ）：加賀美さん↓樹里さん、西園寺さん↓彩奈さん、三条さん↓明日香さん〉

三人がそれぞれ別々の一人を第一志望に挙げているという情報だ。

「情報が一部操作されてる。これは嘘の情報になる」

西園寺と彩奈、三条と明日香は、本当はお互い第二志望同士だ。

「嘘ではございません。これは好意の返報性を喚起するための方便です」

第二志望に挙げた相手が、自分を第一志望だと言ってくれているならば、悪い気はしない。その好意に対して、返報の好意が生まれる。

「この情報は間もなく真実となります。ビジネスは成果が全てでございますので」

寿々歌は何か言い返したかったが「皆様お待ちなので戻りましょう」と蜂矢が急かす。

居酒屋の廊下を進み、個室の戸口の手前で蜂矢が急に立ち止まった。

「少し入るのをお待ち申し上げたほうがよさそうです」

引き戸の向こうから声が聞こえてくる。女性陣三人が、蜂矢と寿々歌のことを話しているようだ。あの二人、ちょっと怖くない？

冷笑を帯びた言葉に、寿々歌は胸が痛んだ。蜂矢はいつもどおりの微笑みを浮かべている。

彼はきっと関心がない者から貶《おとし》められても平気なのだ。恐るべき無関心の力。

「てっちゃんと寿々歌は大切な人だから、冗談でもそういう言い方は止めて欲しい」

夏海が毅然《きぜん》とした声で言うのが聞こえた。室内に沈黙が流れた。

寿々歌は個室の戸口の陰で、こみ上げてくるものをすんでのところでこらえた。

蜂矢は「では」と呟いて引き戸を開け「お待たせ致しました」と皆に声を掛けた。

「先ほど、お手洗いの間に事務局にて男性陣、女性陣それぞれ皆様から聞き取り調査をさせていただきました。皆様それぞれ、お手元のスマートフォンをご覧ください」

それぞれがスマホの画面に目を落とし、一様にぎょっとした表情を見せた。加賀美が「蜂矢君、意外と際どいことするね……」と笑いながら呟く。

「調査結果を踏まえて、事務局のほうでペアを決定させていただきました」

蜂矢はまず実際に第一志望同士の加賀美と樹里を組ませ、残りの四人は第二志望同士で組ませた。この四人は皆、第二志望に挙げた相手が自分を第一志望に思ってくれているという錯覚を抱いてゲームに臨むことになる。

蜂矢はテキパキと座席位置を指示し、各ペアを隣り合わせで座らせてゆく。

ちょっと、何してくれちゃってんの〜、などと照れながら、皆まんざらでもない様子だ。

「では共同作業により、答えが合致したチームの勝ち、でございます」

蜂矢の司会進行のもと『○○といえばゲーム』は大いに盛り上がり、一次会は大成功のうちに終了した。

その後も蜂矢の手際は見事だった。これより先はペア毎で反省会と致しましょう、近隣の店で手頃なバーのお席を予約してございますので、今宵の反省と懇親を深めていただけましたら幸いです、などとまとめ上げ、会計を済ませると三組を気持ちよく送り出してしまった。

「てっちゃん、お疲れ様！　すごいね。グループディスカッション風合コン術って感じ」

「皆様にお楽しみ頂けて成果も上がったようで、お役に立てまして光栄でございます」

三組のカップルを成立させた蜂矢の仕事は完璧だった。

ところが、少し経って、加賀美が店に戻ってきた。

「ごめん、蜂矢君、戻ってきちゃった」

「加賀美さん、どうなさいましたか。お忘れ物などございますでしょうか」

蜂矢が応対する。忘れ物の確認のためにテーブルの周りや下を覗き込む蜂矢を他所に、加賀美は夏海のほうへつかつかと歩み寄った。

「やっぱりぼくは浜本さんが好きです。だから浜本さんと二人でお話がしたい」

蜂矢の全身が凍り付く、その音が聞こえてくるようだった。

「ちょっと待って。大丈夫？　加賀美君、酔っ払ってるでしょう。樹里はどうしたの？」

「駅前でお見送りしてきました。『夏海がいいんでしょ』って、気付いてらっしゃいました」

「ちょっと待って、そもそもアタシ、加賀美君とあんまり話してないし」

「好きです。理屈じゃないです。まずとにかく二人でお話ししたいです。お願いします」

加賀美はとにかく話をさせてくれと食い下がり、何度も頭を下げる。

「加賀美君、分かった。お話ししよう。ただ、お話しするだけ。ちょっと待ってて」

夏海は加賀美を外で待たせ、身支度をした。

夏海はふーと溜息をひとつ吐くと、少しだけ眉根を寄せて無言のまま首を横に振った。寿々歌に「トモ君とお別れした」と話してくれた時と同じ表情だった。

それから夏海は「てっちゃん、今日はありがとね」と蜂矢に礼を言って席を立った。蜂矢は起立すると「お気を付けて行ってらっしゃいませ」と強張った笑顔で頭を下げた。

寿々歌は夏海の背中を不安な気持ちで見送った。

「おいおい、俺の彼女が持ってかれちゃったよ。てっちゃん、とんだ誤算だったなあ」

おじさんが意味深な笑みを浮かべて言うと、蜂矢は「どういった誤算でしょうか」と強がるように口角を上げ、ジョッキに半分ほど残っていたハイボールを一息に飲み干した。

◆

帝都商事のフェローズ・シップの第一ステージ、営業インターンが終了した。

Bチームのメンバーのうち、三条と西園寺は池袋の夜の出会いの後、それぞれ愛すべきパートナーと目出度《めでた》く結ばれ、徹郎の思惑どおり見事に色欲の沼へと沈んでいった。

特に西園寺は美しい女性との写真をSNSに度々投稿し、有頂天の浮かれぶりだった。三条も業務終了後そのまま相手の下宿に通うなど、欲望の赴くままに堕落していった。

彼らは、愛すべきパートナーができて就活にもますます張り合いが出てきたといったことを口にしているが、徹郎には堕落を正当化しているようにしか思えなかった。

精神的優位に立った徹郎は、猪狩からの理不尽な業務分担にも慣れ、与えられた持ち場での成果の示し方を体得していった。

たとえば見込み客リストの作成にあたり、リストアップした会社や店舗を「今すぐ客」「お悩み客」「まだまだ客」「そのうち客」の四ランクに分類して優先順位を付けた。一般的な分類方法だが、架電の優先順位が明確になり、アポの獲得率が着実に上がった。

猪狩は何も言ってくれなかったが、若手社員の屋敷は「蜂矢君のリストの効果でアポ率が上がった」と評価してくれた。屋敷からの評価にさほど大きな価値があるとは思えないが、少なくとも一人の社員からの好感を得たという点ではプラス要素だ。

最も思惑どおりにいかなかったのが、加賀美だ。彼はあの夜突然、しかも徹郎たちの目の前で公然と夏海に言い寄ったばかりか、その後も執拗に夏海と連絡を取っている。夏海ほどの聡明な女性が、加賀美などには騙されないと分かっているつもりだ。

だがなぜか、夏海が加賀美とどのように接しているのか、どうしても気になった。

インターンでも加賀美は変わらずチームのムードメーカー的な立ち位置を守り通し、電話営業でも好成績を上げ続けた。徹郎は日に日に加賀美への警戒感を強めた。

いつしか徹郎にとって、加賀美は最も目の前から消えて欲しい最大の敵となっていた。

第六章　彼は生きてて楽しいかと訊いた

クリスマス間近で浮かれた池袋の街の電飾の下、徹郎はコートのポケットからスマホを取り出し、帝都商事の屋敷からのメールを確認した。

生き残った。

営業インターンで一定の評価を得た者だけが、次のステージの企画インターンに進める。部長の猪狩による恣意的な評価で選外になる不安に苛まれていたが、疑心暗鬼に過ぎなかったのか、あるいは徹郎の実力が傑出しており渋々でも通過させざるを得なかったのか。

Bチームの四名は、メッセンジャーで互いの結果を報告し合った。

敵のうち、誰が消えたか。そこが重要だ。消えたのは西園寺一人だった。

西園寺の仕事ぶりは精力的だったが、交際相手にうつつを抜かし、その影響が祟《たた》ったのだろう。上手い具合に色欲の沼に沈んでくれた。

西園寺はメッセンジャーで敗戦の弁を述べた。

〈みんなと次へ進めなかったのは残念だけど、帝都商事という素晴らしい会社で、素晴らしい仲間と仕事ができてとても楽しかったです。一生忘れません。それに今回のインターンの縁を通じて、大好きで大切な人と出会えた。蜂矢君はじめ、みんなには本当に感謝していま す。次のステージ、みんなが夢を勝ち取れるよう、陰ながら応援しています。西園寺蓮〉

徹郎は、彼とパートナーとの今後のご多幸とご活躍を心よりお祈り申し上げたいと思った。

徹郎は帝都商事の営業インターン通過の速報をSNSに書き込もうとして、手を止めた。夏海は徹郎のインターンの結果を案じてくれていた。夏海に報告する義務がある。

〈就活の状況ご報告のためお便り致しました。ご心配をおかけしておりました、帝都商事のインターンの件、皆様のご指導ご鞭撻により、幸運にも次のステージへ進ませていただけることとなりました。一層精進《しょうじん》してまいります。蜂矢徹郎拝〉

スマホでメッセージを送ると、すぐに返信が届いた。

〈てっちゃん、おめでとう！　お祝いしよう！〉

お祝いとは何だろうか。二人きりの会食を思い浮かべ、慌ててその考えを打ち消す。すると、再び夏海からのメッセージが届いた。

〈加賀美君も次に進めたんだってね！　よかったね！〉

徹郎は震える手で〈同志と共に邁進してまいります〉と返すのが精一杯だった。

年の瀬も迫る夜、下宿の部屋はまた騒がしい。

「カガミン、また飲みに来いよ。恋敵からの挑戦、いつでも待ってるぜ」

おじさんがカガミンと呼ぶその男は、他でもない、憎き加賀美俊樹である。夏海が「おじさん、いい加減なこと言わないの。加賀美君も困ってるから」と宥める。

あろうことか、徹郎と加賀美の祝宴を、この部屋で開く羽目になったのだ。

「いやあ蜂矢君、ホントにこんな素晴らしい縁を繋いでくれてありがとう！」

「いえいえ私も同志である加賀美さんにそう仰っていただけますと大変嬉しく存じます」

加賀美は夏海と友情を交わし、就活の情報交換などを口実に、執念深く彼女との関係を繋いでいる。加賀美の醜悪な魂胆を軽蔑しつつ、徹郎は静観するほかなかった。

最大の敵と共に過ごす地獄のような宴は二十三時過ぎにようやくお開きとなった。

「浜本さんも、池袋駅までは同じ方向だよね。一緒に帰ろうよ」

「おい、カガミン、お前は油断もスキもあったもんじゃねえな」

おじさんが笑いながら言った。

気配を消していた静原が「私も夏海と一緒に帰ります」と申し出た。それから徹郎のほうに恩着せがましい視線を送ってきた。なぜ恩着せがましいと感じたかは、分からない。

「静原さん、いや、リンベル先生にまで送っていただけるなんて、光栄だなあ！」

夏海が加賀美に静原のオンラインサロンを紹介し、彼は入会していたのだった。夏海に近づくために親友に取り入るその魂胆を、徹郎は改めて軽蔑する。

酔って上機嫌の加賀美はふらついた足で立ち上がり、夏海や静原と共に帰っていった。

皆が帰った後、おじさんが「いやあ、あのカガミンはなかなかいい男だな。あいつはカネになるかもしれねえ」などと言いながら、風呂に入る支度を始めた。

徹郎は「王子さん、少しお時間をいただけますでしょうか」と挙手をした。

「ちょいと忙しいから後にしてくんな」

徹郎の感情は突如沸騰し、「忙しいのは私のほうなのですが」と詰め寄った。

「王子さんは、どういった目的で大学に出入りされ、ここで生活されているのでしょうか」

「なんだい、やぶから棒に」

「大変恐縮でございますが、王子さんとお会いして以来、私の就職活動にかなりの支障が出ております もので」

おじさんは「そんなに知りてえか」と、ニヤついた顔を寄せてきた。

「遠い昔に忘れてきた青春の一ページを取り戻しにきたのさ。彼女でも作ろうか、って」

「本当の理由を教えていただきたく、お願い申し上げます。あなた様から多大なる精神的苦痛を強いられている私にはそれを知る権利があると」

「カネのなる木を探しにきたんだよ」

おじさんは徹郎の語尾を断ち切るようにして言った。

「安政大学ってのは、みんなそれなりに難しい試験を通って来るんだろう？　中にはすぐにでもカネになる特技を持ってる奴だって大勢いるのに、みんなそれに気付かねえんだ」

おじさんは、ひと呼吸置いてから言った。

「能力開発ってやつよ」

その響きからして、徹郎は非常に胡散臭いものを感じた。

「名乗るならば、そうだな、学生能力開発コンサルタントってとこかな。学生さんに能力への『気付き』ってやつを与えてだな、稼がせて、その稼ぎの上納金をもらうってことよ」

おじさんは、口の端を引き攣《つ》らせて笑った。

「なんちゃって！　おっかねえ顔すんなよ、冗談が分からねえ奴だなあ」

「多良木さんから印税の十％の取り分をもらうのも、ご冗談を装っていながら本心だったということでしょうか」

「ああ、後からでも少し分け前をもらおうと思ってたよ。だいぶ手伝ったからな。タラッキーが最初っから分け前をくれたのは、嬉しい誤算ってやつだったけどな」

「静原さんのサイトの運営やオンラインサロンも、同様の目的で発案されたのでしょうか」

「おお、すずちゃんは一番ど偉い大物だよな。カネのなる木だ」

「ゼミの皆さんやその他相談に来られた学内の方々に就活から離脱するよう教唆《きょうさ》されたのも、ご自身の収益のためと考えてよろしいでしょうか」

「なんだい、その『教唆』ってのは」

「そそのかすという意味でございます」

「安心しろ。お前さんには間違っても就活を止めて何か始めろなんて言わないからさ」

「お金にならないからでございますか」

「おお。カネにならなそうだ。お前さんは勉強やら英語やら、何でもできる。だが何でもできちまうってのは、場合によっちゃ、何もできないのと紙一重なんだよ」

　彼の評価など、捨て置けばよいはずだ。だがなぜか許しがたかった。

「お言葉を返すようで恐縮ですが、私の目指す帝都商事は、生涯収入約五億円でございます。事実として念のため申し上げておきます」

「だからどうしたんだい」

「ですから、五億円の収入が……」

「会社の看板の下で仕事して、一生かけて会社からもらえるカネが五億円ってことだな」

　もらうのと稼ぐのでは違うとでも言いたいのか。どこかで聞いた、安いプライドだ。

「私の最終目的は、収入にあらず、世界のエネルギー事業に携わることでございます。近現代における戦争はエネルギーを巡って引き起こされました。エネルギーの憂いをなくせば世界の幸福度は上がる。そういうものに携わりたいと考えております」

「だからどうしたんだい。聞いてても全然ワクワクしねえなあ」

「私も、就活の上で、あなた様と交流することにメリットが感じられません」

徹郎は笑顔で柔らかく、しかしはっきりと言った。するとおじさんは、ニヤリと笑った。

「おう、ようやく化けの皮がはがれたな。就活の役に立たない人間とは関わらない。分かっちゃいたけど、本人の口から聞くとなかなか強烈だな。そう来なくちゃ面白くねえや」

徹郎は感情的になった自分を恥じた。彼に怒ることは、関わりを持つことに他ならない。

「俺も色々と赤裸々に話したところで、こっちからもひとつ訊いていいか」

「何なりと承ります」

「前から思ってたんだけどさ、生きてて楽しいか？」

「大変失礼ですが、ご質問の趣旨をもう少し具体的にご教示いただけますでしょうか」

「何かに復讐《ふくしゆう》するかのように、まるで親の仇《かたき》みたいに就活、就活って、どうしてだい？」

「親の仇などでは断じてございません」

父親の姿が目に浮かび、徹郎の心に不快な陰を落とす。一国一城の主などとうそぶいていた挙句、大口の取引先からの仕事を止められるや否やあっという間に没落していった。徹郎は、あの人のようにはならないと肝に銘じたのだ。親の仇でなどあろうはずがない。

「努力し、向上することこそ私の至上の喜びであり、生きる楽しみであります。その喜びや楽しみを就活という人生の大勝負に見出しております次第でございます」

おじさんは「そうかい、そんならよかった」と気のない返事をした。徹郎は、こんな男にムキになっている自分がほとほと嫌になり、それきり会話を打ち切った。

おじさんは腹立たしいほど上機嫌で鼻歌交じりに一階のシャワー室へと下りていった。

ふと、壁際の床に一冊の文庫本が置き去りになっているのに気付いた。

きっと静原の忘れ物だろうと思い、すぐにメッセージを送って知らせた。

〈本日はお疲れ様でございました。私の部屋に本の忘れ物（坂口安吾氏作の『堕落論』）がございました。静原さんのものではとお見受けし、ご連絡差し上げた次第でございます〉

すぐに静原から返信が届いた。

〈私には心当たりがないので、夏海か加賀美君でしょうか〉

夏海と加賀美にもあたってみたが、自分の物ではないという。皆、酔っていて自分の持ってきた物も忘れてしまったのだろうか。そのうち持ち主が思い出すかもしれないので、ひとまずデスクのブックスタンドに立てかけて保管しておくことにした。

◆

〈寿々歌へ。メリークリスマス。この前はひどいことを言ってごめんなさい。康男さんは、寿々歌にお金のことしか考えていないなんて言ったけど、ママは分かってるからね。康男さんも悪気はないの。寿々歌とは気持ちのすれ違いで喧嘩腰になっちゃうだけ。困った時はまた助けてあげてね。康男さんを怒らせるとママもまた寿々歌にひどいことを言わなきゃいけ

なくなる。ママは本当はそんなことはしたくないの。学生投資家リンベルちゃんの活躍を応援してるよ☆〉

クリスマスの翌日、寿々歌はゼミの忘年会の前に井端研究室に立ち寄った。

蜂矢のレポート『合同コンパ顛末記《てんまつき》』を井端教授に提出した。今回のレポートで特筆すべきは、好意の返報性を悪用して男女のペアを成立させた点だ。寿々歌は観察の結果、蜂矢が「敵」の時間と労力を恋愛に差し向けて蹴落とす魂胆だと結論付けた。

「なるほど、好意の返報性……。蜂矢君に『そちもワルよのお』と言ってあげてください」

井端教授は寿々歌のレポートを眺めながら、マグカップのコーヒーを一口飲んだ。

「私もその悪に加担してしまいましたが」

「まあ、楽しかったならばいいんじゃないでしょうかね。結果オーライでしょう」

「蜂矢君はおそらく心理学の本なども相当読み漁っています。全ては就活に勝つために。先生のご指摘のとおり彼の本の読み方は就活の道にのみ通じていると確認しました」

「そうですか、分かりますか」

蜂矢がグレているという見解も、研究を深めるにしたがって少しずつ分かってきた。

「先日、蜂矢君の部屋に爆弾を仕掛けてきました」

「そうですか。それは物騒なことですね。どんな爆弾ですか」

井端教授はさも楽しげに訊いた。

「『堕落論』を置いてきました。たぶん読まれず不発に終わるとは思いますが」

加賀美を交えて蜂矢の部屋で飲んだ際に、誰かの忘れ物を装って、部屋の隅の床に置いた。

「もし万が一読んだ時には心に道ができるかもしれない。実現性の薄い実証実験です」

「なるほど、そうですか。静原さん。そちもワルよのお、ですね」

「いえ、私も本に救われた人間の一人として、本によって何かがもたらされるかもしれないというささやかな希望をもって……」

「希望を本の爆弾に託したというわけですか。面白い試みですね」

井端教授は今日もぼんやりと、ただ何も否定せず寿々歌の言葉に感想を述べるのだった。

◆

ゼミの忘年会は池袋駅西口の居酒屋にて盛況に終わり、徹郎とおじさんの部屋での二次会へと突入し、鴨志田琥珀が『マイチューブ』に投稿している動画の上映会となった。鴨志田はマイチューブに『琥珀ＴＶ』なるチャンネルを開設しているが、登録者数はわずか十三人。その『琥珀ＴＶ』に不定期で投稿している動画のタイトルが『俺物語』というらしい。

「昨日、『俺物語』の記念すべき五十本目の動画をアップしたところだ。みんなグッドタイミング過ぎるね、運がいいね。イエーイ！」

鴨志田が意気揚々とタブレット端末を起動させる。

事の発端は今日のゼミの忘年会で、鴨志田が自分の動画を「マネタイズしたい」と皆の意見を求めたことに始まる。ところが、誰一人として鴨志田の動画を見たことがなかった。

夏海が「いい機会だからみんなでカモシの動画を見よう！」と提案した。

すると気をよくした鴨志田が、「てっちゃんの部屋でみんなで見ようぜ」と言い出した。

こうして徹郎とおじさん、夏海と静原が集まり、『俺物語』上映会となったのだった。

「俺って、喋り出すと名言ばっかり垂れ流しちゃう癖があるじゃないっすか。で、その癖を逆手に取って、やばい事業を思いついたんすよ。どんな事業か聞きたいっすか？」

「ああ、教えてくれ。聞きたくてたまんねえな」

おじさんが気のない口調で鴨志田を促す。

「俺の名言を売って世界を幸せにするんす。俺の名言を世界にシェアしないのって、罪だと思うんすよ。世界初、名言クリエイターって感じっす」

鴨志田曰《いわ》く『俺物語』なる動画には魂の名言が一分間に五、六個は生まれ続けているため、これを事業化し、世界を救うというシナリオらしい。もはや根拠のない自信などという生易しい言葉では表現しきれない。ほとんど病気ではないか。

「ついに『俺物語』をマネタイズするべき時が来たかなと思って、ゼミの最高の仲間たちに意見を聞きまくりたいって衝動に駆られてたところだったんだよ」

導入のプレゼンから、早くも誰ひとり鴨志田について行けていなかった。

「まずは原点オブ原点の第一回から、見まくっちゃって欲しい。『俺物語』、スタート！」

タブレット画面に映る鴨志田は、机の上に両肘を突き、組んだ両手の上に顎を乗せてカメラ目線でこちらを見つめている。

〈俺物語を始める前に聞いておきたいんだけど、みんな、俺が生まれてきたことについて、どう思ってるかな？〉

鴨志田の第一声の問いかけに、徹郎はある意味、度肝を抜かれた。異次元の愚問だ。

〈俺的にはみんなと全く同感で、俺も俺が生まれてきて百万パーセントよかったって思ってる。だってさ、もしも俺が生まれてこなかったら、俺、今こうして生きてないっしょ。俺が生まれたから、俺が生きてる。奇跡だね。ライフ・オブ・リアルっていうかさ、今この俺の二つの掌があったかいってだけで、マジで生きてるってことでしょ。レイズ・マイ・ハンズ、アンド、ドント・ルックバック！　なんだってできるよね？　つまり俺的なリスペクトさえあればいい。ジョン・レノン的な立ち位置で世界を良くするのもチェ・ゲバラ的な生き様で世界をメッチャ変えてくのも、決めるのは俺次第。ディサイド・フォー・マイセルフでチェンジ・ザ・ワールドっていうか、クラプトンのギターにも似た俺的なヤバさが世界に炸裂しちゃう可能性があるんじゃね？　みたいな……〉

徹郎は鴨志田という男を甘く見ていた。

彼は決して軽薄な男などではない。軽薄とは、彼そのものだったのだ。

「夏海、今の場面、すごくね？　俺の名言が自然と連発されちゃった感じのところ」

「うーん……難し過ぎてどれが名言かアタシにはよく分かんないわ……」

さすがの夏海も、このゴミみたいな動画から良いところを見出すのは無理なのだろうか。

「でも、すごい楽しそうなのはいいと思う。なんか元気になるかも」

「夏海って、なかなかいいところに気付くよね」

「うん、言ってることはよく分かんないけど、見ていて元気になる感じはする」

「そうそう、俺のパワーで世界を元気にするのも俺が生まれてきた使命のひとつだからね」

少し褒められると自尊心を果てしなく膨張させる、実におめでたい男だ。

「お？　寿々歌、めっちゃ見入ってるじゃん。ガン見だね。どのへんが心に刺さってる？」

「意味の断絶した言葉を淀《よど》みなく発し続けるのはある意味すごいと思うし言葉が脳や心を経由していない感じがして脊髄《せきずい》から反射的に言葉が放出されているような究極の即興性を感じる」

静原が一息に感想を述べた。ひとつも褒めていないが、鴨志田は得意になっている。

次に、鴨志田は徹郎に視線を向けてくる。徹郎は機先を制してコメントを述べた。

「大変勉強になります。異次元の世界を拝見している心地が致します」

紛れもなく本心から出た言葉だ。鴨志田は全くもって異次元の人間だと実感したのだ。

人は生まれつき平等などではない。鴨志田は資産家の家に生まれた瞬間から既に、人生の勝利を収めているのだ。親の資産で暮らし、就活をする必要すらなく自分に酔いしれながらゴミみたいな動画を垂れ流していられる身分は、特権階級である。

異次元の世界で、自分とは一切関わらずに生きていって欲しいと心から願った。

「やっぱり一番分かってるのはてっちゃんだね。まだまだ、ここからが熱いんだよ」

〈なんつうかさ、俺物語は始まったばかりなんだ。始まったばかりっていうことは、つまり無限ってことじゃね？　始まりイコール無限、スタート・イズ・フォーエバーで、無限イコール終わりの終わり。終わりの始まりと始まりの終わりがいい感じにループしてるっていうかさ……エンド・オブ・スタートってやつ？　始まりがあって終わりがあること自体、ひとつの世界、イッツ・ア・スモールワールドってことでしょ。それってヤバいっしょ。俺って、ちっちゃい頃からなんか人と違うって感じながら生きてきたみたいな……〉

珍しく無言を貫いていたおじさんが「ヤバいな、こりゃ。想像を遥かに超えてきたぞ……」と口を開いた。鴨志田は「でしょう？　ヤバいっしょ？」と悦に入っている。

「どうすか、おじさん。マネタイズして劇的に世界を良くする予感しかしないっしょ」

「カモシ、世界を良くする前に、念のためひとつ確認していいかい？」

「なんすか、なんでも訊いてください」

「変なクスリとか、やってないよな」

「おじさん、俺の切れ味がヤバすぎてドーピング疑ってんすか。パーフェクト素面《しらふ》っす」

〈マジで大切なことは繰り返し言っとく。始まりイコール無限。俺物語は始まってるようで実は永遠に始まらねえっていうパラレルワールドにも存在して、俺が俺じゃない場合もまたありえるわけで、もしかすると俺物語が始まったと見せかけて始まらなかったり……〉

画面の中の鴨志田は、絶え間なく喋り続ける。苦痛な時間ばかりが流れていった。

ところが十分ほど経つと、おじさんの様子が一変し、食い入るように画面を見つめ出した。

「猫ちゃんが何気にいい味出してるね」

夏海が画面に映り込んでいる猫を指差して言った。

「なっちゃん、いいところに気付いたな。おじさんも、そう思ってたところだ」

茶トラ柄の猫が巨体を揺すりながら鴨志田の背後をうろついている。

「なあカモシ、後ろに映り込んでくる、このばかデカい猫は何者だ」

「こいつっすか？　トゥモローっす」

「やたらと芸達者な猫だな」

自分でドアノブを下げてドアを開けたり、毛布を口に咥《くわ》えて敷いてはその上で人間のように仰向けに寝転んだり、鴨志田の後ろでカメラに向かって舌を出したりしている。

「芸でも覚えさせたら誰かもらってくれるかなって思って教えまくったっす」

鴨志田の家では子供の頃から身寄りをなくした猫を引き取っているという。家で飼い、新たな飼い主が見つかるまで面倒を見る。トゥモローはもらい手が見つからず、芸を仕込んでいるうちに鴨志田が自分で飼いたいと思うようになったのだという。

「俺にとっては世界一のプリティキャットなんすけど、超絶バカなんすよ」

トゥモローは鴨志田の後ろで輪投げを始めた。小さな輪を口に咥えて、首を振って的棒のほうへ向けて投げる。輪はなかなか的棒に入らないが、確かに輪投げで遊んでいる。

「なにこの子、超面白い！　他にどんなことができるの？」

夏海が俄然《がぜん》興味を示す。

「そうだね、たとえばこんなのとか。トゥモローの動画だったら腐るほどありまくるから」

鴨志田はスマホを取り出し、トゥモローの動画を再生した。

鴨志田が「おはよう」と呼び掛けると巨大猫のトゥモローは奇妙な鳴き声で応じた。その鳴き声は「ヲアヨー」と聞こえる。「おはよう」の発音に限りなく近い。

「超絶バカだから『おはよう』と『ハロー』と『いいね』ぐらいしか覚えないんす」

「カモシ、超絶バカはお前さんのほうだ。今すぐ『俺物語』を『猫物語』にしてだな……」

「じゃあ、トゥモローの話は置いといて、『俺物語』の次のステージに続くこの場面が……」

鴨志田が再び『俺物語』を見せようとするが、おじさんが「もういい」と遮った。

「『俺物語』は、もういいから。この猫、俺に預けてみねえか」

「預けるって、てっちゃん、この部屋って、ペット飼えんの？」

鴨志田が訊ねてくる。徹郎は語尾を捉えて即「いいえ」と否定した。

「カモシよ、俺は飼うなんて言っちゃいないよ。カネになるかもしれねえってことだ」

「トゥモローは売らないっすよ。俺が育てたオンリーワン・キャットっすから」

「売るなんてとんでもねえ。この猫は金の卵だ。『俺物語』よりも『猫物語』を作るんだ」

「でも、猫の動画って大人気でアタシもよく見るけど、競争が激しいんじゃないかな？」

夏海が疑問を呈する。

「俺はなあ、人を見る目もあるが、猫を見る目ならもっとあるんだぜ」

「なんすか、その、猫を見る目って」

「俺を誰だと思ってんだ。猫カフェが流行るずっと前に猫カフェを作った男だぜ」

おじさん曰く、十数年ほど前に腐れ縁で繋がっているコーヒー好きの友だちが喫茶店を開店したが、立地が悪くて客が入らず倒産の危機に瀕していた。「賑やかしに、猫でも放してみたらどうだ」と提案したところ、藁にもすがる思いの店主は乗ってきた。

「俺はこう見えても、大の猫好きなもんでね。猫がうろうろしてる喫茶店なんておもしれえなあって、思いつきで言ってみたんだ」

おじさんは譲渡会で猫を三匹譲り受け、一ヵ月間愛情を注いでしつけてから店に放した。潰れかけていた店は雑誌にも掲載され大繁盛したという。また嘘か真か分からない昔話だ。

「どうよ、なっちゃん、この悪人面で猫好きって。ギャップにキュンとするだろう」

「キュンとはしないけど、超意外！」

「いいか、このトゥモローって猫にはスター性がある」

「スター性って、ホントっすか。まあ、猫は飼い主に似るってことっすかね」

「今のままじゃ、いっちゃってる大学生の兄ちゃんが一人でだべってるだけの動画だ。三十分も見せられたら拷問だよ。十年間黙秘を貫いてた凶悪犯が自白を始めるレベルだぜ」

「おじさん、マジで皮肉の効いたリスペクトっすね」

「『俺物語』はカネにならねえ。だけど、このデブ猫なら見込みはあると思うぞ」

鴨志田の『俺物語』のコメント欄には低評価と辛辣《しんらつ》な言葉が書き込まれているが、一方で、猫に対する好意的な言葉が並んでいた。

〈自分語りがキモ過ぎて見るに堪えないのに、猫が気になって最後まで見てしまいました〉

〈猫がいい味出してる。ていうか猫しか見てない〉

「俺は『俺物語』で世界を良くすることしか考えてないっす。マネタイズして世界進出」

「はっきり言う。『俺物語』は一円にもならねえよ」

「いやいや、おじさん、冗談は顔だけにして欲しいっすよ、ははは」

「俺の顔は冗談っぽいかもしれねえが、真面目に話してるよ」

平行線のまま、おじさんと鴨志田の応酬が続いた。

おじさんは猫のトゥモローの動画で収益を上げることを勧める。一方の鴨志田は『俺物語』のことしか頭にない。合意形成をしなければ、この無駄話は延々と続いてしまう。

徹郎は「ちょっとよろしいでしょうか」と挙手した。

「議論を整理するために、まず鴨志田さんの『俺物語』は、マネタイズすべきものではないのではないかという仮説を提示させていただきます」

「なになに、どういうこと？」

夏海が身を乗り出してくる。

「収益性を気にするようになってしまっては、鴨志田さんのピュアな表現に濁りが出てしまうという懸念が生じないでしょうか。鴨志田さん、いかがでしょう」

「なるほど……マジで、それは一理ありまくる」

「鴨志田さんの名言の数々は、インターネットを介して誰にでも等しく共有されるべき財産であり、かつ収益性からの独立を保つべきであると私は考えます。仮にマネタイズをすると、どうしても視聴者の反応というものに意識がいってしまいます」

おじさんが「また、うまいこと言って、話をまとめようとしてるな」と茶々を入れる。

「浜本さん、鴨志田さんの『俺物語』をご覧になって、いかがでしたか？」

「うーん、何言ってるかよく分かんなかった」

「そこです。そこがポイントかと勝手ながら私は強く感じました。私も恥ずかしながら、鴨志田さんの名言の数々をあまりよく理解できませんでした」

「またまた、天才のてっちゃんが、謙遜しちゃってんでしょう」

「いいえ。時代が鴨志田さんのスケールの大きさに追い付けないのだと拝察致します」

徹郎は鴨志田の自尊心をくすぐる言葉を選んだ。静原が冷たい視線を向けてくる。

「マジで？　世界のみんなが分かるように、世界モードで話してるつもりなんだけど」

「世界モードねえ。まさに、スケールがでかすぎて俺には何のことやら分かんねえや」

おじさんが水を差すようなことを言うが、徹郎は構わず続ける。

「分かりにくいままで、いや、分かりにくいままだからこそ価値があるのではないでしょうか。もしかすると、後世にわたってようやく理解される場合もあるかもしれません。ゴッホの絵が生前は受け入れられず、死後に世界を感動させたのと同様に」

静原の視線がますます冷たくなる。

「マネタイズには、分かり易さが不可欠です。そこで、王子さんが素晴らしい代案を出してくださいました。『仮称・猫物語』を世に出すアイデアです」

鴨志田は真剣な眼差しで聞いている。

「鴨志田さんから溢れ出た愛の結晶のひとつが、このトゥモローさんという素晴らしいスター性を有する猫です。それによって見る人が幸せになるということでしょうか」

聞いていた鴨志田が「やべえ」と呟いた。

「マジで俺、てっちゃんの言葉で雷に打たれたわ。稲妻サンダーボルトショック……」

鴨志田は一点を見つめて呟くと、顔を上げ、両手を徹郎の肩に乗せた。

「マジでやべえ。俺、泣きそうだわ。てっちゃんのこと、自分の次にリスペクトするわ。てっちゃんのためにも、俺はぜってえ動画を成功させるよ」

なんとか納得させようとしただけのつもりが、思った以上に勇気づけてしまった。

「おじさん、見ました？　俺の人生が激変した瞬間。とりまトゥモローが世界への扉っつうことで、トゥモローの動画でマネタイズ作戦やる感じでいきたいっす」

おじさんは「お、おう……なんだか知らねえけど、やる気になったならよかった」と言った。それから徹郎に向かって小声で「おい、よくおだてきったなあ」と呟いた。

「俺ってやっぱ最高だけど仲間もマジ最高。仲間、マジやべえ」

徹郎は微笑みながら、心の中で思った。就活をする必要もないまま豊かな生活が保証されている人間とは絶対に分かり合えないし、分かり合いたくもないと。

年末から正月にかけて、おじさんは鴨志田の家に入り浸った。鴨志田と共同作業で猫の動画を作り、並行して静原のオンラインサロンの運営サポートも続けていた。

静原のオンラインサロンは着実に会員を増やして収益を上げているらしい。大学生を「能力開発」して、収益の上前をはねるおじさんの目論見も進んでいるということだ。他の学生たちが、あのペテン師の食い物にされて道を踏み外すのは自己責任である。

おじさんが部屋にいない間、徹郎は自己研鑽の作業に集中でき、せいせいした。

元旦の零時、動画サイト『マイチューブ』に、鴨志田の猫の動画が一斉公開された。動画の名前は『ふて猫トゥモローの部屋』。

徹郎は一切興味がなかったのだが、鴨志田が「恩人のてっちゃんに見て欲しい」と動画のアドレスを送り付けてきた。何らかのコメントを返すために、渋々最初の動画だけ視聴した。

トゥモローはそのふてぶてしい容姿から『ふて猫』の名を冠したという。鴨志田は猫と会話ができる『キャッ友』として声だけの出演。映像はトゥモローを中心に、時折、仲間の猫のトゥデイとイエスタデイも一緒に映す構成となっている。

〈トゥモロー、イコール、未来。彼はマジ希望の猫、俺、コイツと話せる親友。キャットの友だちキャッ友のコハク！　YEAH！〉

オープニングから絶望的に軽薄な鴨志田のトークが炸裂している。前に見せられた『俺物語』と比べれば数千倍はマシだが、これが「カネになる」とはとても思えなかった。

ところが、すぐさま事態は徹郎の予期せぬ方向へと転がった。トゥモローの猫離れした行動と、鴨志田の軽薄なナレーションを人気マイチューバーがSNSで紹介した。

〈猫のふてぶてしい見かけと芸達者で愛らしい動作のギャップが超好き！　そして勢いだけの突き抜けたナレーションもまた、聞いてるとなぜか元気が出る！〉

このコメントがたちまち拡散され、再生回数はあっという間に増えていった。松の内が明ける頃には『ふて猫トゥモローの部屋』のチャンネル登録者数は五千人を突破、再生回数は二百万回を超えてその後も伸び続けた。

今後は、動画に猫用品などの広告を掲載して広告収入を稼ぐつもりらしい。

〈てっちゃん、俺、マイチューバーとして生きていくことに決めたよ。てっちゃんのおかげだし、マジありがとう。俺物語はカネとは無縁のプライスレスなＴＡＫＡＲＡ！　猫物語をマネタイズしながら世界を幸せにするスーパーコンテンツを作りまくっていくよ〉

鴨志田からのメッセージを徹郎は一読するなり、速やかに削除した。

年明け早々から、徹郎は帝都商事本社に出社していた。

フェローズ・シップの第二ステージ、企画インターンが開始された。

今回は新規事業のプロジェクトに対してアイデア出しや企画立案を行う。お題となる新規事業は、スタートアップ企業に特化した求人サイトを立ち上げるというものだ。

スタートアップ企業は、技術革新や新たなビジネスモデル、サービスの開発などにより、短期間での急成長を狙う企業を指す。大きいものを正義とする徹郎の思想の対極にある組織形態であり、全く研究してこなかった。明らかに苦手な分野である。

プロジェクトのリーダーは今回も猪狩だ。苦手な分野の事業と、相性の合わない上司。配属先や上司は選べないという大企業の試練が早くも襲い掛かった。

　一方、最大の敵である加賀美にとっては最高の条件となってしまった。

　加賀美の志望動機は、商社という立場から新興企業のテクノロジーと資金力がある大企業をマッチングさせて、社会の役に立つビジネスを進めたいというものだった。

　このような形で加賀美に追い風が吹くとは思ってもいなかった。

　最後まで自分の前に立ちはだかる敵は、やはり加賀美だ。

　最大の敵に勝つためには、どんな手段を使っても、猪狩の評価を獲得しなければならない。

　初日は半日がかりのブレインストーミングが実施された。意見を否定するのは禁止。ひたすら意見やアイデアを上乗せしてゆく。二日目以降の三日間をかけて、各自が事業の素案を一枚のスライドにまとめて提出した後、発表し合う段取りだ。

　素案の作成にあたって徹郎が、自宅での作業の最優先課題として取り組んだのは、猪狩の性格分析だ。これまでの猪狩の言動などを、思いつく限りノートに書き出した。

　彼はあの丁寧な物腰で時折、刺し殺すような厳しい言葉を浴びせてくる。綿密な分析の結果、猪狩は権威主義的でかつ冷徹なビジネスマンだという結論に達した。

　猪狩には、帝大の学歴を重視するなど、権威への執着が強く見られる。だが一方で、部下からの露骨なおべんちゃらや、見え透いたアピールを嫌う傾向が見てとれる。

　最終的には仕事の成果が第一のはずだ。有無を言わさぬ結果を残せば、学歴のアドバンテージを覆して逆転できる可能性は十分にある。

徹郎は、猪狩の好みそうな言葉や図解を厳選し、一枚の素案に注ぎ込んだ。

そして企画インターン第一週目の最終日。プレゼンの日がやってきた。それぞれが提出した素案をプレゼンし、必要があれば互いに指摘し合い、問題点を洗い出す。

加賀美は率先して一番目に発表した。何でも我先に動けばよいというものではない。

徹郎は、加賀美の発表を聞きながら隙を窺った。彼の案は、成果報酬型の求人情報サイトだった。求人への応募数、採用に至った人数などの成果に応じ、報酬が発生する仕組みだ。

加賀美が発表を終えると、猪狩は「今の案について、いかがでしょう」と学生たちに意見を求めた。徹郎はすかさず挙手し、発言した。

「成果報酬型という手法は大変効果的ではございますが、一方で、安定的な収益の確保という観点ではいかがでしょうか。事業の持続可能性に大きな不安が残ります」

猪狩は「確かに重要なポイントですね」と同意した。この後、他の学生が次々と追随する意見を述べた。加賀美は懸命にメモを取っているが、心中は穏やかでないだろう。

他のメンバーが発表した素案には、徹郎は賞賛、敬服、賛成の意見を述べた。良いところをどう活かすか、という方向に議論の流れを誘導した。

結果、加賀美の素案が最も多くの指摘を食らう格好となった。

猪狩の前で他のメンバーを持ち上げ、加賀美の不備を際立たせることに成功したのだ。

満を持して徹郎の出番を迎えた。徹郎は自信を持ってプレゼンを進めた。

スクリーンに投影された資料は、勝利への輝きを放っているかのようだった。猪狩の性格を入念に分析してその成果を結集させた、渾身《こんしん》の事業素案だ。

五分の持ち時間をきれいに使い切って話し終えると、猪狩が開口一番言った。

「大変きれいにまとめられたプレゼンだったと思います」

徹郎は内心で快哉を叫んだ。勝った。加賀美に勝った。

「ただ……きれいに作り込まれていますが、内容は支離滅裂です。本気で事業の成功を考えている人間が見れば、すぐに見透かされてしまいます」

猪狩が好みそうな言葉や図解を所狭しとちりばめたのに、なぜ気に入らないのだ。

「その提案資料、蜂矢さんは誰に向かって作成されましたか」

猪狩が微笑みながら冷徹な眼差しで問うた。徹郎は賭けに出た。

「正直に申し上げます。猪狩部長に向けて作成致しました」

「なるほど。やはりそうでしたか。それならば根本から考え直したほうがよいですね」

「どんなアイデアも、上長に採用されなければ何も始まらないと考える次第でございます」

本当は、我ら就活生は内定を勝ち取らなければ何も始まらないのだと言ってやりたい。

「確かに、組織で採用されなかった案は、日の目を見ない。とはいえ、そのことに囚われて自分の考えを失くしてしまえば、本末転倒です。お分かりでしょうか」

徹郎は暗澹《あんたん》たる気持ちになった。この猪狩という男は、きっとどうしても自分のことが嫌いなのだ。そんな人間の評価を勝ち取ることなど、もはや不可能に思えた。

このままでは、勝ち目のないゲームだ。まさにクソゲーではないか。

絶望的な気分で休憩時間を迎え、頭を冷やすべく、休憩室の隅の席で壁に向かって座った。

「ちょっと行き詰まってるみたいだね」

振り返ると、屋敷が立っていた。

徹郎は腰を浮かせて挨拶しようとすると、屋敷は「まあ座って、座って」と言ってホットの缶コーヒーを徹郎の前に差し出し、隣の席に座った。

「まずは今向き合っている市場について、もう一度自分なりに整理し直してみたらどうかな。どんな企業があり、どんな人材を欲しがっていて、どんな人を採用しているかとか」

分かり切ったアドバイスだ。徹郎は「ご忠告、ありがたく承ります」と慇懃に応じた。

「蜂矢君は、何のためにこのインターンに参加してるのかな」

徹郎には屋敷の問い掛けの意味が分からなかった。あまりにも答えが明白過ぎる。

「選んでいただき、後の選考過程を免除していただき、内定を確実にいただくためです」

言ってしまった。人として成長するためとか綺麗事を言うことはできなかった。中三の頃から帝都商事の内定を獲得するために生きてきたのだ。嘘を言えようか。

「気持ちは分かるけどさ、この先長いでしょう。上司のために働くんじゃないから」

この発言は、帝都商事に入社できた勝者の驕りだ。

それに屋敷の忠告を殊勝に受け止めて実行したところで、彼は評価の決定権者ではない。

「評価されるかどうかとか、そういうのは後から付いてくるものだと思うよ」

心情が態度に現れないよう、「屋敷様にはいつも温かく見守っていただき、大変感謝しております。今後ともよろしくお願い致します」と礼を言った。それから缶コーヒーを飲み干し「ごちそう様でした」と深々と頭を下げ、屋敷の前を辞去した。

年明けからの一月は企画インターンのプレゼン準備で、怒濤《どとう》のように過ぎた。

大学の後期試験もある上に、夏海が『後期試験対策決起集会』を企画してしまった。徹郎は『てっちゃんノート』のダイジェスト版を作成して講義の準備を整え、学内の大教室で二百人ほどの学生たちに解説し、拍手喝采を浴びた。無益な時間の浪費に怒りばかりが募った。

二月初めの水曜日、夜のファミレスのボックス席で、徹郎はテーブルの上のスマホに意識を支配されていた。通知音が鳴る度に手に取るが、待ち望む情報は一向に届かない。

一昨日、帝都商事の企画インターンが終了し、二日以内に結果の連絡が入るはずだった。

今日がその二日目だった。

帝都商事からの連絡はまだ来ない。ネット上の就活サイトの掲示板には「社員との特別座談会の連絡が来た」といった情報が入り始めた。

メッセンジャーに一件着信があった。差出人の表示を確認する。加賀美からだ。

〈蜂矢君、帝都商事から何か連絡来た？〉

〈現時点では何もございません〉

〈そうか。ぼくも、音沙汰無しだ。うーん、気が滅入《めい》るね〉

これから通知が来るのだろうか。だが、加賀美も徹郎も揃って落選という可能性もある。

〈メール来た！　社員との特別座談会の案内だ！　これって喜んでいいやつだよね〉

加賀美のメッセージと共に、徹郎にも新着メールが届いた。

〈帝都商事　企画インターン参加への御礼〉

徹郎は息を殺しながら、そのメールを開いた。

インターン参加に対する感謝の言葉と併せて、三月から始まる通常の選考過程の案内が申し訳程度に記されていた。

加賀美は選ばれ、徹郎は選ばれなかった。これは何かの間違いだ。

座談会の案内を頂けないのは、なぜなのか。徹郎は人事部にメールで問い合わせたが、選考基準については答えられないと即答された。

猪狩が恣意的に低評価を下したのかもしれない。やはり帝大生を通過させて徹郎を排除するための陰謀だ。選考に不正や手違いがあるならば、正してもらわねばならない。

徹郎はインターンでお世話になった御礼を申し上げたいという理由で、猪狩にアポを申し入れた。猪狩は意外にもあっさりと了承した。

翌朝、徹郎は帝都商事本社一階ロビーのラウンジで猪狩が下りてくるのを待った。

約束の十時に、猪狩は現れた。徹郎はソファから腰を浮かせて立ち上がった。

「おはようございます。堅苦しい挨拶は抜きにして、どうぞ座ってください」

猪狩は親しげな笑みを浮かべている。インターン中の冷たい印象が嘘のようだ。

「実を申しますと私、特別座談会のご連絡を頂けておりません。猪狩部長に、この結果に関する真偽のほどをお伺いしたく、本日は参上致しました」

「私も人事のことは直接分かりませんが、実は、蜂矢さんを買っていたので、残念です」

猪狩は言った。この期に及んでよくもこんなに見え透いた嘘を言えたものだ。

「私を買っていただいていたのに、私にだけ厳しく当たられたのはなぜでしょうか」

「全くそんなつもりはなかったのですが……私、蜂矢さんにだけ厳しかったですか？」

猪狩は訝《いぶか》しげに首を傾げた。

「少なくとも私自身はそう感じ、自分は猪狩部長のご期待に遠く及んでいないのだと、申し訳なく不甲斐ない思いでいっぱいでございました。一方で、帝都大ご出身の猪狩部長は、私が安政大の学生だから冷遇されているのではないかと、不公平感も抱いておりました」

正直に言ってしまった。その上で猪狩に真偽の程を質したい。

「蜂矢さんに厳しくしたつもりはないですが、蜂矢さんには骨があった。本気の人間には、本気で応えたい。そういう気持ちが出てしまっていたのかもしれませんね」

骨がある？　猪狩は本当に自分のことを買っていたというのか。

「今だから正直に話しますが、私は蜂矢さんのようなギラギラした人間が好きです」

落選した就活生に対するリップサービスだと勘繰りたくなるが、散々分析し尽くした猪狩の性格上、そういうことをするとは思えない。

「個人的には自分の部下に蜂矢さんのようなタイプが一人いてくれると頼もしいです」

「では私の選考結果は、間違っているという認識でよろしいでしょうか」

「いや、間違いはないです。残念ですが、私にはどうしようもないのです」

結果は知らされているが、特別座談会の招待基準については関知していないという。

「自分が選ばれなかった理由を確認しに来るなんて、やはり蜂矢さんは骨がありますよ」

敵だと思っていた人間が自分を評価している。気持ちの遣り場を失い、徹郎は黙り込んだ。

「まだ選考は終わりじゃありません。私は待ってます。頑張ってください」

確かに通常ルートの選考はこれからだ。しかし例年百五十人程度の枠に三万人以上が応募し、倍率は二百倍を超える。それだけの人数がいれば、実力のみならず運にも左右される。

「あと、ひとつ誤解されているようですが、私の母校は帝都大ではなく安政大ですよ」

徹郎の口から「へ？」と間抜けな声がこぼれた。

「これも今だから言える話です。やはり母校の後輩には頑張って欲しいものです」

猪狩は笑顔で言い残し、エレベーターホールへと去って行った。徹郎は呆然《ぼうぜん》と見送った。

妄想の余り、猪狩は帝都大卒だと勝手に思い込んでいたのだった。

猪狩は敵ではなかった。帝都商事における本当の敵は一体誰なのか。

正面入口から、外での所用を終えて帰社したと思しき社員数名が、ロビーを横切ってエレベーターホールに向かってゆく。

その一団の中に、徹郎は敵を見つけた。

「屋敷様！　お待ちいただけますでしょうか！」

半ば無意識のうちに叫んでいた。自分の発した怒声が吹き抜けのロビーに反響する。警備員が動いたが、屋敷は「私のお客様です」と制し、柔らかな笑みを浮かべながら歩いてきた。

「蜂矢君、どうしましたか」

虫も殺さないような優しげな眼差し。この善人面で多くの同僚を蹴落とし、闇に葬り去ってきたに違いない。きっとこの優男こそ、自分を不当に貶めた張本人だ。

「先ほど、猪狩部長にインターンの折に賜りましたご厚情に対する御礼を申し上げました」

「そうでしたか。おつかれさま」

「猪狩部長は私を高く評価してくださっていました。しかし私は社員様との特別座談会にご招待頂いておりません。何か手違いがあったのではないかと拝察し、その旨、屋敷様に確認させていただきたく、恐れながらお呼び止め申し上げました次第でございます」

「申し訳ないけれど結果については人事のことだから、お話しできないよ」

「何故私はご招待いただけないのでしょうか」

屋敷は「まあ、少し落ち着いて」と言ってソファの斜向かいに腰掛けた。

「一点目。手違いかどうか。客観的に言えることはひとつ。大事な学生さんへの連絡で帝都商事の人事部が手違いを起こすことは、九十九・九九%ありません。お分かりでしょうか」

屋敷は冗談交じりに猪狩の口癖を真似た。うすら寒い。徹郎の怒りは増すばかりだ。

「二点目。ぼくが採用に関する何かを決定できるはずがない」

「決定まではなされなくとも、大きな影響を行使しうるお立場かと拝察致しますが」

「蜂矢君はぼくが不当に評価したから座談会に呼ばれなかったと思いたいのかな」

「そう思いたいわけではございません。ただ、真偽の程をお伺い申し上げております」

「そうか……。まあ、そんな眉間に皺を寄せずに、せっかくだから、インターンの思い出でも語ろうか。選考には関係ない、あくまでも思い出話として」

思い出？　またこの期に及んで何を言い出すのか。

「正直に申し上げます。数字の上でも私は目に見える成果を収めておりました。大変恐縮ではございますが、成果を客観的かつ公平に評価いただければ、落とされるはずがないと」

屋敷は「なるほど」と笑った。何がおかしいのだ。

「蜂矢君は、一緒に仕事をした同じチームのメンバーをどう思っていたかな」

「皆様、人生の岐路で共に戦う同志であると感じておりました」

「共に戦う同志ねえ。本当だろうか」

屋敷は急に声のトーンを落とした。徹郎は少し怯《ひる》んだ。

「じゃあ、次はぼくから、インターンでの蜂矢君についての思い出を語っていいかな」

徹郎は「ぜひお聞かせいただけましたら」と促す。喋らせて彼の尻尾を摑んでやるのだ。

「蜂矢君、あのプレゼンの後、落ち込んでたね」

「その節は屋敷様にご助言や激励のお言葉を頂き、身に余る光栄でございました」

「いやあ、嘘でしょう……蜂矢君の顔に書いてあったよ。『お前に言われたくない』って」

態度が気に入らなくて低評価を下したならば不適切な選考ではないか。

「もちろん、別にそれが選考に直接影響したわけじゃないけど、そういう姿勢が、色々な場面で見え隠れするんだよね。一緒に仕事してた仲間の前でも」

屋敷はとうとう本音を語り始めた。

「君は、他人を自分にとってメリットかデメリットかで判断している」

徹郎は「決してそのようなことはございません」と否定したが、屋敷は首を横に振った。

「これでもぼくなりに一生懸命、参加してくれた学生さんたちにはみんな頑張って欲しくて、二ヵ月余りサポートしてきたから。見えちゃうものは見えちゃうんだよ」

確かに、徹郎は猪狩の評価を重視し、屋敷を軽んじた節はあるが、逆恨みする気か。

「本当に大切なことは、自分が同僚や仕事相手や顧客に、何を与えられるか。少なくとも今の君にはその視点が不足していると、ぼくは思った。それと蜂矢君は、加賀美君にすごく対抗意識を燃やしていたね。もっと言えば、負の感情を抱いていた。嫌っていた」

徹郎は何も言い返せなくなっていた。屋敷には多くの感情を見抜かれていた。

「仕事はチームでやるものだと思う。どうだろう」

「仰るとおりでございます。全く異論ございません」

「個人の能力がどれだけ高くても、一人では大きな仕事はできない。蜂矢君は個人技で見せ場を作ることに意識が偏《かたよ》り過ぎているように感じた。言い換えれば、ぼくら社員から見ると共に仕事をする未来がイメージしにくいのかもしれない」

ぼくら社員と言うが、屋敷の個人的な見解ではないか。

「加賀美君は蜂矢君と一緒に仕事をしたがっていたよ。君の仕事ぶりに敬意を表していた」

あの憎き加賀美。猪狩と結託して徹郎を陥れたのではなかったのか。

「加賀美君は他のメンバーの仕事ぶりから学び、チームで結果を出すことに全力を尽くすタイプだとぼくは思う。加賀美君が次のステップに進んだ原因を推測するとすれば、うちの社員たちが彼と共に仕事をする未来が思い描けるからじゃないかな」

屋敷は「まだ一般選考がある。蜂矢君には改めて挑戦して欲しい」と諭し、立ち去った。

一般選考……。屈辱的だ。だがこうなった上は、這《は》い上がるしかない。

屋敷だけは絶対に許さない。帝都商事のみならず、五大商社全ての内定を総なめにして、屋敷に己の目が節穴であったことを認めさせるのだ。

◆

〈安政大学　公式ホームページ　新着情報
２０２０年３月２日更新
令和元年度　卒業式・学位記授与式の中止について
安政大学では新型コロナウイルス感染症拡大の状況に鑑み、３月23日に実施を予定していた卒業式及び学位記授与式を中止することに致しました。安全を第一に考え、この度の苦渋の決断に至りましたことについて、ご理解の程、お願い申し上げます。〉

〈安政大学　公式ホームページ　新着情報
２０２０年３月15日更新
前期の授業日程と授業形態について
新型コロナウイルス感染症拡大の状況に鑑み、本学では前期の授業開始日を４月30日からに変更します。また、講義形態については対面の授業は最小限とし、オンラインによる授業

を中心とすることを決定しました。〉

〈安政大学　公式ホームページ　新着情報
２０２０年４月３日更新
令和２年度聴講生の受け入れ中止について
この度、新型コロナウイルス感染症拡大に伴い、受け入れを中止することとしました。何卒ご理解とご協力をお願い申し上げます。〉

〈安政大学　公式ホームページ　新着情報
２０２０年４月７日更新
新型コロナウイルス感染拡大防止のための入構制限
政府の緊急事態宣言を受け、５月６日まで原則として学生の大学構内への入構を禁止します。なお、学部・大学院の授業は、予定どおり４月30日よりオンラインにより実施します。〉

第七章　彼は頑張ってラスボスを倒して来いと言った

〈結果は明日の十八時までにメールでお知らせします。本日はありがとうございました〉

ノートパソコンの画面に映る男性面接官が、面接の終了を告げた。

徹郎は、面接官が画面から退出したのを確認し、自分も通信を切断した。

下宿から採用面接を受けるなど、二、三ヵ月前までは想像すらできなかった。毎日この部屋からパソコンでエントリーシートを出し、会社説明会に参加し、面接を受けている。

面接を終えると、部屋は完璧な静寂を取り戻した。

隣のロフトベッドにはもう、おじさんはいない。

シェアハウスの管理会社の方針で、感染症対策のため当面の間は相部屋を避け、一人一部屋にすることとなった。おじさんは年度の節目に空室となった隣の部屋に移った。

新年度の聴講生の受け入れは中止となったが、おじさんはこのシェアハウスに住み続けている。時折、隣の部屋から、オンラインで学生の相談を受けるおじさんの声が聞こえてくる。

頻繁に学生たちが出入りしていたこの部屋には、誰も来なくなった。

就活の害になる友だちに邪魔されることはもうない。なのに、釈然としないものを感じる。

SNSを覗けば、オンライン飲み会の様子を報告する投稿が散見される。

そんな中、他とは様子の違ったオンライン飲み会が定期的に開催されていた。

〈加賀美俊樹：夏海ちゃんとオンラインでサシ飲み！　彼女には不思議と、何でも話せてしまうのです。遅くまで付き合ってくれて感謝！〉

〈浜本夏海：トッシー、こちらこそありがとう！　就活頑張って。私も頑張る！〉

夏海と加賀美とのコメントのやりとりは、日を追うごとに親密になっていった。

加賀美のSNSでの行動と発言は、徹郎の心をざわつかせた。加賀美のSNSを毎日観察すると、彼は帝都商事の選考を特別待遇のルートで順調に進み、他の業界でも戦果を上げている。余暇では友人とふざけ合う様子や、夏海との交流をアピールする投稿を挟んでくる。

家庭環境、頭脳、容姿、身体能力などあらゆるものに恵まれた人間が、人生における完全勝利を手にしようとしている。彼のような人間にだけは絶対に負けるわけにはいかなかった。

午後は五大商社のひとつ、永倉商事《ながくらしょうじ》の二次面接だ。業界五番手であり、入社するつもりは毛頭ないが、腐っても五大商社だ。内定を取っておけば精神的な余裕にも繋がるだろう。

今回の二次面接も概ね順調に終わった。最後に面接官から、参考までに、と訊かれた。

〈オンラインの面接で、どんなことを感じますか？　特に、何か不便に感じたり戸惑ったり

していることがあれば教えていただけると。今後の参考にさせていただきたいので〉

不便は感じておらず、答えに窮した。だが何か答えなければ印象が悪くなる可能性もある。

「強いて申し上げるならば、敵の姿が見えないという点で、少々戸惑いがございます」

不用意に口を衝いた言葉に、しまったと思ったが遅かった。

〈敵？　それは面接官のことかな。画面越しだと本当の意図が見え辛いのでしょうか〉

「いえ、面接官の社員の皆様は、尊敬すべき人生の先輩方であり、決して敵などではございません。オンラインで就活をしておりますと、競い合う他の就活生の皆様と顔を合わせる機会がないため、若干の戸惑いを感じておるところでございます」

〈そうですか。私は他の就活生は同じ時期に苦楽を共有できる仲間だと思いますが……〉

「仰るとおりでございます。私が申し上げたのも、切磋琢磨《せっさたくま》するライバルという意味でございまして、言葉の選択が不適切でありました。大変申し訳ございません」

翌日の夕方、永倉商事からお祈りメールが届いた。面接終了後の不用意な発言さえなければ、おそらく勝利していた。第五志望の企業とはいえ、負け方があまりにも悪かった。

買い物の他にはほとんど家から出ることもなく毎日が過ぎてゆく。

就活に関係する人物以外とは会わずに済む生活。徹郎にとってこれほど理想的かつ効率的な生活はないはずなのに、何かが少しずつ狂ってゆくような感覚に囚われていた。

まさか自分は、寂しいのだろうか。そんなはずはない。

この環境を追い風に、粛々と就活を進めればよいのだ。

四月も下旬に差し掛かった頃、夏海から久しぶりにメッセージが入った。未知のウイルスによる政府の緊急事態宣言後、初めてのメッセージだった。

〈師匠に相談です。やっと「ここだ」と思える会社を見つけました〉

添付されていたリンクをタップすると、サイバーエンタ社のホームページが表示された。

インターネット業界の人気企業で、新入社員の時から大きな企画を任されることで有名だ。

〈独特の発想と行動力に溢れておられる浜本さんに最適の企業であると思料致します〉

夏海の選択はいつも直感的で、それでいて的確だ。彼女にふさわしいと感じた。

〈でも、ここのところ面接で連敗中。心が折れそう……オンライン面接って、なんか調子が狂うね。てっちゃんならきっと完璧に対策してるよね〉

夏海はオンライン面接への対応に苦戦しているようだ。

〈完璧には程遠い有様ですが、私なりに日々最適化の研究と試行錯誤を重ねております。もしお時間よろしければ、ビデオ通話で模擬面接などをさせていただけると、よりお役に立てるのではないかと思料致しますが、いかがでしょう〉

〈お願いします、師匠！〉

彼女は他の敵たちとは違い、共に戦う同志だ。だから徹郎は彼女を助けなければならない。

これは私信ではない。破廉恥な下心で一対一の面会を強要する加賀美とは決定的に違う。

夏海から送られてきたオンライン会議のアドレスにアクセスし、ミーティングルームに入室する。待っていると、夏海に続いてなぜか静原の顔がボワッと浮き上がってきた。

〈私も招待されたので。あしからず〉

グレーのパーカーを着た静原の背後には、本棚が映っている。おそらく自宅だろう。

〈てっちゃん、元気してた？〉

気遣う夏海の笑顔は、目に力がなく、曇っていた。こんな彼女の表情は初めて見た。

「少々ご無沙汰しておりました。おかげさまで、日々つつがなく過ごしております」

〈やっぱりブレないね、てっちゃんは。安心するわ〉

「私も久々にご尊顔を拝しまして、大変嬉しく感じております。少しお疲れの様子と拝察致しますが、お加減はいかがでしょう」

〈元気だよ。と言いたいところだけど……だめかもしれない。お祈りメールが続くと、自分が否定された気分になるね。面接も空元気で挑むけど、空回りしちゃって……〉

いつも前向きな夏海が、気落ちしている。就活は厳しい戦いなのだと、徹郎は痛感した。

〈寿々歌にもアドバイスをもらえたら嬉しいなと思って。二人とも、よろしく〉

画面越しの雰囲気から推測するに、夏海と静原は日頃から連絡を取り合っているようだ。

〈てっちゃんは、五大商社の進み具合はどう？　順調？〉

「ご自身の苦境も顧みず私ごときをご案じくださる浜本さんのお心遣い、痛み入りましてございます。おかげさまで帝都商事様はじめ、概ね二次面接をなんとか通過しております」

〈さすがだね。トッシーも、てっちゃんと二人で受かれたらいいなって言ってたよ〉

いきなり加賀美の名前が出てきて、徹郎はせり上がる不快感を笑顔で打ち消した。

〈どうだろう、今映ってるアタシのパッと見た印象〉

部屋の照明が暗く、カメラの位置が低いため、やや上から見下ろしているように見える。ヘッドセットマイクが近過ぎて時々音声が割れる。まずは基本的な点を指摘した。

〈いやあ、てっちゃんの言うとおりな気がしてきた。こないだトッシーにも見てもらったんだけど『いい感じだね』とか褒めるばっかりで全然参考にならないんだ〉

やはり卑怯な男だ。彼はきっと、ただひたすら褒めて夏海に取り入りたいだけなのだ。

「たとえ手段がオンラインになっても、人と人が話すという本質に変わりはございません。大切なのは、オンラインという手段の特性を理解して準備をしておくことです」

オンライン面接のノウハウはインターネットを検索すれば無数に出てくる。だが頭で理解しても、確実に身に付けて実践するのが難しい。

徹郎は実践へのアプローチを、画面越しに実演を交えて解説した。

夏海は何度も頷いたり「へえ」「ほお」「なるほど」と感嘆したりしながらメモを取り、実際に映り方や音声を調整し、自らも試行錯誤をする。

　このひたむきさ、人を真っ直ぐに尊敬する眼差し、全てが素晴らしい。自分が夏海に対して敬意を抱くのは、彼女が全くもって素晴らしい人間だからであり、決して加賀美のように異性としての不純な欲望に端を発するものではない。徹郎はそのことを再確認した。

〈すっごい分かりやすいし、具体的……。なんだか、いけそうな気がしてきたよ〉

　それから夏海は静原に〈寿々歌、どうかな？　最初より良くなった？〉と意見を求める。

〈良くなってる。映る角度、距離、照明の明るさや位置、音声が改善されたと思う〉

　静原は的確な分析結果を披露した。不気味な観察者の資質がここでも発揮された。

〈やっぱり師匠のアドバイスを聞いてよかった。ありがとう〉

「少しでも浜本さんのお役に立てましたら光栄でございます」

〈トッシーに聞いてもピンと来ないんだよね。彼、意外と大雑把《おおざっぱ》で、直感と度胸で生きてる感じでしょう。すごいと思うけど、真似するには難しいし、あんまり参考にならなくて〉

　静原が〈ちょっといいですか〉と手を挙げた。徹郎は反射的に「どうぞ」と促した。

〈夏海は加賀美君の話ばかりしている。最近は加賀美君と頻繁に会ってる〉

〈会ってるっていってもオンラインだよ。ほんと、毎日ビデオ通話でかけてくるんだけど、あの人めっちゃ暇なのかな。ていうかアタシも相当暇人だと思われてるのかも〉

　夏海は声を立てて笑った。疲れて落ち込んでいた表情が、加賀美の話になるとパッと華やぐのを見て、徹郎は胸が苦しくなった。静原は無言のままじっと夏海を見つめている。

〈私は夏海には隠し事は無しだと思って自分のことは色々話してきた〉

静原の言外には、話をはぐらかすのを許さないという明確な意図が感じられる。夏海は〈ごめん〉と改まった口調で答え、少し体を揺すって居住まいを正した。

〈トッシーに、三ヵ月だけ、試用期間みたいな感じでいいからって言われて……〉

徹郎は、三ヵ月、試用期間という言葉を頭の中で反芻《はんすう》する。

〈あんまり一生懸命だから、オッケーしちゃった〉

〈オッケーしたというのは、具体的に〉

〈……一応、お付き合いを始めました……寿々歌に黙ってて、ごめんなさい〉

聞いていられない。今すぐこの場からいなくなりたかった。

「私は退出させていただいたほうがよろしいでしょうか」

〈蜂矢君もそのままで〉

静原の語気に気圧され、徹郎は「退出」ボタンに合わせたカーソルを画面の隅へ戻した。

〈お付き合いとはいっても全部画面越しだよ。毎朝オンラインでおはようの挨拶とかお茶したりとか、夜は飲みながら就活の弱音を吐き合ったり〉

加賀美には三ヵ月間は、決して口外しない約束をしてもらったという。

〈それに、ほら、試用期間だからさ！　そう言うとなんか偉そうだけど、お互いの試用期間だよ。アタシがトッシーから『やっぱ違うわ』って、切られるかもしれないし〉

〈夏海は加賀美君のことをどう思ってる〉

〈どうって……嫌いじゃないよ〉

夏海は〈トモ君に似てるんだ〉と、呟いた。去年の夏に夏海のＳＮＳから姿を消した他大の男子学生の名前だ。

〈いろいろトモ君に似てて、今のアタシにはちょっと重いんだ……。真っ直ぐに一生懸命気持ちを伝えてきてくれるところとか、話しやすいところとか、よく笑うところとか……〉

夏海の語尾がふいに涙声になった。

〈あはは。あれ？〉

無理に笑おうとした拍子に涙がひとつ、ふたつとこぼれて夏海の白い頰を伝った。徹郎は不謹慎にも、美しいと思ってしまった。そしてこの涙が加賀美のために流されているのかと思うと、気がおかしくなりそうだった。

〈話してくれてありがとう。本当は夏海の側に行って隣で聞いてあげたい〉

静原が言うと、夏海は指で涙を拭いて〈ありがとう。早く会いたいね〉と笑顔で答えた。

〈あ、てっちゃん、ごめんね。変な話になっちゃって〉

夏海は徹郎がいることを今思い出したかのように、こちらへ向かって手を振った。徹郎は何も言えず、引き攣った微笑みを浮かべて目礼を返した。

試用期間、試用期間……。頭の中で何度も繰り返した。まだ試用期間なのだ。三ヵ月という期限の条件を付けて浅ましい要求を飲ませるとは、つくづく卑劣な男だと思う。

徹郎は「大変お疲れ様でございました」と言うと、逃げ出すように退出ボタンをクリックした。しかしふと思い直し、もう一度「会議に参加」のボタンをクリックした。

静原だけが残っていた。まるで徹郎が戻ってくることを知っていたかのように、画面越しにじっとこちらを見つめている。

〈蜂矢君は、夏海が残ってると思って戻ってきた〉

静原は断定的な口調で言った。

「画面操作を誤った次第でございます。それでは、失礼致します」

〈蜂矢君は何を感じた〉

「いささか立ち入ったご質問が過ぎたのではないかと感じました」

〈私の質問をどう感じたかではなく夏海が話したことをどう感じたか〉

「加賀美さんとの交流を巡ってお悩みの様子と拝察致しました」

〈夏海は加賀美君に惹かれ始めている。だから戸惑っている〉

静原は眼鏡の奥の細目でじっとこちらを見つめた。

〈まだ遅くはない〉

あらゆることを省略しているのに全部を言い切ってしまう。

〈心の声に耳を傾けてその声に従って行動すればいい。蜂矢君にはそうして欲しい〉

「静原さんは私に何をどうせよと仰りたいのでしょうか」

〈私は蜂矢君よりも蜂矢君のことを知っている〉

静原は言い切った。今までで一番気味が悪い言葉だ。

徹郎は恐ろしくなって衝動的に画面を閉じた。

それからというもの、徹郎はまるで依存症のように毎日、加賀美と夏海のSNSの投稿を頻繁に覗き見た。加賀美は夏海との親密さを匂わせる投稿を繰り返す。

徹郎は日々、SNSで加賀美の動向を追い、彼の失敗と大いなる敗北を祈った。

◆

〈お体の具合はいかがですか〉

寿々歌は画面に映る井端教授に向かって呼び掛けた。五月の連休明けからオンラインの授業が開始される予定だったが、ゼミは井端教授の体調不良により延期となっていた。

〈おかげさまで、今はすっかり大丈夫です。完全に食あたりでした〉

井端教授はマスクを着けたまま笑顔で答えた。

寿々歌は特別課題を提出し、井端教授とオンラインでの個別面談に臨んだ。

〈いつもレポートをありがとうございます。今回はいつにも増して力作ですね〉

〈先生の仰っていたことが理解できました。蜂矢君はグレている、はみ出し者であると〉

恐ろしい人間を研究対象にしてしまった。

寿々歌は今回提出したレポートを次のように結んでいた。

〈一見高い社交性を持っているように見えるが、こんなにも社会に対して頑《かたく》なに閉じている人間は他に類を見ない。二重人格などではなく、精巧な印象操作によるもので、彼の本質は徹底的に閉じている。かつての私など比ではないぐらい、蜂矢徹郎は閉じた人間だった。彼の浮かべる微笑みも、議論の際の他者への配慮のような言動も、全て他者への無関心の裏返しだ。蜂矢徹郎こそ真の意味で社会から逸脱した人間ではないだろうか〉

学業を怠る自分を強調する者、奇行に走ってそれを自慢げに語る者。そのように逸脱を気取っているどんな学生よりも、蜂矢は清く、まっしぐらに逸脱している。先月は学内でも「ならず者」として有名な男子学生が家のベランダで大麻を栽培した疑いで警察に逮捕されたが、そのニュースに触れた時さえも、蜂矢に比べればまだ救われ得ると思った。

〈蜂矢君は多少の誤算はあったようですが順調に選考過程を突破しているようです〉

〈そうですか。順調ならばよいのですが〉

〈ただ彼の関心は試験や就活などの競争のシステムで勝つことだけに特化されています〉

蜂矢を見ていると、特定のシステムや組織に対する極端な従属は、転じて総体的な世界からの逸脱に直結するのではないかという仮説が浮上するのだ。

蜂矢徹郎という異形《いぎょう》の逸脱者は、今のままでは救われない。たとえ帝都商事に選ばれようとも、世界中の企業の内定を独り占めにしようとも。

〈でもこの短い期間でほんの少しずつですが救われ始めている気がします〉

夏海が他者への関心を呼び覚ました。その関心は、他の人間へと広がっている。おじさんに対する苛立《いらだ》ちや、加賀美に対する嫌悪感、怒りや妬《ねた》み嫉《そね》みといった負の感情であれ、それは裏を返せば他者への強い関心である。

〈なるほど、そうですか。やはり蜂矢君には友だちが必要だったのですね〉

井端教授とのオンライン面談を終えると、スマホの通知音が鳴った。

〈リンベルの部屋：新着メッセージ〉

開いてみると、会員からの感謝のメッセージだった。

〈リンベルさんの入門編の解説を見て、証券口座を開き、バイトで貯めた十万円で初めて株を買いました。二ヵ月経って十一万円に増えました。資産が増えた上に、その会社を応援する気持ちや、お金を通じて社会と繋がる自覚も芽生えました。ありがとうございました〉

何気ないメッセージだが、嬉しかった。色々な人と繋がっている実感を持てる。

最近、ブログの読者からのコメントやメッセージが頻繁に届くようになった。

お前のせいで損をしたといった苦情もあるが、多くは感謝や応援の言葉だ。

夏海がいて、井端教授とゼミの仲間がいて、おじさんがいて、今の道を見つけた。夏海をきっかけとした他者への関心が多くの縁に繋がり、寿々歌の世界は広がった。

蜂矢も夏海によって救われて欲しい。なぜだろうか。彼が救われることで、寿々歌自身もまたひとつ救われるような気がするのだ。

◆

六月初旬、選考過程の解禁日を過ぎ、経団連加盟の日系大手企業が内々定を出し始める。

帝都商事は三次面接までを四月から五月に掛けて実施し、六月上旬に最終面接を経て、合格と判断した学生に内々定を出す。

徹郎は帝都商事の最終面接に臨む。本社ビル十五階の、都心が一望できるガラス張りの部屋に通され、自分の順番が来るのを待っていた。アクリル板で仕切られたいくつかのソファに、敵が一人ずつ座っている。企画インターンで屈辱的な敗北を喫したが、選ばれし者として再びここまで這い上がってきた。

加賀美は昨日の回で最終面接を受けているはずだが、徹郎のもとに合否の情報はもたらされていない。お祈りメールが届き、落胆のあまりSNSで軽口を叩く元気すらないのかもしれない。そうであって欲しいと強く願う。

スマホの電源を切る前に、新着の連絡がないか確認する。

〈クソゲーの最終ステージに進むとは、たいした奴だ。頑張ってラスボスを倒して来い！〉

おじさんからのメッセージだった。今朝、出掛け際に下宿の廊下で鉢合わせた。どこへ行くのか訊かれ、つい得意になって帝都商事の最終面接だと答えてしまったのだった。

〈私がすごいのではなく、就活は努力した者が勝つ、健全な競争システムでございます〉

無視しておけばよいものを、ムキになって返信してしまった。

〈私が帝都商事から内定を得たあかつきには「クソゲー」なる不適切なご発言の誤りをお認めいただき、謝罪の上、取り消してくださいますようお願い申し上げます〉

〈おお、頑張れや。俺のこんな禿げた頭、何度でも下げてやるよ。その代わり、負けたら俺の言うことを何でもひとつ聞くってことで、どうよ？〉

〈承知致しました〉

今日、自分の七年間が正しかったことが証明される。数々の邪魔者に行く手を遮られてきたが、徹郎は蘇り、決戦の場に戻ってきた。やはり自分は選ばれるべき人間だ。屋敷に「私が間違っていました」と言わせたい。徹郎は勝利し、加賀美は敗北するのだ。

「次の方どうぞ」

人事部の社員に呼ばれ、徹郎は「かしこまりました」とソファから腰を上げた。

本社大会議室の重い木の扉を押し開け、中へ入る。大理石の柱を背に、年配の社員が二人座っている。面接官がそれぞれ名乗った。二人とも役員。事前情報どおりだ。

この七年間、帝都商事に入るために生きてきた。負けるはずがない。いつもどおりに優秀かつ好印象な就活生を演じ切ればよい。何も恐れることはない。

最初の質問は、学生時代に力を入れたこと。ガクチカだった。帝都商事の最終面接は、過去五年以上、シンプルな質問に終始している。想定どおりだ。

ところが、答えを口にするその一瞬に、迷いが生じた。

「多くの仲間と出会い、絆を結んでまいりました」

用意していた言葉と全く違う。仲間、出会い、絆……。加賀美が口にしそうな言葉だ。

その後も役員から質問を投げかけられる度、徹郎の脳裏には加賀美の顔がちらついた。

「弊社には数多くの事業部門がありますが、もし最初の配属が蜂矢さんの希望と全く違う部署だった場合、どのように仕事に向き合いますか」

用意していた回答があるはずだが、思い出せない。加賀美なら何をどう答えるか。どうすれば加賀美を上回る答えになるか。それればかりが気になった。

「与えられた場所で花を咲かせたいと存じます」

加賀美を上回りたいのに、中途半端に加賀美を真似たような喋り方になってしまう。シャツの内側で脂汗が滲むのがはっきりと分かった。

〈就活ってのはクソゲーみてえだなあ〉

あの中年男の軽薄な声が幻聴のように鼓膜の裏で何度も反響する。

役員のうちの一人が、面接の終了を告げた。二十分ほどの時間が経っていた。まるで加賀美の幻影と面接していたような二十分間だった。

「本日はありがとうございました。結果は本日中にご連絡を差し上げます」

過去の情報によれば、合格の場合は電話で連絡が来るはずだ。

徹郎はスマホの着信通知音量を最大に設定して待った。

夕方、スーツの内ポケットで、けたたましい着信音が鳴った。

スマホを取り出し、画面を確認する。加賀美俊樹。忌々《いまいま》しい名が表示されていた。

「お疲れ様でございます。お電話でのご連絡とは、何かお急ぎの件でしょうか」

〈なんていうか……大事な報告が二つあって、電話で話したいと思って〉

加賀美は昨日、帝都商事の最終面接を受け、その日のうちに内定の連絡を受けたと言う。

最悪の悲報に、唇がわなわなと震えた。就活において加賀美に勝利する可能性は絶たれた。

徹郎が内定を得たとしても引き分け止まりだ。あまりの無念に胸がかきむしられる。

「帝都商事内定、祝着《しゅうちゃく》至極に存じます。加賀美さんの勝利を心よりお祝い申し上げます」

徹郎は叫び出したい衝動を鎮めながら祝福の言葉を述べ、通話を切り上げにかかった。

〈蜂矢君は？　結果連絡まだ？〉

「私は本日最終面接でございましたので、現在、結果のご連絡をお待ち申し上げておるところでございます。電話が入るやもしれませんので、いったん失礼させていただいても」

〈待って蜂矢君。ここからが大事なところで……もう少しだけ時間をくれないだろうか〉

勝ち誇った勢いで何を聞かされるのか。

〈今まで報告できなくてごめん。夏海ちゃんのことなんだけど……〉

加賀美は夏海との〝試用期間〟のことを洗いざらい徹郎に語った。徹郎は初めて聞いた体《てい》で驚いたフリをしながら、内心、気が気ではなかった。

〈で、昨日、内定の連絡を受けてから天にも昇る心地で、いの一番に夏海ちゃんとオンラインミーティングして、報告したんだ〉

聞きたくない。聞きたくない。

〈お祝いの言葉をくれて、それで……〉

聞きたくない。聞きたくない……。

〈その後フラれちった……〉

夏海から〝試用期間〟の途中だが打ち切りにしたい旨の申し入れがあったという。

〈優しいね、彼女は。多分、俺が内定取るまで待っててくれたんだな。就活中にフラれたらきついだろうと気遣って。最後にまた惚れ直しちゃったっていうか、やるせないなあ〉

「加賀美さんのご心痛、察するに余りあり、何と申し上げてよいか……」

痛快だ。こんなに痛快な気分になったのは、生まれて初めてかもしれない。

〈この縁を繋いでくれた蜂矢君にはいつか話したいと思ってたんだけど、結局事後報告みた

いな感じになっちゃって、申し訳ない〉

帝都商事からの内定通知と、夏海からの〝試用期間〟終了通知をほとんど同時に受け取ったことになる。一日で天国と地獄を両方見せられた、ということだ。

「加賀美さんと浜本さんが今後も良き友でありますよう、心よりお祈り申し上げます」

加賀美は何度も徹郎に対する感謝の言葉を述べながら、電話を切った。

やはり夏海は道を誤らなかった。夏海の澄んだ心はこの短期間で加賀美の下劣な下心を見抜いた。彼女は自らの良心でもって、加賀美を斬って捨てたのだ。

加賀美と話し終えてから一時間後、徹郎のスマホに一通のメールが着信した。

差出人は「帝都商事　人事部」と記されている。心を鎮めてから、メールを開いた。

今後のご活躍をお祈りする旨が記されていた……。

何度も読み返した。やはり、お祈りされていた。

加賀美は帝都商事の内定を手に入れ、徹郎は手に入れられなかった。加賀美に負けた。あの全てを持ち合わせて生まれてきたような、許しがたい人間に負けた。

なぜかふと夏海の顔が浮かんだ。話したいと思った。しかも、今すぐに。

加賀美を昨日斬って捨てたばかりであろう夏海と、今すぐに話したい。加賀美は夏海に拒絶されたが、自分は拒絶されてはいない。就活において加賀美に屈辱的な敗北を喫したことは痛恨の極みだが、夏海との関係性においては、自分は加賀美より勝っている。

あんな人間に敗北したままでは、全てを懸けてきた七年間が浮かばれない。

〈心の声に耳を傾けてその声に従って行動すればいい〉

静原の不気味な言葉が徹郎の頭の中で反響し、増幅してゆく。

夏海と話さなければいけない。これは「心の声」なのだ。夏海へメッセージを送った。

〈お疲れ様でございます。どうしても今、ご尊顔を拝しながらお話し申し上げたき儀がございまして、お時間を頂けますでしょうか〉

〈ほんとに？　アタシもてっちゃんに話したいことがあるの！〉

オンライン会議のアドレスを夏海に送った。

間もなく画面に姿を現した夏海は、白無地のTシャツ姿で缶チューハイを飲んでいた。

〈いやあ、色々あって久しぶりに家で晩酌なんかしちゃった。かんぱーい〉

だいぶ飲んでいるのだろうか、夏海の頰はほの赤く、少し目が据わっている。

〈どうしたの、急に改まって。まあ、てっちゃんはいつも改まった感じだけど〉

夏海はゆるく口元をほころばせて笑った。

その笑顔を見て徹郎は何かに突き動かされたかのように口走っていた。

「以前からお慕い申し上げておりました」

夏海は画面の向こうで何も言わず、じっとこちらを見つめている。

徹郎は呼吸を止めて彼女の応答を待つ。その沈黙は永遠に続くかのように感じられた。

そしてようやく彼女が口を開いた。

〈ごめん、てっちゃん。画面が固まっちゃって。聞こえてなかったの。もう一回〉

夏海は、はぐらかすために画面が固まったフリをするような人ではない。伝えるべきことが伝わっていないにも関わらず、徹郎は思わず安堵してしまった。

「浜本さんのほうから、お先にどうぞ」

〈じゃあ、アタシのほうから、いいかな……〉

もしや加賀美の件を打ち明けるのかもしれない。徹郎は、夏海の次の言葉を待った。

〈サイバーエンタから内定もらいました！　師匠のおかげ。ありがとう！〉

夏海は机に置いてあった缶チューハイを画面に向けて掲げ、満面の笑みで言った。

「大変おめでとうございます。浜本さんの素晴らしい未来のために私が何らかお役に立てたのでありましたら、身に余る光栄でございます」

〈で、てっちゃんの大事な話っていうのは？〉

先ほど口にした言葉を繰り返す気力は、もう湧いてこなかった。

「サイバーエンタの最終面接で、幼い頃の思い出などの唐突な質問があると噂で仄聞《そくぶん》致しましたもので、お耳に入れておかねばと思いまして。しかし、無用の心配でございましたね」

〈ありがとう。てっちゃんも、もう一歩だよね。頑張って！〉

「お気遣いありがとうございます」

帝都商事の最終面接で落選したことも言えずじまいだった。

〈てっちゃん師匠のおかげだよ。色々教えてくれて、本当にありがとう〉

師匠という言葉が虚《むな》しく響く。今やその師匠は第一志望に敗れた負け犬である。

一方の夏海は軽やかに第一志望の、しかも新興の超優良企業に選ばれ、ゴールを駆け抜けた。徹郎は就活において、夏海にあっという間に抜き去られてしまった。

その事実を知った瞬間、徹郎は引け目を感じて何も話せなくなってしまったのだ。

徹郎は就寝用のスーツに着替える気力もなく、ロフトベッドに体を横たえた。

五大商社のうち、あと三社は最終面接が残っている。中でも、紅友商事《べにともしょうじ》は企業規模こそ帝都商事には大きく劣るが、エネルギー関連事業は五大商社のうちで上位に入る。せめて紅友商事の内定を取り、夏海と対等な人間としてもう一度向き合うのだ。

帝都商事落選を悲しむ暇もなく、徹郎は五大商社最終面接の残り三連戦を迎えた。

なんとかして加賀美との戦いにおける完全敗北を回避できないか。

仮に加賀美が五大商社のうち帝都商事の一勝のみに留まったとする。一方、自分は残りを三戦全勝で終えれば、内定数は三対一で加賀美に勝利したと捉えることも可能だ。帝都商事という最重要決戦で敗北はしたが、内定数で勝利すれば、加賀美とは一勝一敗で引き分けと言えるのではないか。そんな不毛なシミュレーションで頭が一杯だった。

もはや徹郎は何と戦っているのか分からなくなっており、目的を見誤っていた。

そんな中、折しも、意外な人物からのメッセージが届いた。

〈蜂矢君、久しぶりです。元気？　なんとか梅松物産《うめまつぶっさん》の内定を頂きました！　蜂矢君はどうですか？　きっと着々と内定をもらっていると思うけど〉

差出人は以前討ち滅ぼした西園寺だった。徹郎にとって梅松物産は第四志望。取るに足らない報告だが、一度討ち取った敵が息を吹き返したように思えて、心がざわついた。

〈大変ご無沙汰しております。私も近日、梅松物産様の最終面接に臨むところでございます。もしご縁がございましたら、西園寺様の同僚となる可能性もございます〉

梅松物産は眼中にはないという意図を暗に含ませて返信した。

〈彩奈も無事就活を終えました。蜂矢君には二人とも感謝してます！　ありがとう！〉

写真が送られてきた。西園寺は美しい女性と肩を寄せ合って微笑んでいる。彩奈と言われても誰のことか分からないが、おそらく池袋の居酒屋で引き合わせた女性だろう。何を感謝されているのか分からない。徹郎はその写真を見るなり、ただ不快に思った。

快楽に流されて堕落した生活を送っている彼らが満足して就活を終えている。

自分は就活に全てを懸けてきたにも関わらず第一志望に敗れた。理不尽だ。

何を返信しようか考えあぐねているところへ、またもや西園寺からメッセージが届いた。

〈永倉商事からも内定を頂いたけど、迷った末に梅松物産に決めました〉

徹郎が失言によって取りこぼした、あの永倉商事。徹郎にはもう挽回が利かない。徹郎は局地戦において西園寺に敗北を喫したことになる。

〈あと、三条君は永倉商事と豊中商事《とよなかしょうじ》から内定もらって、豊中商事を選んだって！　加賀美君は帝都商事。なんかみんなバラけちゃってるね。お互い頑張ろう！〉

三条は豊中商事……。しかも、二社から内定を獲得している。

西園寺と三条、両名とも二社の内定を獲得した。徹郎は、これからの梅松物産、紅友商事、豊中商事の三連戦で全て内定を獲得し、五大商社における西園寺、三条との戦いを三対二の勝利で終えなければならない。

徹郎は精神の安定を保つために、SNSを開いた。数多の敵たちのSNSを閲覧する。就活の壁に跳ね返されて打ちひしがれている者が数多くいるはずだ。だがどうだろう。いいね、いいね。皆が楽しげに、能天気に言葉を交わし合っている。

他人の不幸や敗北を探して友だちの投稿を隅から隅まで、過去にまで遡《さかのぼ》って巡回したが、見れば見るほど全ての敵たちが楽しげに見えてくる。

ほとんど一睡もできぬまま迎えた翌日の梅松物産の最終面接は、悪夢の再来だった。

今度は加賀美ではなく西園寺の幻影と面接しているような錯覚に囚われ、途中から自分が何を話しているのか分からなくなっていた。

その結果、梅松物産からの最終連絡は、お祈りメールだった。

もう後がない。あとひとつでも落とせば、自分は西園寺や三条にも完敗を喫することになる。それでは今までの血の滲むような人生を、自ら台無しにするのと同じだ。

徹郎は悲壮な決意で、残る二連戦へと向かった。


暗灰色の雲が低く垂れ込める梅雨空の東京・丸の内。

徹郎は紅友商事本社ビルで五大商社最後の決戦に臨んでいた。

二日前に行われた豊中商事の最終面接も、三条が内定を取ったのだから絶対に負けられぬといきり立ち、三条の幻影と戦っているうちに全てを見失い、あえなく落選した。

残るは今日の紅友商事のみ。もう後がない。

加賀美は本命である帝都商事の内定を獲得、西園寺と三条はそれぞれ五大商社のうち二社の内定を獲得。一方の徹郎は、紅友商事の一社を残し、他の四社は全て落選。徹郎が二ポイント以上獲得できる可能性は潰《つい》え、憎き帝大生三人衆との戦いは既に全敗が決している。

この紅友商事の最終面接は、背水の陣だ。完封負けを回避する最後の戦いとなってしまった。この一戦に敗北すれば、徹郎は人生を完全に否定されることになる。そう言い聞かせながら、決死の覚悟を固めた。今の自分に選びうる作戦は、背水の陣のみ。

ところが……自らを追い込んで奮起するはずが、朝から手足の震えが止まらない。

控室で呼び出しを待つ間、両膝に置いた拳を固く握りしめて震えを抑えた。

間もなく人事部の担当者らしき若い男性社員が、徹郎を呼び出しにきた。手足の震えを悟られぬよう、ネクタイの結び目を喉元に向かって強く締め上げながら歩いた。

これで負ければ全てが終わる。恐怖に全身が支配されていた。

木製の重厚な扉をノックして、押し開ける。

「失礼致します！」

絶叫に近い声になってしまった。後へ退けず、更に力み返って名乗りに入ってしまう。

「私は安政大学総合文化学部四年、蜂矢徹郎と申します！　本日は、私のこれまでの人生を賭け、身命を賭して臨む所存でございます！」

自分の発した叫び声が役員室に反響する。

「大変元気のあるご挨拶、ありがとうございます。どうぞお掛けになってください」

徹郎は部屋の中央へと歩み出て、パイプ椅子の背もたれに震える手を添えた。それから椅子の前方へ歩を進め、腰を掛けた。と、思いきや、次の瞬間、徹郎の視界はぐるりと回転し、役員室の天井を見上げていた。

腰を下ろす目算を誤って床に転がったと気付くまで、少しの間があった。

尻もちをつき、床に後ろ手を突き、役員らに対して股を開くような格好になっている。

終わった……。

そう思った瞬間、笑い声が聞こえた。この部屋の中からではない。どこからともなく笑い声が聞こえる。何人もの笑い声。内心で軽蔑し、見下してきた友だちの笑い声だ。

役員の隣に座っていた男性社員が席を立ち、こちらへ向かってきた。

顔が、笑っている。

「何卒、笑うのはお止めくださいませ！　私なりに命を懸けて臨んでおります！」

「慌てず、ゆっくりお掛けください」

徹郎は這いつくばり、椅子にしがみつくようにして体を起こし、ようやく腰掛けた。

挽回するのだ。どんな手段を使っても挽回せねばならない。

「改めまして、安政大学総合文化学部四年、蜂矢徹郎でございます！　入学金授業料全て免除のトップランナー特待生として勉学に励み、三年連続学年首席……！」

「大変学業に励まれていたようで……。では学業の他、学生時代に力を入れたことは」

徹郎は叫び続けた。堕落した学生生活を送ってきた者たちとは違う。覚悟が違う。だから自分が勝利しなければおかしい。どうすれば伝わるのか。分からぬまま、ただ叫び続けた。

役員の男といくつかやりとりをしたが、意識が浮遊し、何を話しているか分からなくなる。

「蜂矢さんはエネルギー関連の事業に携わりたいということですが、なぜですか」

この質問で、我に返った。そうだ、エネルギーへの思いを話さなければ。

「エネルギーこそ、敗北から最も遠い存在であるからでございます！　エネルギーは全ての源であり、全てのものを超越し、全てに勝利する存在であると考えております！」

「どういうことでしょうか……」

役員の男が訝しげに訊き返してくる。

「私の父は自動車整備工場を営んでおりましたが、経営の悪化で倒産致しました！　完全なる敗北でありました！　ビジネスは、勝利しなければ意味がない、どんなに誇り高く懸命に取り組んだとしても、敗北すれば何も残らないと思い知らされた次第でございます！」

「それとエネルギーと、どのような関係があるのでしょうか」

役員は穏やかな笑みを浮かべながらも厳しい口調で問うた。

「エネルギーが無ければ自動車は動けぬ巨大な鉄屑《てつくず》に過ぎず、エネルギーは自動車に勝利する存在であると思料致します！　よって、私、蜂矢徹郎は、世界のエネルギー関連事業に覇を唱える御社で粉骨砕身、全身全霊で働きたく、志望致しました次第でございます！」

周到に準備してきた回答は吹き飛び、心の叫びが濁流のように押し寄せ、理性を突き破り、溢れた。その言葉の軽薄さに我ながら愕然《がくぜん》とするばかりだが、どうにもならない。

「すなわち自動車はエネルギーによって支配されるものであります！　私は巨大企業でエネルギーの事業を動かし、彼らを見返したいと考えております！」

「彼らとは、どなたのことでしょうか」

「父の生殺与奪の権限を握っていたとある大手企業の人間たちでございます！　彼らは勝利者であり、父は敗北者となったのでございます！　それはなぜか。父が彼らに支配されていたからでございます！　私は支配されたくない、勝利を手にしたい所存であります！」

「要するに、お父様の仇を討ちたくて、大企業に入りたい。そういうお気持ちですか」

男性社員が役員の隣で訳知り顔で要約した。その許しがたい言葉に、全身が硬直した。

〈親の仇みたいに就活、就活って。どうしてだい？〉

あの中年男の軽薄な声が脳裏に蘇り、ループ再生される。

オヤノカタキオヤノカタキオヤノカタキ……。

「断じて親の仇などではございません！　それだけは断固否定させていただきます！」

「蜂矢さん、お掛けになってお話しください」

男性社員に指摘され、徹郎は自分が椅子から立ち上がっていることに気付いた。

徹郎は「大変失礼致しました！」と慌てて腰を下ろすが、完全に自分を見失った。

「私は絶対に人生の敗北者にはなりたくない、人生の勝利者になりたい、その一心で就活に励んでまいりました！　エネルギーこそ勝利者のビジネスでございます！」

徹郎の絶叫の余韻の後、役員室には耳が痛くなるような沈黙が流れた。

黙ったまま徹郎の叫びを聞いていた役員の男が「分かりました」とゆっくり切り出した。

「最後に、蜂矢さんが何度も口にされている『勝利』と『敗北』とは何でしょうか」

思いがけぬ問いを受け、徹郎は答えに窮した。勝利は勝利。敗北は敗北。それ以外の何があろうか。だがそのまま答えるのは憚《はばか》られ、何らか言い換えて答える必要がある。

「勝利は他者を上回ること、敗北は他者を下回ることでございます！」

口にした途端、絶望的な心地に囚われた。

なんと軽薄な言葉だろうか。あの鴨志田にも劣る、薄っぺらで何の深みもない言葉だ。

「ではたとえば……四年間の大学生活に置き換えると、何をもって勝利とされますか」

「就職活動において勝利を収めることでございます！」

「なるほど。蜂矢さんにとって、その就職活動における『勝利』とは」

「内定を頂けることが『勝利』でございます！　今の私にとってはすなわち、御社、紅友商事様からの内定こそが勝利に他なりません。さもなくば敗北でございます！　大学生活、いや、今までの人生の全てが無に帰す、死ぬにも等しい決定的な敗北と相成る次第！」

役員と男性社員は一瞬視線を交わし合って頷き合った。互いに苦笑しているのが見えた。

「……何かおかしな点などがございましたでしょうか」

男性社員がまた少し困惑した笑みを浮かべた。

「今、皆様のお顔に嘲笑の色が浮かんだのを私は見逃せませんでした……」

「決して嘲笑などしてはおりません」

ああ、殺される。追い込まれた徹郎は、最後の手段に出た。もはや命乞いをする他ない。

「お願いでございます。どうか私をお助けくださいませ！　お助けくださいましたあかつきには、必ずやお役に立ってご覧に入れます！」

床に膝を突こうとするのを「お止めください」と制された。命乞いすら許されないのか。

「私の発言に何か失礼な点などございましたでしょうか！　何卒ご教示ください！　今この場で悔い改め、今すぐ別の人間に生まれ変わることも厭いません！　もしや、この顔が不快でございますか！　人は見た目が九割などとも申します。しかしそれならば現代の技術で改良可能でございます！　私にはそれぐらいの覚悟がございます！」

「選考についてのご質問にはお答えできませんので」

「どんなお申し付けでも承ります！　踊れと仰るなら踊ってご覧に入れます！　太れと仰るなら五キロでも十キロでも太ってまいります！　痩せろと仰せであれば、あばらが浮くほどガリガリに痩せてご覧に入れましょう！　内定を頂けるのなら何でも致しましょう！　就活に勝利するためならば全てを犠牲にする覚悟で生きてまいりました！　その私がなぜ敗北するのでしょうか！　片手間で就活を済ませた帝大の学生が勝利し、私が敗北するのはなぜでしょうか！」

「蜂矢さん、落ち着いてください。少し、仰っている意味が……」

「もしや学歴に不足がございますでしょうか？　企業様が学歴を能力の信用保証に置き換えて重視されるのはごもっともでございます！　ならばご安心ください！　実は私、帝都大学文科一類に合格しており、証拠がございます！　当時の合格通知を持ち歩いております！」

足元に置いた鞄の取っ手を摑んで膝の上に引き上げ、中を開いた。

「経済的事情で安政大の特待生制度を選んだ次第で……。あっ、ございました！　こちらが正真正銘、帝大の合格通知でございます！　証拠書類として提出申し上げます！」

徹郎は帝大の合格通知を右手に掲げた。

「蜂矢さん、次の方の面接時間が迫っていますので、これにて」

男性社員が「それでは、結果は本日中に……」と切り上げようとする。

「私は間違っていたのでしょうか！　ご教示ください！　さもなくばこの場で私に死を！」

徹郎は役員めがけて憤然と突進した。二人の男性社員が両脇から躍り出て行く手を遮った。

こうして徹郎の戦いは終わった。

奨学金の事務手続きのため、久しぶりに大学構内に入った。

抜け殻になった心と体が、人気のない大学構内を彷徨《さまよ》うように歩く。

徹郎には何も残っていなかった。五大商社からのお祈りメールを集め終え、全て破棄した。

金がなければ生活すらできない。人生の一大決戦に敗れて、それでもなお生き恥を晒《さら》して彷徨う自分が見苦しく、情けなく思えた。

六月以降に電機メーカーなど経団連加盟の大手企業から内定を三つもらっていたが、逆上と錯乱の中、全て辞退の連絡を入れてしまった。

徹郎がこの敗北を挽回できる手段は、もはやひとつしか残されていないように思えた。

もう一度、夏海に対して偽らざる思いを伝えるのだ。

誰かに対し胸に秘めていた特別な感情を伝える行為。男子学生たちの軽薄な会話の中でそれは告白する、またはコクるなどというらしい。

しかし彼らにとってのそれは、異性としての見返りを求める不純なものだ。

徹郎が成そうとしているのは、敬愛の念を言葉で伝えるという極めて人間的な行為だ。

夏海が自分から敬愛の念を受け入れてくれるならば、あるいは、せめて拒まなかったならば、自分は少なくとも加賀美には劣っていない。むしろ勝った人間だということだ。

決行の日は今日だ。今度こそただ一言「お慕い申し上げております」と伝えきるのだ。

学部事務所で必要書類を提出し終えた徹郎は、三号館を出てベンチに腰掛けた。

入構制限が緩和されたとはいえ、学生の姿はほとんどない。

空を見上げると大切な日にふさわしい、梅雨の晴れ間が広がっている。

徹郎は三号館の前のベンチに腰掛けたままスマホを取り出し、夏海にオンラインの重要会議の開催を申し入れるべく、メッセージをしたためた。

〈浜本夏海様　平素より大変お世話になっております。この度は、重要なご報告がございましてお便り致しました次第でございます。ご多忙のところ大変恐縮ですが、ご尊顔を拝しました上でご報告申し上げたき儀がございます故、本日夜、オンラインにて拝謁《はいえつ》の栄を賜り、お話をさせていただきたく、お願い申し上げます。蜂矢徹郎拝〉

まさに送信しようとしたその時、人気のない大学構内に、聞き覚えのある笑い声が響いた。

その声は聞き紛うはずもない。夏海の笑い声だ。

なんということだ。画面越しに決死の面会を申し入れる前に、実物の夏海が現れた。

徹郎は半ば反射的にベンチの背後に茂る植え込みの陰に身を隠した。

笑い声は近付いてくる。こちらの三号館へ向かって歩いている。

どうすればよいのだろう。しゃがんで植え込みに身を隠したまま逡巡《しゅんじゅん》していると、もう一人の声が聞こえた。何か冗談を言って、夏海を笑わせているらしい。

誰と歩いているのだろうか。そっと植え込みの陰から顔を覗かせ、確認する。

あろうことか、鴨志田が並んで歩いていた。

夏海は左手に細長い手提げ袋を持っている。ドラムスティックの収納ケースだ。これから地下の音楽室でバンドの練習があるのだろう。

しかし、なぜ鴨志田が一緒にいるのだ。彼は大きなバッグを二つ肩に下げている。

二人は三号館の入口の前、植え込みの陰に身を潜める徹郎のほとんど目の前で立ち止まると、少し辺りを見回した。徹郎の存在には全く気付いていないようだ。

それからなぜか揃ってマスクを素早く顎の下へずらし、顔と顔を寄せ合った。

唇と唇が軽く触れ合い、離れた。

二人は微笑みを交わして手を振り合うと、マスクを元に戻し、夏海だけが三号館の中へと入っていった。

欧米では挨拶代わりに軽く唇と唇を接触させる習慣があっただろうか。いや、頬と頬だったろうか。いずれにせよ、欧米の文化にかぶれた鴨志田が好みそうな挨拶だ。

緊急事態宣言が解除されたとはいえ、目下の感染症対策においてこうした欧米式の日常挨拶を真似るのは、大変問題のある行為と言わざるを得ない。きっと二人は疚《やま》しいところがあって辺りを見回し、誰もいないことを確認したのだろう。しかし徹郎が植え込みの陰に潜んでいることには気付かないまま、問題行為に及んだのだ。

それにマスクの外し方も不適切だった。マスクを顎の下にずらすと、顎から顎下にかけて付着した菌がマスクの内側に移る。片方の耳からゴム紐《ひも》を外す方法が適切である。

すなわち先ほど目にした光景は、様々な意味で一大事であるように思えた。

徹郎は結局、半ば無意識のうちに、バッグのポケットからスマートフォンを取り出していた。SNSを立ち上げ、鴨志田のタイムラインを開いた。

明け透けな彼ならば、自分に一大事があれば、大げさに書き散らかしてあるに違いない。

鴨志田は、友人限定で記事を投稿していた。見てはならぬと思いつつも、見てしまった。

〈俺物語、号外！　夏海こそ俺のヴィーナス。俺のこと百パーリスペクトしてくれる、マジ心の支え。なんか急に好きかもって思い始めたらヤバイ感じになってきて、気が付いたら速攻でコクってた。俺、生まれてきた理由が百万パーセント分かりまくった。夏海に出会うためだ。今は夏海以外ありえない的な感じ？　今まで付き合ってきたスペシャルな女性たちには申し訳ねえけど、夏海が俺のファイナルアンサー。一生離さねえって決めたし！〉

続いて、次の投稿を閲覧する。

〈運命のメモリアルツアーでこれから二人で伊豆《いず》の温泉に二泊三日ツアー決行！〉

鴨志田が持っていた二つの大荷物。全てが繋がってしまった。夏海はバンドの練習を終えたら、そのまま鴨志田と伊豆の温泉へ行くらしい。

欧米にも挨拶代わりに二人で温泉旅行へ出かける習慣はないだろう。

そして目下の感染症対策において、都道府県をまたいだ温泉宿泊旅行を敢行するのは、大変問題のある行為ではないか。

徹郎はスマホで昨今の制限緩和状況を検索した。都道府県をまたいだ移動の制限は、つい先日解除されていた。

では社会的には問題ないはずだ。当人らの責任において感染症対策を十分に取ればよい。

いったい何が問題なのだろうか。

夏海は鴨志田とならあの欧米式の挨拶を交わすが、徹郎とはそうしないだろう。

夏海は鴨志田となら二人で温泉宿泊旅行に出かけるが、徹郎とはそうしないだろう。

なぜだろうか。その理由は明白で、自分は鴨志田よりも劣った人間だからだ。

あの軽薄が服を着て歩いているような男よりも、自分は劣っているのだ。

部屋に戻ると、おじさんからビデオ通話のアドレスが送られてきた。

〈話がある！　緊急会議だ！　来てちょんまげ〉

普段なら口実を付けてはぐらかすところだ。だがなぜか徹郎はそのアドレスをクリックし、ビデオ通話の画面を起動させた。画面には隣の部屋にいるおじさんが映し出された。

〈おい、てっちゃん、見たかよ！　いやあ、俺の彼女がカモシに取られちまったよ〉

「拝見致しました」

〈よりによってなんでカモシなんだ。おじさんショックで寝らんねえよ。俺は遠くに若くて可愛い彼女がいるからまだいいぜ。けど、てっちゃんはガックリきてんだろ。どうよ？〉

おじさんは以前、私に生きていて楽しいかといった趣旨のことを仰いました」

「王子さんは以前、私に生きていて楽しいかといった趣旨のことを仰いました」

〈なんだい急に。そんなこと、言ったっけか〉

「仰るとおり、今の私には生きていても何ひとつ楽しいことなどございません」

〈てっちゃんよ、きっとそんなこたぁねえんだぜ。生きてりゃいいことだってあるさ〉

「いいえ、一切ございません」

〈てっちゃんも悔しいのかい。そうか、じゃあ今夜は恋に破れた者同士、オンライン飲みでもやるか。昭和には失恋レストランっていう名曲があってだな……〉

「私にはそういった感情は一切ございません」

そうだ。自分はただ、夏海という素晴らしい人の放つ光が、鴨志田のような軽薄な人間に対して特別に注がれることが許せないだけだ。

〈そうかい。顔で笑って、心で泣いてだな〉

徹郎は殊更《ことさら》口角を上げて微笑んだ。頬の筋肉が引き攣り、鈍い痛みが走った。

〈しかしアイツら、くっついて一週間かそこらでしっぽり温泉旅行たぁ、お熱いこったなあ。そうだ、俺らも近所にひとっ風呂浴びにいくか。嫌な事ぜーんぶ忘れちまうぞ。ただの風呂じゃねえぞ。せっかく池袋に住んでんだからよ、極上の泡風呂に……〉

徹郎は即座に通話を切断した。この下衆《げす》な男と話をしようと思ったのが間違いだった。

それから徹郎はまるで自傷行為のように、鴨志田のSNSの投稿を追いかけた。

〈俺物語・伊豆ロード、パート6。温泉マジで気持ちいいし、刺身マジでうめー。布団とかマジでふっかふか。竜宮城的なスーパーファンタジーワールドで乙姫《おとひめ》よりもめっちゃラブリーな姫とリスペクトし合う俺、浦島太郎《うらしまたろう》が玉手箱《たまてばこ》開ける前の幸せ絶頂期バージョン顔負け、全世界的なうらやまシチュエーション。マジこの地球に生まれてきてよかったわ。夏海がいる星ってだけで生まれてくる価値しかないっしょ。幸せ過ぎて全世界のみんなに申し訳ねえ感じすらするけど、この幸せはぜってー世界に還元するからヨロシク！〉

〈俺物語・伊豆ロード、パート7。仲居さんに旦那様と奥様とか言われて、この人マジでスーパー予言者だと思って、そっこー夏海にプロポーズかましたけど「それはちょっと早いかな」って夏海は笑って流すんだ。こういうところも好き過ぎて俺、ヤバ過ぎる感じ〉

写真には、浴衣姿の夏海と鴨志田が畳の客室で並んで寄り添って正座している。夏海は少し上体を鴨志田のほうへ傾けながら、これまでに見たことのない表情をしている。徹郎はこの一週間足らずのうちに二人の間に起こった劇的な変化を思い知るばかりだった。鴨志田の怒濤の投稿も二十二時三十二分を最後に途絶《とだ》えている。

おそらく二人とも就寝したのだろう。

徹郎は消灯し、闇の中でロフトベッドに体を横たえ、目を閉じた。眠りは訪れない。心身を熱くする汚らわしい感情が嵐のようにざわめき出し、やがて荒れ狂い、吹き荒れる。

閉じた瞼の裏は、いつの間にか夏海と鴨志田の情景に支配された。ずらしたマスクの下に露出した唇と唇。閉じた瞼の裏側に浮かぶや否や、軽く触れ合い、それから濃密に重なり合った。めくるめく良からぬ妄想。浴衣の裾と裾や、紅潮する肌と肌。見てもいない情景が次々と瞼の裏側から心の奥深くへと送り込まれてくる。

固く閉じた瞼の裏側が濡れた。

無様《ぶざま》だ。全てに負けて、何も残らなかった。

第八章　彼は敵ではなかった

〈リンベル先生、ありがとう！〉

画面の向こうで加賀美俊樹が寿々歌に礼を述べた。

今日は『リンベルの部屋』の相談者として接している。彼は「社会人になる前に金融リテラシーを身に付けるため」に「バイトで貯めたお金を投資に回したい」という。

投資を始める入口として何が良いか、加賀美には何が合っているかなど、相談を受けた。

尽きることのない向上心。話せば話すほど、いわゆる〝陽キャ〟の代表例みたいな人間だと思う。以前はこういう明るく元気で前向きな人間は最も苦手だったが、今ならば「学生投資家リンベル」という別の人格を介して相対し、話すことができる。

それに画面をひとつ隔てるだけで、寿々歌は他者との会話に対する恐れを克服できるようになった。オンライン会議は、寿々歌にとって思いがけぬ効果をもたらした。

〈説明のひとつひとつが超分かり易かった〉

「それよりも加賀美君がどんどん理解してくれて、私はほぼ手助けしていない気がする」

加賀美は投資の体験を通じて世の中の経済活動を実感できるのが楽しみだと言う。寿々歌が投資を始めた頃よりよほど意識が高く、恐れ入ったとしか言いようがない。

〈そうだ、一昨日さ、夏海ちゃんと鴨志田君と三人で飲んだんだ。オンラインだけど〉

「夏海と鴨志田君と。まさか三人で飲んだ」

〈うん、そうだよ。まさかって、なんでそんなに驚くの〉

「どういう経緯で飲むことになった」

〈お祝いだよ。俺的には悔しいけど、ちゃんとお祝いをしたかったんだ〉

寿々歌がSNSで鴨志田と夏海の〝電撃交際発表〟を見たのは、三日前のことだ。衝撃を受けながら、加賀美と蜂矢はどんな気持ちでこの事実を受け止めているか、と心配になった。

今日はこの話題には決して触れまいと思っていたのに、加賀美のほうから触れてきた。しかも一緒に飲んで祝福したというのだから驚くばかりだ。

〈彼はめっちゃいいやつだねえ！　悔しいけど、あれじゃ敵《かな》わないと思ったよ〉

加賀美には人を恨んだり妬んだりという感情が欠落しているのではないかと思う。

〈『やべえ、トッシーまじで器でかすぎるわ』とか言われた。なんか『トッシーはパシフィック・オーシャンだわ』とか鴨志田君の名言も頂いたよ〉

加賀美を絶賛する鴨志田と、全力で頷く夏海。その様子が思い浮かぶようだった。

〈それから結局、延々と蜂矢君の話をしてたね。やっぱ彼の存在感ってすごいよね〉

三人が蜂矢を絶賛しながら語り合う様子も、容易に思い浮かぶ。極めて残酷な光景だ。

〈蜂矢君、元気にしてる？〉

「半月ぐらい会っていない」

前回のオンラインゼミは休講になり、間が空いている。

「明日のゼミで会うと思う。オンラインだけど」

〈そうか……。よろしく言っておいて。西園寺君と三条君とオンライン飲み会で集まろうっていう話になって蜂矢君にも何度も連絡してるんだけど、音沙汰がないんだ〉

加賀美は西園寺や三条と近況を報告し合っているという。

「蜂矢君はどうなってる」

〈どうなってるって？〉

「その……五大商社の最終面接の結果は」

〈まだ聞いてないけど、蜂矢君はどこに入るんだろうね〉

加賀美は、蜂矢が複数の内定を得ている前提で話す。しかし、嫌な予感がした。

「もしかして全部落ちているということは」

〈ありえないよ。彼の能力は同じグループの四人の中でもずば抜けてたからね〉

それから加賀美は蜂矢のことを語り始めた。

〈蜂矢君ってちょっと変わってて、恐ろしいぐらいストイックだけど、でもとことん仲間思いで、とにかく圧倒的なんだ。面白くて、圧倒的。あんな人物はなかなかいないよ。夏海ちゃんやリンベル先生と会えたのも蜂矢君のおかげ〉

加賀美が蜂矢を絶賛するほど、寿々歌は胸が苦しくなっていくような気がした。蜂矢が最も忌み嫌い、最大の敵とみなしている加賀美が、彼への尊敬の念を熱く語っている。

〈早くみんなで祝杯を挙げようって言ってるんだけど〉

「蜂矢君は忙しくなると内にこもることがあるから」

本当は常に内にこもっている。本心では誰とも繋がらず、本音を語らず、自分自身の中だけに閉じた世界で、勝ち負けばかりに執着して生きているのだ。

〈そうなの？　あんなに誰とでも分け隔てなく話せて社交的な蜂矢君が？〉

蜂矢ほど閉じた人間はいないのに。井端教授がなぜ自分に蜂矢を観察するよう言ったのか、今なら分かる。まぶしい人間、陽キャには蜂矢を理解できないのだ。

蜂矢が着けた精巧な微笑みの仮面が、彼の深い闇の部分を覆い隠す。そして蜂矢自身がその闇に飲み込まれてゆこうとしている。

翌日のオンラインゼミでは、開始時間になっても蜂矢は画面上に姿を現さなかった。

ゼミの冒頭、井端教授が、分割された画面の一番左上で点呼を取る。

〈今日は、蜂矢君は欠席ですかね〉

おじさんが〈あいつ、やっぱり来ねえか〉と、事情を知った風に呟いた。

〈最近、てっちゃんが部屋に戻ってる気配がねえんだ。すずちゃん、連絡取ってないかい〉

「いいえ分かりません。どのぐらいの間いないのですか」

〈そうだな、三日、四日帰ってねえと思うな。みんなからも連絡してやってくんねえか〉

夏海が〈てっちゃんは大丈夫だよ。内定取って羽を伸ばしてるんじゃない？〉と言う。

〈さすが、夏海はゼミの仲間のことをよーく分かってるね。愛してるぜ〉

〈はいはい、ありがとう〉

鴨志田を夏海が笑顔で受け流す。画面越しにも、二人の親密な雰囲気がはっきりと分かる。

〈見てらんねえな、お二人さんよ。なっちゃんは、あいつと連絡取ってないのか〉

〈二週間ぐらい前にオンラインで話したっきりだよ〉

井端教授が〈誰か蜂矢君の就活の状況は知ってますか〉と全員に呼び掛ける。

〈先生、てっちゃんですよ。落ちるわけないですって。つつましい人だから、アタシみたいに『やったー、就活終わったー』とか言って、はしゃいだりしないんですよ〉

夏海の長所は、人の良い面を見て信じ切るところ。そして短所は、人の良い面しか見えないところだ。

三年生の男子、田中《たなか》が〈でも、蜂矢さんが無断欠席ってありえないですよね〉と口を挟む。

今年度入った四人の三年生にも、蜂矢の性格は強烈に印象付けられているようだ。

〈てっちゃんだって、たまにはサボりたくなることもあるよ。ちょっと頑張り過ぎだから〉

〈夏海はマジでいいこと言うなあ。欠けてるところがあったほうが人間として深みが出るもんね。やべえ、もしかして俺、また名言吐いちゃった？〉

悦に入る鴨志田に夏海が「今は名言禁止！」と突っ込む。夫婦漫才のようだ。

〈そういや、最後にオンラインで会った時、やけに深刻ぶってたぞ。『生きていても何ひとつ楽しいことなどございません』とか言ってさ。なっちゃん、思い当たる節はないかい〉

おじさんが意味深な問いを投げ掛けた。

〈特に変わった様子はなかったけど〉

夏海をはじめ、ゼミ生たちは蜂矢が就活に失敗するなどとは想像すらしていないようだ。

そのうち、鴨志田がゼミの後輩や同級生の近況を勝手に語り始めた。

〈寿々歌も今や立派な投資家だし、俺も世界に幸せを配信しまくってマネタイズしまくりだし、なにより夏海が夢をかなえまくって……〉

皆、気が付けば、おじさんや蜂矢に触発され、少なくとも今は良い方向へ進んでいる。

〈今日のテーマは、デュルケームの『自殺論《じさつろん》』です〉

井端教授が授業の開始を告げる。

逸脱文化史のテーマで井端教授は度々「死」を取り入れる。井端教授は生からの逸脱、つまり死ぬことを逸脱の最たる現象であるとみなす。

胸騒ぎがして、寿々歌はスマホから蜂矢にメッセージを送った。

〈蜂矢君が無断欠席するなんてどうしたのだろうと皆が心配しています。連絡をください〉

一時間ほど経ち、寿々歌はスマホを確認したが、蜂矢に送ったメッセージは未読のままだ。

皆に報告すると、井端教授が〈そうですか〉と不安げな表情を見せた。画面越しに井端教授と目が合った。どうしても悪い方に考えてしまう。

〈まあ、どうせじきに帰ってくるって。よし、ここはひとつ、俺に預けてみねえか〉

〈またおじさんの悪企みが始まった。俺に預けるって、何を？〉

夏海が「やれやれ」といった調子で訊いた。

〈てっちゃんの更生プログラムだよ〉

鴨志田が〈おじさん、それじゃてっちゃんがヤベー奴みたいな言い方っすね〉と突っ込む。

おじさんは〈おうよ、あいつはヤベー奴だ〉と真顔で応じた。

〈井端センセーよ、今度のゼミの司会進行、俺にやらせてくんねーか〉

〈司会進行を任せるのは構いませんが、何をやるんですか〉

井端教授の問いにおじさんは〈まだ言えないね〉と答えるのみだった。

〈これには、みんなの協力が必要だけど、直前まで言えないんだ〉

この日のゼミが終わるまで、とうとう蜂矢からの返信はなかった。

ゼミ終了後、寿々歌は自宅のデスクに座ったまま別のオンライン会議にアクセスする。会議名は「リンベルの部屋　作戦会議」。おじさんと二人で不定期に打合せを重ねている。

〈いやあ、成功すると妬み嫉みっていうのが必ず出てくるもんだねえ〉

おじさんは開口一番、他人事のように呟いた。

ここ何日かで、リンベルの部屋に関する誹謗《ひぼう》中傷の書き込みが急増していた。どの投稿も「リンベル被害者の会」なる組織の人物が発信した体で書かれている。

投資家を騙《かた》るえせ情報商材屋。儲け話で人の欲に付け込んで金を巻き上げ、骨までしゃぶり尽くす。怪しい石を高額で売り付ける。そんな「被害情報」が数多く投稿されている。

「有ること無いことというより、無いことばかりです」

〈今のご時世、ひどい書き込みを繰り返した奴は特定できる。もう少しいい気で泳がせといて、証拠を突きつけて吊《つる》し上げてやればいい〉

吊し上げ。おじさんの口から聞くとやけに生々しく聞こえる。

〈それより、本当にすずちゃんのことを頼ってきてくれる人がいっぱいいるだろう〉

寿々歌は、はっとして時計を確認した。

「今日は七時からオンライン相談が一件入ってます」

〈お、もうすぐだな。売れっ子だねえ、すずちゃん。いや、リンベル先生〉

「おじさんのおかげです。ありがとうございます」

〈褒めてくれる人の言葉だけ信じろ、占いはいいところだけ信じろ、ってよく言うだろう〉

「不勉強なものでその格言は知りませんでした」

〈また、真面目くさった顔しちゃって。知らなくて当然。俺が勝手に言ってるだけだから〉

寿々歌は時計をもう一度確認する。約束の時間まで、あと五分ある。

「蜂矢君のことですが、おじさんはどう思っていますか」

〈細かいことは分かんねえけどさ、あいつの世界は自分ひとりの中で完結しちまってる〉

シンプルで大雑把だが、核心を突いた言葉だ。

〈色んな人と繋がってるようで、あいつは誰とも繋がってねえんだ〉

「私も少し前まで同じでした。夏海やおじさんと出会って、今は世界と繋がっています」

寿々歌は救われている。蜂矢もきっとそうなって欲しいと思うのだ。

〈俺みたいないい加減な人間が役に立ってんならよかったよ。俺もちょっと、すずちゃんに相談したいことがあんだ。今度聞いてくれねえか〉

「もちろんです。今度は私がおじさんを助ける番です」

〈またまたそんな真面目くさった顔しなくていいって〉

少し笑い合ってから通信を切った。

今日の相談者は匿名希望の女性会員。相談料はクレジットカードで決済済み。このあたりの課金システムも、おじさんが整えてくれた。

自分を頼って、お金を払ってまで話に来る人たちがいる。つい一年ほど前までは考えられなかった。この人たちのために、少しでもためになることを話したいと思う。

約束の十九時、指定したミーティングルームに入ると、相談者が既に待機していた。

〈こんばんは、リンベル先生〉

相手はカメラを調整しているのだろうか。揺れ動く画面に、胸元だけが映っている。

「こんばんは。ちょっとカメラがずれているようですが」

〈ごめんなさい、すぐに角度を直しますね。よいしょっと〉

相談者の顔が画面に映った瞬間、寿々歌は思わず叫び出しそうになった。だが一方で、恐怖と憎悪で叫び声が出ない。

〈せっかく久しぶりに顔を合わせたのに、そんな顔しなくたっていいじゃないの〉

「どういったご用件でしょうか」

ようやく絞り出した声は震えていた。

〈相談よ、そ、う、だ、ん。ママにも教えて欲しいなあ。お金の稼ぎ方〉

相変わらず派手な化粧を施している。

〈あら、冷たいのね。これでもお客様よ。一時間で三千円。相談料もちゃんと払ってるの〉

「お金はお返ししますのでどうかお引き取りください」

〈ママも投資を始めてみたいの。元手のお金、貸してくれないかな〉

「融資のご相談は受け付けておりません」

〈冗談よ。立派になった寿々歌に会いたくなって、入会してみちゃった〉

幼い頃から時々、突然こんな風に褒めそやされ、心を支配されていた。

「営業妨害をなさるならば断固とした措置を取らせていただきます」

〈寿々歌、プロとしてやっているなら、お客様にそういう態度を取るのはよくないな〉

いつもそうだった。味方のふりをして、本当のところは寿々歌に関心などない。あの男の機嫌を損ねないために寿々歌をコントロールしたいだけだ。

〈康男さんは、血の繋がっていないあなたをちゃんと養ってくれたでしょう？　あなたに投資してくれたのよ。投資した分は回収できないと、ママが怒られちゃう。お願い〉

とにかく「儲かっているのなら恩返しに金をよこせ」という風にしか聞こえない。

〈ダメなママかもしれないけど、これでも寿々歌のこと一生懸命育てたの。だから助けて、ね。寿々歌はそんなに冷たい子ではないってママは……〉

「そういったご相談の場ではありませんので失礼します」

寿々歌は叫び出す代わりに言い放つと、ひと思いにミーティングルームから退出した。

切断する間際、追い討ちをかけるように呪いの言葉を投げつけられた。

〈ちょっと、親を見捨てるつもり!?〉

どこまでいってもあの人たちの呪縛から逃れられないのか。お金さえあればあの人たちから自由になれると思っていた。だが今度はそのお金があの人たちを引き寄せてしまう。

一生懸命育てたの。親を見捨てるつもり⁉

呪いの言葉が鼓膜の裏側で反響し、寿々歌の心を支配してゆく。誰かと話さなければ。

〈助けて。今すぐに話したい〉

オンライン会議のリンクを添付し、夏海に送ろうとして手を止めた。

宛先を蜂矢に代えて送信した。

意外にも、拍子抜けするぐらいすぐに蜂矢からの応答があった。

スマホの画面に蜂矢の姿が映し出された。背景はグレーの壁のようだ。自分の部屋ではない。ホテルかネットカフェのような場所だろうか。

「今どこにいる」

思わず切迫した口調になった。

〈東京から少し離れたところにおります〉

蜂矢の口の周りには無精髭が伸びている。そして驚くべきことに、蜂矢は黒無地のTシャツを着ていた。初めて見る私服姿だ。

「スーツを着ていない。旅行か何か」

〈ご推察にお任せ致しますが、旅行のようなものかもしれません〉

酒でも飲んでいるのだろうか。目の焦点が合っていない。

「助けて欲しい。蜂矢君にしか分からない話だと思っている」

大好きな夏海にも、寿々歌の今の気持ちはきっと分からない。

〈私のような無能な人間では何のお役にも立てないとは存じますが〉

「蜂矢君でなければいけない。私たちは似た者同士だから」

寿々歌は、今日起きたことを話した。母親からの呪いの言葉を伝え、そして「どうすればいいだろう」と率直に蜂矢を頼ってみる。

〈私は父親のようにだけはなりたくないと思って生きてまいりました〉

「それはなぜ」

〈彼は敗北者だからです。どれほど立派なことを言っていても、敗北すれば全ては嘘になり無に帰す。その事実を私はこの目で見ました〉

蜂矢は父親の自動車整備工場のことを語った。やはり彼と自分は似た者同士だった。話を聞く限りでは、蜂矢の父親は彼を大切にしていたように思えるが、親に失望してその庇護下から脱け出してきた点は共通している。

〈私は敗北者にはなりたくなかった。勝利者になりたかった。ただそれだけです。大変失礼致しました。私の話になってしまいました〉

「大丈夫。聞かせてもらえてよかった」

〈親が子を養育することは最低限の義務であります。養育に費やされた金銭や労力及び精神的負担などを子が補償する義務は一切ないはずです。子の養育を投資などと言い換えるならばそれは子を所有財産のようにみなす発言であり、許されるものではございません〉

当たり前のことだが、はっとした。呪いの言葉に心が支配されていた。

〈私が静原さんの立場なら、道義上、最低限の感謝の念は保ち続け、それだけで足りるものと割り切ります〉

「最低限の感謝の念」

〈「一生懸命育てたのに」といった申し立てに対しては「ありがとうございます」と感謝し、「親を見捨てるつもりなの」といった申し立てに対しては「そうではなく一人の成熟した個人となって独立するだけである」と説明して差し上げれば足りるのではないでしょうか〉

蜂矢はうつろな目に悲しみを湛えながらも、笑っていた。今までに見たことのない、人間の感情が滲んだ笑顔だった。

〈私などとは違って静原さんは勝利を手中に収めていらっしゃいます。私は敗北者です。社会から何の価値も無い人間であるという明確な審判が下されたのです。勝利せねば何の意味もない戦いに約七年間の全てを懸け、何も得ることなく全てを失いました〉

やはり寿々歌が懸念したとおり、蜂矢は就活に失敗したのだ。少なくとも第一志望の帝都商事に落ち、おそらく五大商社の他の四社も全て。

〈以前に静原さんは仰いました。『私は蜂矢君よりも蜂矢君のことを知っている』と〉

「そう、知っている」

〈ではご教示いただけますでしょうか。私はこれからどうすればよろしいでしょうか〉

先ほど蜂矢に訊ねた問いと同じだ。寿々歌は少し戸惑った。

「戻ってくればいい。誰も蜂矢君が負けたなんて思っていない」

〈静原さんならばご存じのとおり、私は同級生の皆様を倒すべき敵とみなし、努力しない方々を内心で軽蔑して生きてまいりました〉

「蜂矢君の本心を私は分かっていた。でも他のみんなには気付かれていないから大丈夫」

〈私自身が許せないのです。私は結局、密かに軽蔑し、見下してきた方々の誰よりも劣った人間でございました。敗者の生き恥を晒してゼミの皆様にお会いするなどできません〉

「それは違う。蜂矢君はまだ誰も傷付けてはいない。もし心の中で他人を見下して蔑んでいたとしても、そんな自分が許せないと思う気持ちがあるならまだ間に合う」

〈ではそろそろ私は失礼を致したいと存じます〉

「待って！　次のゼミはおじさんが進行役をやる。みんなで蜂矢君のことを待っている」

蜂矢は〈恐れ入りましてございます〉と曖昧な笑みを浮かべて受け流す。

通信が切断された。生き恥という言葉が嫌な感じで耳に残った。

◆

徹郎は長野県の小都市に辿り着いた。

駅前の小さな市街地はほとんど変わっておらず、三年半前のまま立ち並ぶ低いビルがその年月の分だけ寂れて見える。まるで自分が無為に過ごした三年半を体現したような街だ。

何日か列車を乗り継ぎ、営業時間制限の解除されたネットカフェに夜ごと宿を取りながら、当てもなく転々としているようで、少しずつこの場所に近付いていたのだった。

そんな中、昨夜静原からの〈助けて〉というメッセージに応じ、図らずも父親の話を披露したのは、何かの因果かもしれない。

堕落した少年だった頃に通い慣れた道を二十分ほど歩き、住宅地に差し掛かる。

目的地に着いた。徹郎は立ち止まった。目の前に広がっているのは、廃業した小さな整備工場の跡地だ。今は月極《つきぎ》めの駐車場になっている。

七年前のあの日、あの人が立ち尽くしていたのは、ちょうどこの辺りだ。中学三年の夏休みの初日、腹立たしいぐらいよく晴れた午後だった。

シャッターを閉めた後、あの人は自分の城を長いこと未練がましく眺めていた。その背中を目にした時、徹郎の生きる道がはっきりと決まった。

〈お金を稼ぐのともらうのとは違う〉

口癖のように自分の腕で稼ぐことの尊さを息子に語っていた彼は結局、自分の会社を潰して大手自動車メーカーのディーラー整備工場に雇われ、生計を立てることになった。大企業で給料をもらう人間に敗北したのだ。

勝たなければ意味がない。誇りだといったお題目は、勝ってから掲げるものだ。

義務教育に加えて高校まで出してもらったことに最低限の感謝はしているが、それ以上でもそれ以下でもない。決してあの人のようにはなるまいと思って生きてきた。

努力は徹郎を裏切らなかった。中学最後の一年間は友人との交流を絶って受験勉強に全てを注ぎ込み、県立の進学校に進んだ。高校でも英会話部に籍を置き最低限の活動に参加するほかは、全て勉強と就活対策に費やした。全国模試では常にトップクラス。安政大学のトップランナー特待生として経済的な自立を勝ち取った。

全てはこの場所から始まったのだった。

細い道を挟んで斜向かいに、上京以来一度も帰っていない実家がある。

ふいに実家の玄関のドアが開いた。徹郎は咄嗟に、停《と》まっている車の陰に身を隠した。中から父親が出てきた。白い半袖のYシャツにグレーのスラックスを穿《は》き、手にゴミ袋を提げている。これからディーラーの整備工場に出勤するのだろう。

父親はゴミの集積所で鉢合わせた隣家の老人男性と、笑顔で朝の挨拶を交わした。

なぜ笑っていられるのだ。

続いて母親までもが家から出てきた。父親に駆け寄り、弁当の包みを手渡した。父親は持ち忘れたことを詫《わ》びて、礼を言った。母親は、隣家の老人男性に「しょっちゅう忘れて出て行くんですよ」と話し、笑った。廃業後はふさぎ込んでいた母親も、笑っている。

ゴミを出し終えると父親は駅の方向へ歩き去っていった。

その夜、駅前のネットカフェに宿を取り、徹郎は父親にメールを送った。連絡を交わすのは、かれこれ二年ぶりのことだ。交信しても就活の役に立たず、メリットがないからだ。

〈大変ご無沙汰しております。東京で暮らす長男の徹郎でございます。お尋ねしたき儀がありお便りを差し上げます。以前、会社から給料をもらうことと自らの腕で稼ぐことは違うとの教えを頂きましたが、勤め人となられた現在、どのような心境でおられますでしょうか。就職活動の参考としたく、ご教示いただけましたら幸いでございます。蜂矢徹郎拝〉

自分の会社の息の根を止めた大手ディーラーの整備工場に、どんな心境で通っているのか。父親のあのお気楽な笑顔を見て、訊いてみたい衝動に駆られた。

しばらくすると、父親から短い返信があった。

〈久しぶりだな。就職活動はどうだ。そろそろ大詰めの時期だろうか〉

問いに答えていない。徹郎はすぐさま返信を送った。

〈おかげさまで順調に進んでおります。私からの問合わせの儀、いかがでしょうか〉

順調だと嘘をついたのは、早く自分の質問に答えて欲しいからだ。

〈順調ならよかった。給料をもらって働くのも楽ではないね。この何年かで思い知ったよ〉

呆れるばかりの答えが返ってきた。今更何を言っているのだ。

〈あなた様はあの当時、給料取りの勤め人を若干軽んじていらっしゃるようにもお見受け致しましたが、そのお考えに変化が生じたという認識で相違ございませんでしょうか〉

本当は、見下していた勤め人に成り下がって働く気分はどうだと問いたかった。

〈自分の工場で車を直すのも、大企業の傘の下で雇われて勤め人として車を直すのも、仕事そのものは同じ。勤め人を軽んじていると思われていたのならば、それは反省しないとならないな。一国一城の主を気取って自分に酔っているところはあったのかもしれない〉

徹郎の中で父親は、全てを諦めきったような、くたびれた人間でなければならなかった。彼のように負けたくなかったからこそ、全てを捨てて勝利のために励んできた。

だが父親の言葉は余裕に満ち、おそらく穏やかに笑っている。

〈お前も大人になったと見なして話すが、実は、最後は自分で会社を畳んだんだ。経営が行き詰まっていたのは事実だが、引き際を察して、自分からディーラーと契約を切って終わりにした。子供の頃から工場を継ぐと言ってくれていたお前には、そのままを話せなかった〉

もしや彼は負けてはいなかったのか。ならば、徹郎の原点が間違っていたことになる。

〈俺の考えなど気にせず、自分の信じたとおり立派な会社に入って、立派な勤め人になれ〉

中三の夏から就活に勝つことだけを考えてきた自分を、父親は嫌っていると思っていた。

〈七年間も就職活動一筋で信念を貫き通してきたんだ。そこまで徹底した学生は日本全国どこを探してもいないはずだ。きっと大丈夫だろう〉

実を申し上げますと就職活動において完全なる敗北を喫した次第でございます。そう文面を入力しようとしてから、考え直して手を止めた。

〈ありがとうございます〉

もはや、その一言しか返すことができなかった。

彼のような敗北者にはなりたくないと思って生きてきた。それなのに彼が敗北者ではなかったならば、この先、自分はどうすればよいのだろう。

昨夜、静原は〈戻ってくればいい〉と言った。

進むべき方向が分からないならば、戻るほかない。自分よりも自分のことを知っていると明言する人間の言葉に従い、徹郎は帰路に就いた。

帰りの電車に揺られながら、徹郎はSNSで他者の勝敗を確認する。

我が敗北は確かだが、他の者はどうだろう。血眼になってSNSの隅々まで捜索した。

盆田は入社早々テレワークの日々を自嘲気味にレポートしつつ、余暇を使ってマジックの動画を投稿して楽しんでいる。多良木は外出自粛生活を描くエッセイをサブカル系のWEBメディアに連載し、コアな読者の間で話題になっている。

鴨志田は夏海と仲睦《なかむつ》まじく猫の動画を作り、『ふて猫トゥモローの部屋』は今や猫マイチューブの人気コンテンツのひとつだ。静原は学生投資家として資産を築き、投資の初心者にノウハウを伝授することで社会に価値をもたらしている。

サークル活動にうつつを抜かしていた者が、文化芸術やスポーツに勤しんで充実した時間を過ごす勝者に見える。友だちとの馴れ合いに時間を浪費していた者や、恋だ愛だと色欲に溺れていた者が、二度と戻らない時間を掛け値なしに楽しんでいる勝者に見える。

誰も負けてはいない。見事な一人負けだ。どこを探しても敗北者は自分だけだった。

下宿に戻るとすぐにロフトベッドに身を横たえた。一週間もの間、生産性ゼロの時間を浪費し続けた。もうこの堕落から元の生活には戻れないような気がした。

スマホにまた誰かからのメッセージが着信した。

〈何度も連絡してごめん。インターンで出した素案が今度社内ベンチャー事業で取り上げられることになりました！　蜂矢君から厳しい指摘をもらった部分を修正したら格段に良くなった。ありがとう！　忙しいと思うけど、西園寺君と三条君も交えて飲もう！〉

加賀美からのメッセージだった。

他にも、ゼミの同期や上級生からのメッセージが山ほど届いていた。

他人事のようにメッセージ履歴を眺め、スマホを枕元に捨て置いた。

その時、誰かが部屋のドアをノックした。おおよそ誰だか見当はつく。

「おいてっちゃん、ようやく帰ってきたな。いやあ、就活、ダメだったのか？」

勝ち誇ったような声だ。徹郎は無言のまま。これが回答だ。

「そうか。前に、就活に失敗したらひとつ言うこと聞くって約束、覚えてるか？　明後日、臨時の特別ゼミをやるから、必ず参加しろよ。俺が司会進行をやるんだ」

おじさんはさも愉快そうな声で告知する。

「ゼミナールでなくて、飲みナールってやつでな。ゼミと宴会を足して二で割った感じだ。いいか、明後日の夜七時だ。ちゃんと飲み食いするもん用意して、絶対に参加しろよ」

おじさんはドア越しに言い残して、自分の部屋へ戻っていった。

きっと皆、敗れて全てを失った徹郎を励ます体で、笑いたいのだろう。特にあの中年男は、手ぐすね引いて待っているに違いない。

敗北者の自分にはちょうどいい最終面接かもしれない。


二日後の夜、徹郎は約束の時刻の前にウイスキーの水割りを飲んで十分に酔いを深めた。生き恥を晒すにあたり、正常な精神状態では酷だった。

オンライン会議にログインすると、分割された画面に出席者が映し出された。井端教授と司会のおじさん、四年生は静原、夏海、鴨志田、卒業生の盆田と多良木の顔もあった。

画面に映るや否や夏海がいち早く反応した。

〈うそ⁉　てっちゃん、私服着てる！〉

〈マジでやべー。俺泣きそうってか、泣いてるわ。てっちゃんの素顔的なTシャツファッションが見られただけで、地球に生まれてきた意味があったわ〉

「もうスーツを着用する理由もございませんので」

〈そうだ。就活終わったんだね。おめでとう！〉

夏海は缶ビールを掲げた。徹郎が就活に勝利したと信じ込み、心の底から祝福している。皆、夏海に釣られて乾杯を唱和しながら、缶ビールや缶チューハイを画面に向けて掲げた。

全てを肯定するばかりの前向きな心は、時に残酷だ。そうだ。彼女はいつも残酷だった。てっちゃんはすごい、てっちゃんは天才。徹郎を信じ、敬い、疑うことがなかった。

事情を知っている静原とおじさんは乾杯に同調せず、沈黙している。

〈蜂矢君がいなくなったと、みんなで心配していたんですよ〉

井端教授が言った。彼も徹郎の敗北に勘付いている様子だ。この教授は徹郎の成績に唯一「S」以外の汚点を付けた張本人だが、今思えば、人を見る目があったということだ。

画面越しに静原と目が合った。静原が頷いた。徹郎は「ご報告致します」と口を開いた。

「浜本さんの仰るとおり、私の就活は終わりました。私は完全なる敗北を喫しました」

口にした途端、眼球の裏側が熱くなった。自己憐憫《れんびん》か。それとも皆の哀れみを請いたいのか。いずれにせよ最も醜い感情のひとつだ。

「五大商社からの内定はゼロ、その他の業界で内定を頂いたいくつかの企業様には辞退を申し出ておりますので、内定ゼロ。俗に言う『無い内定』と相成ってございます」

全てを話した先に何があるのかも分からないが、何を求めるでもなく敗戦の弁を述べた。

「戦いに敗れ、負け犬となり果てて生き恥を晒すばかりで、この先のことは何も決まっておりません。行く当てもない落ち武者の如《ごと》き無様な人間となり果てた次第でございます」

〈うーん、何言ってんだかさっぱり分かんねえなあ〉

おじさんが冷笑を浮かべている。笑うがいい。

「世が戦国なら完全なる敗北は死を意味するものでございました。かの上杉謙信公なら万が一にもこのような敗北を喫すれば最後、城に火を放ち、潔く自害なされたことでしょう」

〈おーい、てっちゃん、おかしくなったか。始まる前にだいぶ飲んでんだろう〉

鴨志田が〈自害とかジョークでも口に出すのはよくないぜ。世界から自害を無くすのも俺物語の第十五章ぐらいに……〉と語るのを〈コハクはちょっと黙って〉と夏海がたしなめる。

勝者たちの軽やかなやりとりは、実にまぶしい。

「ご安心ください。残念ながら私には自害する覚悟すらございませんので。したがって、こうして皆様の前にて敗者の生き恥を晒しております次第でございます」

〈なんなんだよ、さっきから、そのイキハジってのは〉

この中年男には恥という概念がないのだろう。

「生きながらえて恥を晒し続けること、読んで字の如くでございます」

〈死ぬほど恥ずかしいってことか。みんな、どうよ、この男のこと、恥ずかしいと思うか〉

〈そんなことないよ。就活にだって運が結構あるじゃん。アタシみたいなパッパラパーが受かるぐらいだから、逆に言うとてっちゃんみたいな完璧な人が落とされることだってありえるっていうだけじゃないかな〉

夏海の語気には同情も哀れみもない。ただあるのは、無垢《むく》で残酷な前向きさだけだ。

「私にとって就活は人生の全てでした。就活の競争相手は全て敵であり、怠惰な生活を送る大学生を蔑み、見下し、ほくそ笑んでおりました。しかし私は蔑んできた全ての方々より劣っていました。恥ずべき人間です。私が生き恥と申し上げておりますゆえんです」

言ってしまった。徹郎の内心における他者への攻撃的な感情は、就活に勝利するための必要悪であった。だが就活に敗北した今、ただ純然たる悪に成り下がった。

「内心で皆様を侮辱してきたことをお詫び申し上げ、そして結局は私が誰よりも下劣な人間であったことをここに告白致します」

くっくっくと、こらえ切れず漏れ出すような笑いが聞こえる。

「どなたでしょうか、どうぞ遠慮なさらず存分に笑ってくださって結構でございます」

徹郎は分割された画面を見渡した。意外にも、静原が声を殺し、肩を震わせ笑っていた。

「静原さんでしたか。遠慮なさらずにどうぞ存分に嘲笑ってくださって結構でございます」

〈城に火を放つとか自害するとか告白致しますとか……可笑《おか》しくてこらえきれなくなって〉

「勝利を手にした静原さんからの嘲笑とあらば、甘んじてお受け致します。勝者の前では無力。それが敗北者の宿命です」

静原が今度は吹き出し、やがて声を上げて笑い始めた。

〈寿々歌がこんなに大笑いしてるの、初めて見た。てっちゃんって、やっぱすごいね……〉

〈やべえ、寿々歌の人生最高クラス的なスマイルが見れて俺もマジで感動してきたわ〉

夏海が的外れな賛辞を口にして、鴨志田は涙ぐんでいる。

〈てっちゃんはさっきからしきりに勝利とか敗北とか言うけど、勝ち組とか負け組とかって誰が決めるんだろう。そう簡単に決まるものじゃないよ〉

多良木が口を開いた。

「お言葉を返すようですが、勝利と敗北は明確に区分されております」

徹郎はムキになって反論を開始する。

「人生に勝ち負けはないといった耳当たりのよい言葉は完全なるまやかしであり、本質は二つにひとつ。勝者の驕り、あるいは敗者の負け惜しみのどちらかでしかございません。今の私が口にすれば、敗者の負け惜しみ、多良木さんが口にすれば勝者の驕りとなります」

自分が完全なる敗北者であると、何としても証明したい一心だった。

「王子さんはかつて、就活はクソゲーだと仰いました」

〈ああ、仰ったよ〉

「全くそのとおりでございました。私はクソゲーに人生の全てを懸けてゲームオーバーした、この無様な敗北を認め、王子さんに対する数々の失礼な発言をお詫び申し上げます」

〈お詫び申し上げなくたっていいよ。ゲームオーバーしたんなら止めるもよし、続けたければリセットボタンを押してやり直しゃいい。この機会にいっそのこと服装だけじゃなくて、その辛気臭い言葉遣いも戻したらどうよ？　もっと若者らしい言葉遣いによお〉

「大変恐縮ですが『男らしさ』『女らしさ』『若者らしさ』といった『らしさ』の強要は、昨今のポリティカル・コレクトネスの観点からも厳に慎むべき行為であると思料致します」

〈おお、減らず口だけは健在じゃねえか。その調子だよ〉

〈もう一回挑戦すればいいんじゃない？〉

夏海が言った。いかにも、彼女がいとも簡単に口にしそうな言葉だ。

「お言葉を返すようですが、全てをやり尽くした結果の敗北でございますので、もはやもう一度挑む気力も勝ち目もございません。これ以上の生き恥は晒せません」

〈恥ずかしいことなんかあるもんか。自分が思ってるほど他人はそんなに気に掛けちゃいない。思い上がりってやつだ〉

おじさんが、いたぶるように言う。さぞいい気分だろう。

〈てっちゃんよ、ここらでちょいと本題に入るぞ〉

それからおじさんは他の面々にも〈みんな、こっからだからな〉と声を掛けた。

〈てっちゃんは誰かに何かしてやったり、助けたりした思い出はあるかい。たとえばゼミのメンバーとか、他の同級生とかによ〉

「私にはそのような高尚《こうしょう》な思い出は一切ございません。自分さえ勝利すればよい、同級生の皆様は皆全て敵であり、滅びればよいと念じておりました下等な人間でございますので」

〈ひとつぐらいはあるだろう？　どうよ？　みんなに訊いてみるか〉

面倒な流れになりそうなので、徹郎は自分からひとつだけ申し出た。

「ノートをご提供したことならございます。それだけかと認識しております」

〈じゃあ今度は、みんなから、てっちゃんに助けてもらったことを語ってもらおう〉

〈うーん、いっぱいあり過ぎて、どれから話せばいいか分かんない！〉

夏海が頭を抱える。

〈ぼくには決定的なやつがあるよ〉

多良木がまた淡々とした調子で口を開いた。

〈ぼくはおじさんやてっちゃんがいなかったら今の仕事に巡り合えてなかったよ。てっちゃんのおかげでもあるんだよ。あとカモシもいいヒント出してくれたし〉

徹郎には多良木が何を言っているのか全く分からなかった。

〈忘れちゃった？　ぼくの就活日記の話を引き出してくれたの、てっちゃんだよ〉

徹郎には引き出してあげた覚えなどない。ただグループディスカッションを成果あるものに導き、井端教授からの評価を上げたかっただけだ。

〈ぼくもてっちゃんが話をまとめてくれて、ひと時でもプロのマジシャンになれた〉

盆田が新橋での裏インターンを振り返る。

「私は本番の当日、盆田さんの大失敗を願っておりました。盆田さんが拍手を浴びた時、私は嫉妬の感情を抱き、一流企業の一芸採用を勝ち取られた際は、呪いたい気持ちすら抱きました。努力しなかった人間に勝利がもたらされるのは、理不尽ではないかと」

〈見てれば分かるよ。てっちゃんはめちゃくちゃ負けず嫌いだって。ゼミの時も何か議論が始まるとすぐにマウンティングするでしょう〉

盆田は笑顔で言った。だが徹郎にはそのような意識はなかった。ディスカッションの場で、能力を発揮しなければ気が済まなかっただけだ。

〈てっちゃんが手を挙げると、ああ、また始まった、って感じで。面白かったよ〉

盆田がまるで美しい記憶を懐かしむように言った。やはり勝者の余裕としか思えない。

〈徹底的に勝ち負けにこだわるところがむしろ一周回って人間味があるというか……〉

自分にまつわる思い出話が酒の肴《さかな》になって延々と展開されている。友だち同士の馴れ合いの飲み会だ。キリがない。徹郎は「よろしいでしょうか」と手を挙げた。

「整理させていただきます。私は皆様の仰るような善き人間ではございません。たとえば、皆様にご提供しておりました講義ノートには、意図的に間引きした情報を記載し、私自身の優位性を担保する卑怯な策を弄しておりました」

〈講義をサボってた奴らに無償で恵んでやるんだもん。そのぐらいやっても、バチは当たんないよ。ぼくも、一般教養科目はてっちゃんノートで凌《しの》いでなんとか卒業できたんだ〉

多良木が投げやりな口調で言った。違う。違う。そうではない。

「とにかく、私は皆様を内心で侮辱し……」

〈てっちゃん、別にいいじゃん〉

夏海が割って入る。徹郎が唯一、敵とみなせなかった人。いつも全てを肯定してくれた人。

本当は最大の敵だった人だ。

〈心の中で思ってただけなら、今のところ誰も傷付けてないいんだからさ〉

「これ以上の偽りの評価はお控えください！」

〈蜂矢君は無意識に多くの人を助けている。蜂矢君の心に眠る思いやりがそうさせている〉

静原が言った。思いやり？　そんな動機で敵を助けた覚えなど一度もない。結果的に手助けのような形になった言動があったとしても、それは全て自分の利益のためだ。ましてや同級生に対しては敵意と軽蔑の念を持って見下していたのだ。

〈あなたの知らないあなた、ってところかな。おじさんの裏インターン、いんちき自己啓発

セミナーの巻、盛り上がってきたねえ〉

「どういった趣旨でしょうか」

〈人間には四つの窓があるんだってよ。ジョハリの窓とかいうらしい。よく知らねえけど。どうよ、知ってつか？〉

「ジョハリの窓。存じ上げております」

自分も他者も知っている「開放の窓」、自分は知っているが他者は知らない「秘密の窓」、自分は知らないが他者は知っている「盲点の窓」、自分も他者も知らない「未知の窓」。

自己分析や企業研修などでも頻繁に使われ、使い古されているイメージすらある。

〈今はおじさんプロデュースのいんちき自己啓発セミナーの時間で、てっちゃん以外はみんなサクラの受講者だ〉

分割された画面から、皆の視線が徹郎に注がれているのを感じる。

〈ひと昔前に自己啓発セミナーってのが流行ってた頃、俺はセミナーの補助員ってのをやったことがある。要するにサクラだよ。心が弱った奴をとにかく励ますっていう役だ〉

夏海が〈それっていいことじゃないの？〉と疑問を挟む。

〈励ますだけならいいけど、途中から教祖みたいな奴が登場して、あなたの知らないあなたに気付き、幸せになるのです、とか言って、盲点の窓ってのを引き出して洗脳するんだ〉

そのセミナーでは最後にサクラで雇った要員も洗脳して入会させる悪質な手口を用いてい

たという。おじさんだけが洗脳されず、サクラの時給に口止め料を上乗せされたという。

〈俺は学がねえから、この時ジョハリの窓は洗脳のテクニックだと思ってた。本当の使い方を知ったのは、だいぶ後のことだ。てっちゃん、自分が知らない自分に気付いたか〉

徹郎自身が隠しおおせたと思い込んでいた本性は、ゼミの面々のそれぞれに、少しずつ見破られていた。しかもそれぞれの視点から少しずつ好意的に受け止められている。

〈みんなそれぞれ蜂矢君のことを気にかけている。今みんなが蜂矢君について話したことは蜂矢君への関心、言い換えると思いやりの集合体だと思う〉

静原が言った。

〈要するに、全部が無駄じゃなかったってことじゃねえか。勝ったとか負けたとかゼロか百かみたいなことばっか言ってるけどよ、そそっかしいんだよ、お前さんは〉

完璧に作り上げて演じ切ってきたつもりだった自己イメージが、他者からは全く違うように見えていた。その事実に徹郎は呆然としていた。あまりの衝撃で立ち直れなくなりそうなのと同時に、強烈な安心感で心身が急速に弛緩《しかん》するような心地がした。

皆の声がだんだんと優しく遠ざかっていった。

誰かがドアをノックする音でハッと顔を上げた。酔いが回り、ノートパソコンのキーボードに顔を伏せて眠っていたのだ。

　ドアの向こうからおじさんが「てっちゃん、お客さんが来てるぜ」と呼び掛けてくる。

「少しだけドアを開けて欲しい」という静原に続いて、意外な男の声が聞こえた。

「蜂矢君、お邪魔してるよ」

　忘れるはずもない。忌々しいあの男の声だ。

「なぜ加賀美さんがいらっしゃるのでしょうか」

　思わず応答してしまった。

「加賀美君が『蜂矢君と連絡が取れない』ってずっと心配していたから私が呼んだ」

　静原が答えた。負け犬のなれの果てを笑いにきたのか、同情が昂《こう》じて様子を見に来たのか。

　お引き取り願おう。徹郎はドアの前に近付き、ドアの向こう側の気配を窺った。

「気晴らしに、みんなでクソゲーでもやって遊ばねえか」

　ドアの向こうには五人、いや、もっといるような気配を感じる。

　少なくとも一旦ドアを開けなければ収まりがつかないようだ。

　徹郎はマスクを着け、ドアを少し押し開けて外を覗く。廊下にはマスクを着けた加賀美が滝のような汗を流して立っていた。コンビニのレジ袋を右手に提げている。

　加賀美の他におじさんと静原、夏海と鴨志田、盆田と多良木、井端教授まで立っていた。

「皆様、お暑い中ご足労いただき誠に恐縮でございます……」

「コンビニで適当に買ってきたやつだけど、とりあえず飲もうよ」

加賀美はレジ袋を高く掲げて言った。缶ビールや缶チューハイが入っている。なぜ何の得にもならない汗をかいて、何の価値もない自分に会いに来るのか。偽善か。哀れみか。そうであるならばまっぴら御免。だが、拒絶できない。

「万が一でも感染者が発生致しますと責任問題になります。また機会を改めて……」

井端教授が「大丈夫です」と一歩前に進み出てくる。

「腐っても大学教授ですから。管理監督者として私が十分に対策に注意しましょう」

井端教授はポケットからポータブルのアルコール除菌スプレーを取り出して見せた。

「厳重に注意してもリスクゼロにはなりません。不要不急の会食は避けるべきと……」

「緊急事態宣言も解除されています。万が一のことがあったら私が責任を取りましょう」

井端教授が言った。

「このナマグサ教授がいれば大丈夫だ。どうせ元から悪い奴なんだから」

おじさんが茶化すと夏海が「おじさん、フォローになってないんだけど」と笑う。

「てっちゃんよ、俺は酒飲む口実ができりゃなんでもいいんだけどさ、みんながどうしてもてっちゃんと飲みたいって言うから、じゃあ来いよって話になったわけよ」

「お気持ちは大変ありがたいのですが今は不要不急の……」

「みんなにとって蜂矢君と会うことは不要不急ではない」

静原の言葉に皆が頷いた。もはや拒み切れない。

「ありがとうございます」

口にしたその言葉の語尾が、ふいに嗚咽《おえつ》で震えた。

「よし、飲もうか」加賀美が言った。

「クソゲーもあるぞ」おじさんがノートパソコンを目の前に掲げた。

戸口から皆が次々と入ってきて、勝手に酒盛りとゲームの準備を始めた。

徹郎は何年かぶりに心の底から沸き起こる「ありがたい」という感情に、人目も憚らず泣いた。泣き崩れて、床に両膝を突き、両手を突いた。

おじさんと加賀美が徹郎の両脇を抱えて立ち上がらせた。

「てっちゃんは今日だけは主役だから真ん中だ」

「だけっていうのは余計です。ていうかおじさん、ここ蜂矢君の部屋ですよね」

軽口を叩き合うおじさんと加賀美に抱えられ、部屋の真ん中に座らされた。

「以上で、池袋の父の心の授業はおしまいだ。どうよ、カネになるかもしれねえなあ」

おじさんはクソゲーの準備をしながら笑った。

その夜、安い酒を飲みながら代わるがわるゲームをプレイした。誰一人として第一ステージをクリアできぬまま、誰かが死んでは笑う。その繰り返し。

井端教授が数秒でゲームオーバーになると皆が大笑いし、加賀美はネットで攻略法を熱心に調べて蘊蓄《うんちく》を述べながら挑んだがあっさりと死んで、ひと際大きな笑いが起こった。

ゲームの順番が三巡目を回ったところで、そろそろお開きとなった。

「最後にもう一度だけ私にチャンスを頂けないでしょうか」

徹郎は挙手して最後の挑戦を申し出た。今度は真剣に挑みたかった。

これまでと一転、皆が静かに見守る中、徹郎は主人公を操作した。制作上の不具合としか思えぬほど理不尽な敵の攻撃を間一髪で回避しながら、この日の最長不倒地点を通過した。

皆の歓声が上がる中、最後の敵が百パーセント回避不可能と思われる弾幕を浴びせてくる。

だがその時、弾幕の中で一瞬の隙間が、はっきりとスローモーションのように見えた。徹郎は、主人公を跳躍《ちょうやく》させる。弾幕の間を奇跡的にすり抜け、ゴールに飛び込んだ。

夏海が「やった！　クリアだ！」と、両手を上げて歓喜する。

鴨志田が「やべえな、てっちゃん、歴史的な偉業を達成しまくってるし」と涙ぐんだ。

「エントリーシートの自己ＰＲ欄に記載させていただきたいと存じます」

徹郎の下手な冗談にまた皆が笑った。

友だちとの語らいは就活の役に立たない。だが就活に敗れて折れた心を少し立ち直らせた。

徹郎はもう一度やり直そうと決めた。どのようにやり直すか、何も決めていないが、少なくとも今度は誰に勝つでも誰に負けるでもなく。

翌日、おじさんが姿を消した。

第九章　彼は何も答えなかった

一週間経ってもおじさんの姿は見当たらない。

〈王子様。暑中お見舞い申し上げます。最近お見掛け致しませんが、いかがお過ごしでしょうか。ご一報頂けましたら幸いでございます。　蜂矢徹郎拝〉

メッセージを送ってみたが返信はなかった。

蒸し暑い夜、徹郎は買い物に出かけ、下宿に戻った。二階に上がると、おじさんの部屋から見知らぬ若い男が出てきた。安政大学の学生だろう。緊急事態宣言以前の頃には時々、怪しげな人生相談に来る学生たちが出入りしていたので、珍しいことではなかった。宣言が解除されて久しいこともあり、対面での相談を再開したのかもしれない。

狭い廊下を譲り合うようにしてすれ違い、互いに目礼を送り合った。

徹郎は、おじさんの部屋のドアをノックし「ごめんください」と呼び掛けたが応答はない。

すると、後ろから「何か御用ですか」と声を掛けられた。先ほどの学生が立っていた。

「今日引っ越してきました、山田《やまだ》といいます。よろしくお願いします」

彼は安政大学法学部の二年生で、一人暮らしができる物件を探していたという。

徹郎は「蜂矢と申します」と応じ、それから山田と名乗った男子学生に訊ねた。

「失礼ですが、山田さんはこの部屋の住人とお知り合いの方でしょうか」

「いや、ですから、今日からぼくがこの部屋の住人です」

男子学生は少し不機嫌な口調で答えると、階段を下りて行った。

管理会社に問い合わせると、おじさんは先週を期限に賃貸契約を解約済みだという。その後、先ほどの男子学生が契約したらしい。徹郎は電話に出た担当者におじさんのその後について知っていることがあれば教えて欲しいと請うたが、何も知らないようだった。

静原なら何か知っているかと思い、メッセージを送ると、すぐに返信があった。

〈おじさんの身に何か起こったかもしれない。詳しくは今から話す〉

返信メッセージと共に、オンライン会議のアドレスが送られてきた。彼女の言葉はいつも断片的だ。メッセージは、徹郎の他に夏海にも送られている。

徹郎は急かされるようにオンライン会議にアクセスした。静原が鬼気迫った表情で待っていた。間もなく夏海も〈どうしたの？〉と入ってきた。

〈おじさんは今どこにいる〉

「私もそれが分からず、静原さんは何かご存じかと思いまして」

〈もしかするとおじさんが何か物騒なことに巻き込まれて逃げているのではないかと〉

胸騒ぎがした。嘘か真か分からぬ話の数々を思い出す。フロント企業で大儲け。盃をもらった。誰からどんな恨みを買っているか分からない。

「静原さんは、何か思い当たる節があってご心配されていらっしゃるのでしょうか」

静原は何かを知っているようだが、なかなか話そうとしない。

〈寿々歌、何か隠してない？　おじさんが心配なら、話してみて〉

夏海に諭すように訊かれ、静原は消え入りそうな声で「お金」と呟いた。

〈おじさんにお金を貸した〉

〈え？　いくら貸したの？〉

夏海の問いに、静原は指を三本立てた。

〈三万円？〉

静原は首を横に振った。

〈……まさか、三十万!?〉

夏海の問いに静原は無言のままだ。そして観念したかのように、再び首を横に振った。

〈もう一桁……〉

恐るべき事実を白状する静原。夏海が口に手を当てて絶句している。

三百万円を借りて姿をくらました。まるで夜逃げではないか。

〈いつ貸したの？〉

〈この間のゼミの前日に貸した〉

〈なんですぐに言わなかったの……〉

〈必ず返すから誰にも言わないで欲しいって言われて……〉

「なぜそのような大金をお貸しになられたのですか」

〈貸せるだけの余裕があったから〉

「若干議論が嚙《か》み合っていないようです。余裕があったとしても、三百万円もの大金を易々と貸せるものではないと思料致しますが、その上でなぜお貸しになられたのでしょうか」

〈あの人たちに渡したのと同じ金額をおじさんに貸した〉

〈あの人たちって？〉

夏海の問いに静原は〈親だった人たち〉と答えた。

〈あの人たちにお金を貸して欲しいと絡まれて、手切れ金のつもりでお金を渡した。返済不要とはっきり伝えて。でもその後また母親だった人からさらにお金を要求された。簡単にお金を渡すべきではなかったとすごく後悔した〉

静原は、母親が『リンベルの部屋』の相談者を装って接触してきたことを話した。徹郎は既に聞かされていたが、初めて聞いた夏海は、あまりのひどさに言葉を失っている。

〈……辛かったね〉

ようやく絞り出した夏海の言葉は、おそらく今掛けられる最善の言葉のように思えた。静原は唇を噛《か》んで頷き、しばしの沈黙が流れた。

〈でも、どうして今度はおじさんに貸しちゃったの？　後悔したはずなのに〉

夏海が恐る恐るの様子で訊ねた。徹郎もそれが分からない。

〈私は誤謬の訂正をしたかったのだと思う〉

夏海が〈ゴビュウノテイセイ……〉と、知らない国の言葉のように繰り返した。

「フロイトの心理学で、間違いを犯した時、無意識のうちに同じような間違いを繰り返してつじつまを合わせようとする微妙な心理の働きを、誤謬の訂正として定義しております」

徹郎は一般教養科目で心理学を履修していたため知っていた。

「単純化して申し上げますと、間違いの誤魔化しでございます」

〈分からない。間違えたら普通に直せばいいんじゃないのかな……〉

〈夏海には分からないと思う〉

静原は画面を直視したまま言った。

〈ごめん、言葉の意味はなんとなく分かったけど……〉

〈夏海は分からないままでいい〉

あなたはそのままでよい。屈折した心理を理解できない親友に対する、静原の意思表示だ。

〈おじさんは私に同じ額を俺に貸してくれたら倍にして返すと提案してきた。親に持っていかれた分を取り戻してやるからと〉

「お言葉を返すようですが倍にするなど、最も信用できない状況かと拝察致します」

〈誤っていると思っても貸したいと思った。同じ誤りでもあの人たちに渡してしまったお金とおじさんに貸したお金は私の中では全く違う〉

「つまり静原さんは、ご両親だった方にお金を渡してしまった間違いを上書きするため、恩人である王子さんに同じ金額を貸した。誤謬の訂正を行った、ということですね」

静原は頷いた。

〈あの人たちは私を金の亡者と言ったけど、おじさんは私の活動は人の役に立っている、だからお金になると言ってくれた。おじさんと出会っていなければ今の私はなかった。お金を通して人と繋がって世界が広がった〉

「王子さんに感謝し、信じたいという静原さんのご意向は理解致しました。ただ一般論ではございますが、金銭を他人に貸与する時は返って来ないと思うべしと言われます」

〈返してもらえないかもしれないという予感はあった。それでもいいと思った。おじさんから得たものはもっと大きいから。ただ、おじさん自身が戻って来なくなるとは思わなかった。危険なことに巻き込まれているかもしれない〉

金を持ち逃げされた静原本人は、むしろ彼の身を案じ、無事を願っているようだ。

「大金をお貸しになられたのは静原さんにとって誤謬の訂正であり、返って来ないことも覚悟されてのことと受け止めました。しかし貸したお金の使い道は何なのでしょうか。それによって、あの方の身にどのような事態が懸念されるか、変わってまいります」

〈新しい事業に手を出して資金繰りが苦しいから少しの間だけ入り用になるとか言っていたけれど、今となっては本当は何に必要なのか分からない〉

「お察し申し上げます。あの方の仰ることは、いつもどこまでが事実でどこからが嘘であるか皆目見当が付かぬ傾向がございます」

彼が話していた過去、仕事、経歴。全て作り上げた嘘か幻のように思えてくる。

〈私は信じたい。信じたいし無事でいて欲しいと思う。嘘か本当か分からないことだらけでも、確かにおじさんは私たちと一緒にいた。私たちと語って飲んで笑っていたし、私に人生のきっかけをくれた。それだけは揺るぎない事実だから〉

静原の言葉には、裏切られても信じ切ろうという頑なな意志が感じられた。

〈分かった！　まずは探そうよ。アタシからも連絡してみるし、あと、おじさんと付き合いのあった友だち、みんな当たってみる〉

夏海は言うや否やオンライン会議から退出し、すぐに次なる行動に移った。

徹郎と静原の二人が画面に取り残された。静原は眼鏡の奥の細目で徹郎を見つめてくる。

静原は硬い表情のまま〈あの時はありがとう〉と、唐突に礼を述べた。

「あの時と仰るのは？」

〈蜂矢君は言った。『最低限の感謝の念を持っていれば足りる』。私はそうすることにした。

私はもうあの人たちから自由になれた。お金を誰のために使うかも私の自由〉

何気ない言葉や行動が、思いがけず、思いもよらぬ形で人を動かす。人と関わるとは、そういうことなのだろうか。

〈蜂矢君の言葉があの人たちの呪縛から私を解放してくれた〉

「お役に立てたならば、大変光栄に存じます。しかしそれとこれとは別のお話かと」

自分の言葉が静原に及ぼした影響が良いものであったか分からずに戸惑う。

「警察に王子さんの捜索願を出すという手段も考えられますが、いかがなされますか」

徹郎は一応確認のため訊ねた。静原はゆっくりと首を横に振った。

〈おじさんについて何かを知っているとすれば一人しかいない〉

「私も今、おそらく同じ方を頭に思い浮かべております」

徹郎と静原は、井端教授の研究室へ向かった。

おじさんが静原から大金を借りた挙句、部屋を引き払って姿を消したことを話した。

話を聞き終えると井端教授はいつもの調子で「なるほど、そうですか」と呟いた。

「彼のことですから、突然姿をくらませるぐらいは、想定の範囲内でした」

井端教授はそう言った上で「しかし静原さんには申し訳ない」と詫びた。

「王子典之さんという人物は何者なのか、本当のところをお話しいただけますでしょうか」

徹郎は井端教授の目をじっと見ながら訊ねた。

「彼を皆さんと引き合わせたのは私で、お話ししなければなりませんね」

井端教授は、ポツリポツリと話し始めた。

「最初からお話ししていたとおり、彼とは高校の同級生でした」

「そこまでは事実でございますか」

徹郎は確認した。あの男の全てについて、真偽の境目が全く分からなくなっている。

井端教授は「信じるか信じないかは、蜂矢君次第です」とはぐらかした。

「その頃の彼の名前は、武田《たけだ》典之といいました」

「武田典之……ご両親が離婚されたのでしょうか」

徹郎が訊ねると井端教授は首を横に振った。

「いいえ、もう少し複雑です。順を追って話しましょう」

井端教授は窓の外に目を遣りながら、語り始めた。

「私たちはある種、強い絆で結ばれていました」

昭和の終わり頃、校内暴力が社会問題となっていた時代、井端少年は中学生の時から非行に走った。飲みたくもない酒を飲み、吸いたくもない煙草《たばこ》を吸い、喧嘩に明け暮れた。学区で一番荒れた高校に進むと、入学したその日に地元の先輩に連れられ、暴走族に加入させられた。そこでおじさん、当時の武田典之と出会った。

「彼は他のメンバーとは一風違っていました。知恵が働き、手先も器用で、主にバイクの調達と改造で活躍していた。それにOBなんかとの折衝にも重宝されていました。地元でヤクザになったOBたちがたまに集会に訪ねてくる。そうすると彼が応対するんです。相手がどんなに強面《こわもて》でもあの調子で懐に飛び込んで、毒気を抜くのが上手かった」

路上や駐輪場でバイクを盗み、改造して乗り回し、他のグループとの抗争に明け暮れながら、おじさんはどこか冷めていた。

ある夜、井端少年は誘いを受けた。

「くすねたバイクを乗り回すより、売り飛ばせば金になる。一緒にひと稼ぎしないか、と」

ただバイクを乗り回して喧嘩に明け暮れる毎日には「飽きた」という。

「ちょうどそんな時に、仲間が死にました。いつも生き急ぐように、狂ったように突っ走る男でね。ガードレールを突き破って、即死でした」

井端教授は「それで何もかも嫌になりました」と呟く。

「上下関係やルールが厳しく、私もうんざりしていた。学校や社会のルールを無視してグレたはずが、もっと厳しい組織のルールに束縛された。私と彼は、暴走族という逸脱した集団にも馴染めず、そこから更にはみ出してしまった」

当時、その暴走族を脱けるためには恐ろしい通過儀礼があった。井端教授はためらったが、おじさんは「このまま飼い殺しになるよりマシだ」と言った。

二人で丸一日集団暴行を受けて半殺しの目に遭った末、なんとか暴走族を脱けた。

その後、二人はロクに学校にも行かず、ひたすら盗みと小遣い稼ぎに手を染めていった。路上や駐輪場でバイクを盗んでは転売業者に持ち込み、荒稼ぎした。

手口はどんどん巧妙化し、何台盗んでもバレなかった。それぞれ家族からも見捨てられて厄介者扱いだった二人は、大金を手に入れて自信を付けていった。

「しかし彼はまた言いました。『飽きた』と」

バイクを盗んで金に換えるのは面倒だからという安直な理由で、今度は現金を狙うようになった。個人商店のレジや金庫を狙った。おじさんは、いつの間にか高度なピッキングの技術を身に付け、深夜に店舗の鍵を開けて忍び込んだ。

「彼は天才的な才能を発揮しました。今思えば、何をやっても生きていけるだけの才覚があったのだろうけれど、使い方を誤った」

手口は巧妙化し、かつ大胆になっていった。やがて万能感のあまり、驕りが生じた。

高校二年の冬の深夜、酒屋に忍び込んでレジをこじ開け、根こそぎ金を抜いたところを、居合わせた店主に見つかってしまう。戸口で見張り役をしていた井端教授は間一髪で逃げ延び、出遅れたおじさんだけが取り押さえられた。

おじさんは過去の余罪も追及されて少年院送りになり、高校は退学した。おじさんは井端教授のことを決して言わなかった。

「自分だけ助かった負い目もあったけれど、私は開き直ることにしました。どうせロクでもないことばかりしてきたんだから、全部リセットしてその先を生きてみようと」

ここがおじさんと井端教授の人生の分岐点となった。

井端教授は猛勉強の末に安政大学へ進学し、学問の道へと進む。社会学を専攻し、社会的逸脱者の歴史を自らの中心テーマとして研究に励んだ。大学院に進み、准教授になった。

おじさんとは音信も途絶え、その消息を他の誰かから聞くこともなかった。

そんな二人の人生が、三十三年の年月を経て再び交差した。

「去年の夏休みの終わり頃、研究室に彼が訪ねてきました。まだ今みたいな入構制限もありませんでしたからね。外部の人でも入ってこられた」

井端教授が昼食から戻ってくると、研究室のドアの前に見知らぬ男が立っていた。

「『おお、久しぶり』という感じで声を掛けられ、最初は誰だか分かりませんでした」

「三十三年も経っていたとはいえ、分からなくなってしまうものでしょうか」

「年月が経っていたこともありますが……何より、顔が変わっていましたから。歳《とし》を取ってどうこうというレベルでなく、全く別人の顔に」

男は「俺だよ、俺。忘れちまったかい」などと親しげに話しかけてきた。変わり果てた見た目に囚われて咄嗟には誰だか分からなかったが、その語り口を聞いて記憶が蘇った。

戸惑う井端教授に、おじさんは空白の三十三年間を小噺《こばなし》のようにして語ったという。

少年院を出た後、当てもなく東京に出て暮らし始めた。バブル景気の末期にキャバクラのスカウトマンから頭角を現し、やがてその手腕が埼玉のキャバクラ王と呼ばれた暴力団幹部の目に留まり、店舗の経営を任され、二十歳そこそこでフロント企業の社長になった。

「彼はああいう感じで語るものだから、どこまでが本当か測りかねながら聞いていました。だけど聞いているうちに、ある程度は本当だろうと信じざるを得なくなってきたのです」

井端教授はノートパソコンで検索エンジンを起動させ、キーワードを入力した。

〈渋谷飲食店事務所放火事件〉

検索された記事には、事件の概要が記されていた。

二〇〇〇年一月二十日の白昼、キャバクラなどの飲食店を経営するフロント企業の事務所が放火され、従業員三名が死亡。わずかの時間差で外出していた経営者は、そのまま行方不明になった。

「この経営者というのが彼です」

九〇年代の末期、渋谷に店舗を進出させたおじさんは、そこでも成功を収め、他の組の系列店舗の客をどんどん奪っていった。

そんな中、渋谷に構えていた事務所が銃撃と放火を受けた。おじさんは従業員三人を死なせてしまった。おじさんは直前に外出していて、間一髪で難を逃れたのだった。

「皆さんに初めて自己紹介した時、残ったのは命ぐらいだとか言っていたでしょう。あの時私は、いったいどこまで話すつもりかと呆れながら聞いていました」

命を拾ったおじさんは、事務所に戻らず逃げ延び、ある女性のもとに身を潜める。

「王子芳恵《よしえ》という女性です」

静原が「王子」とオウム返しする。

「彼が十代の頃付き合っていた恋人で、私も芳恵のことは知っていました」

芳恵も地元の不良少女で、おじさんは二つ年下の彼女を可愛がっていたという。芳恵は面倒見のよいおじさんを慕っていた。ごく自然に二人は付き合い始めたが、おじさんが少年院に入ったのを機に自然消滅していた。高校を出た芳恵はその後、東京で水商売を転々として暮らした。暮らした。そこで新宿のキャバクラに客として来店したおじさんと再会した。

「彼は芳恵を大切に思っていた。かれこれ十年越しの再会で芳恵とよりを戻した矢先、渋谷の襲撃事件に見舞われたらしいです」

おじさんは王子芳恵と結婚し、練馬区内の芳恵のアパートに潜伏。芳恵の姓を名乗って「王子典之」になり、顔に整形手術を施して「新しい自分」に生まれ変わった。

「同じ五十歳の私と比べても、彼のほうが明らかに老けて見えるでしょう」

徹郎も静原も頷いた。確かに、最初の印象では一回り以上老けて見えた。

「男前過ぎたから顔をいじったとか、頭も禿げて好都合だったとか、軽口を叩いてました」

王子芳恵は、おじさんにとって、新しい人生をくれた人だった。

その後、おじさんは持ち前の生命力と営業力で仕事を転々とするようになる。飽きっぽくて長続きはしないがＷＥＢサイトのデザイン、襖の張替え、ショーパブの司会、外国人観光客のガイドなどで収入を得て、芳恵と慎ましく暮らした。

だが二人の穏やかな暮らしは、芳恵の重病によりわずか三年で終わりを迎えた。

「ではおじさんがよく『遠くに若くて可愛い彼女がいる』とか言っていたのは」

静原が思い出したかのように訊ねた。

「きっと芳恵のことでしょう。死んだ時はまだ三十歳を過ぎたばかりだったそうですから」

芳恵を弔った後、おじさんは王子典之として都内を転々として暮らし、身元がばれないようにしながら、様々な仕事で金を稼いで生活していた。

「彼の来し方をひとしきり聞いた後、今度は私から彼に訊きました。なぜ今頃になって私のところを訪ねて来たのかと」

テレビのワイドショーで井端教授がコメントしているのを見たという。

「単刀直入に訊きました。金が目当てなのかと」

ところが、おじさんの要求は「大学に入れて欲しい」というだけだった。聴講生の制度を紹介し、そして自分のゼミへの出入りを許した。

「足を洗った後の彼の人生は一風変わっているとはいえ、今で言う『フリーランス』で職を転々としながら生きてきた社会人です。学びたいというなら手助けしたいと思いました」

アカデミックだねえ。徹郎はふと、彼がよく口にしていた言葉を思い出した。

「彼が皆さんと楽しそうに過ごしているのを見て、私は素直に『よかった』と思えました」

しかし、書き換えたはずの過去が再びおじさんを捕らえようとしていた。

最近、井端研究室に男の声で不審な電話が掛かってきたという。

「王子典之さんという人がそちらにいませんか、と。私は『知りません』と言ってシラを切り通したけれど、あの様子だとある程度裏を取ってあるようです」

大学の近辺などでおじさんを待ち伏せしてはいないかと危惧《きぐ》したが、入構制限が厳しい現状が、この一件に限っては幸いした。

「彼に思い当たる節はないか訊ねたけれど、あの調子で『色んなところで恨みを買ってるから誰だか分かんないね』なんて笑って流すだけで。一旦どこかへ逃げたらどうかと勧めましたが、顔も変わってるから分かりゃしないと、呑気《のんき》に構えて取り合いませんでした」

とにかく気を付けるように忠告しても、おじさんは軽く受け流したという。

「まさか静原さんから大金を借りて逃げるとは……」

「しばらく待てばおじさんは帰ってくるかもしれない。私は信じて待ちます」

「もしお金が返ってこなかったら、私が返しましょう。そこそこのお金は持っているので」

「金の切れ目が縁の切れ目とは思いたくありません」

静原は静かに胸の内を吐露した。

「人は名乗ったものになれる。その言葉に背中を押されて私は少なくとも今は名乗ったものになれて、必要としてくれる人がいます。放置と無関心に晒されたそれまでの十何年間よりも私は自由で幸せになれています」

こんな消え方さえされなければ、静原にとっておじさんは恩人と呼べる人だった。夏海や他のゼミの面々と同様、大切な人であり続けるはずだった。

「だからこそ悔しいです」

胡散臭い人だった。どこまでが本当でどこからが作り話なのか分からない人だった。関わった学生を金ヅルにしようとしていたのかもしれない。それでもおじさんの「すずちゃんのやっていることには価値があるんだ」という言葉は本物だった。裏インターンと称してゼミのメンバーをそそのかす時の怪しさと、一転、成功した時に喜ぶ無邪気さ。交わしてきた言葉には下心や打算だけでなく、確かな真心や優しさがあった。

静原は訴えかけるようにそう語った。

「お金を持って姿を消したのもおじさん、『すずちゃんのやっていることには価値がある』と背中を押してくれたのもおじさんです」

それから静原は「親だった人」の話をした。手切れ金代わりに金を渡したこと、その後更に金を要求されたこと。おじさんに同じ額の金を貸したこと。それは誤謬の訂正であること。

静原の話しぶりとそれを聞く井端教授の様子を見る限りでは、以前から少しは親のことを聞かされていたようだが、金を要求された事実は初耳のようだ。

全てを聞き終えた後、井端教授は「なるほど、そうでしたか」と呟いた。

「やっぱり聞けば聞くほど、本当にどうしようもない親ですね」

井端教授の冷たい語気に、静原の肩が一瞬びくりと震えた。

「こんな風に言われると否定したくなる。そうではありませんか」

静原は少し間を置いた後、激しく首を横に振った。

「もうあれが最後の手切れ金ですから」

「その手切れ金を渡したのがまずかった。逸脱文化史でも学んだでしょう。一度金の無心に応じると、その後はカモにされるだけです。現にもう次の要求をしてきている」

「カモ……」

「二度と金の無心に応じないことです。そのためには連絡を絶つしかありません。静原さんにその覚悟があるならお手伝いしますよ。お金の件は私にも責任の一端があります」

井端教授は微笑みを湛えながら、試すような目で静原を見つめた。静原は俯いている。

「綺麗ごとじゃなく、そのほうが親のためにもなります。静原さんがこのまま金の無心に応じ続ければ、親のほうもどんどん駄目になっていく」

井端教授は顧問弁護士の名刺を差し出した。

「執拗に付きまとわれたら、ここに連絡してみてください。私を通してでもいい」

「私はカモ、なのでしょうか」

「残念ながら間違いないでしょう。もはや娘を思う真心や愛情は介在していないでしょう」

「分かっていたけれど改めて言われると苦しいです。でもありがとうございます」

それから静原は声も上げず、ぽろぽろと涙を流した。

徹郎は掛ける言葉もなくその沈黙をただ共有した。静原はかつて言った。「私と蜂矢君は似た者同士だから」と。確かに、親の庇護からの独立を画策した点においては似ている。だが静原のほうが遥かに絶望的な環境から己の道を選び取り、切り開いていた。

「また連絡が来るかもしれませんね。その時は都度私に相談してください」

それから井端教授は「気持ちの区切りはつきましたか」と問うた。

静原は人差し指で涙を拭ってから「はい」とはっきり答えた。

その時、井端教授の机上の電話が鳴った。

「私の研究室の電話なんて滅多に鳴らないんです。鳴る時はだいたい、ロクな話じゃない」

井端教授は受話器を上げるなり、徹郎と静原に何やら目配せをしてきた。井端教授が電話機のボタンを操作すると、スピーカーを通じて徹郎と静原にも相手の声が聞こえるようになった。電話機をハンズフリーモードに切り替えたらしい。

〈また同じことを訊いてしまってすみませんがねえ〉

男の声が聞こえてくる。丁寧な言葉遣いだがたっぷりと威圧感を含ませた声だ。

〈やっぱり色々確認したところですね、王子典之さんという人がそちらにいるようなんですよ。先生『知らない』って言ってましたけど、いますよね〉

「私は王子さんという人は知らないんですよ」

〈おかしいですね。安政大学の、井端先生のところに出入りしていると聞いたんですよ〉

「どこで誰からお聞きになった」

〈え？　風の便りですよ〉

「もしかしてお宅様が仰ってるのは、武田典之のことでしょうか」

井端教授はとぼけた答えを返した。

「武田ならつい最近まで出入りしてましたが、我々から金を騙し取ってどこかへ消えました。お宅様も同じ目に遭っていたりするのでしたら、どうかとっ捕まえてください」

〈おいおい、そう来たか。この間は、はぐらかしたってことか〉

男は咎めるように、聞こえよがしに舌打ちする。井端教授は怯む様子もなく「今の舌打ちは何ですか。失礼な人ですねえ」と挑発するように言った。

「お宅様は武田とどういう関係でしょうか」

〈友だちですよ。心配して探してるんです〉

「連絡先も知らないような友だちのことが心配で、行方を探してあちこち嗅ぎまわっているんですか。随分と暇ですねえ」

〈先生、あんまり怒らせないでもらえるかなあ。訊いたことに答えればいいんだけど〉

「この歳になって大学で学びたいっていうから、ゼミにも参加させてましたよ。飽きっぽい奴で、何も言わずどこかへ行っちまいました」

〈どこに行ったか知ってるんじゃないですか？　また隠してるでしょう。教えてくれれば、先生には危害は加えませんから〉

「なるほど。今のは、私を脅迫したと受け取ってよろしいですか。教えてくれれば危害は加えない。教えなければ危害を加える。上等ですね」

井端教授の声色が低く変わった。

〈へえ。安政大学教授、井端昇さん。今はホトケの井端って呼ばれてるんだって？〉

「便所の落書きみたいなネットの情報でも調べかじってきたか」

〈先生も、叩けばホコリが出てくる人みたいですよねえ〉

「こっちはハナから覚悟は決めて生きてるんだよ。どこのチンピラ風情だか知らないが、どうせ何も知らずにただ誰かの指示で脅せ、揺すれと言われてるんだろう」

まずい。議論のもつれを察知した徹郎は、反射的に挙手していた。

徹郎は机上のメモ紙にボールペンで〈ここで一度私に少しだけお話をさせていただけませんでしょうか〉と走り書きして井端教授に渡した。

井端教授は少し驚いた表情を見せたが、頷いて電話機の前から一歩後ろに退いた。

ハンズフリーのまま、代わって徹郎が電話機の前に進み出た。

「お話し中のところ大変恐縮でございます。お電話代わりまして、私、王子典之さんと同じ部屋に住んでおりました、安政大学総合文化学部四年の蜂矢徹郎と申します」

〈学生さん？　同じ部屋に住んでいたって？〉

「はい、さようでございます。大学のすぐ側にございます二人一部屋のドミトリータイプのアパートで、つい最近まであのお方と同じ部屋で生活しておりました」

徹郎はおじさんと同じ部屋で暮らした経緯などについて事実をそのまま説明した。

〈先生とは違って随分と協力的だね。なんだか気味が悪いなあ〉

蜂矢は机上にあったメモ紙にボールペンで〈私に考えがございます〉と記した。

「はい。私は全てお話しさせていただきたい所存でございます」

〈その喋り方どうにかなんないかな？　なんか、かえって腹が立つんだよね〉

「大変申し訳ございません。長らくの間、就職活動に全身全霊を捧げておりましたもので。常日頃から、このような話し方が定着してしまいました次第でございます」

〈へえ、就職活動ってそんな喋り方すんの？　気持ち悪い世界だねえ〉

「私の場合は特殊のようで、少年の頃から就職活動のためだけに生きてまいりましたので。にもかかわらず、私の就職活動は、あのお方によって妨害され、大失敗に終わったところでございまして、地の果てまでもお恨み申し上げる次第でございます」

ガクチカは、具体例を挙げながら信ぴょう性のある言葉で。

徹郎のガクチカは言うまでもなく就職活動である。徹郎は顔も素性も分からぬ電話越しの男に向かって、就職活動の日々と、おじさんが現れてからの混乱をありのまま話した。

〈分かった、分かったから。で、あの人はどこにいるの？　って訊いてるの〉

「先日来、彼は姿を消し、その恨みを晴らす機会すら失った次第でございます」

志望動機は強く、深く。今は、この学生はなぜ包み隠さず全てを話したがっているのかという動機に説得力を持たせるべし。

〈今までの話は要らねえよ。こっちは、ただ行方を教えて欲しいだけなの〉

「大変申し訳ございません。あのお方がどこでどう過ごされているか、それだけがどうしても分からないのです。今までのことならばいくらでもお話しできるのですが」

〈やっぱり隠してるんじゃないの？〉

「とんでもございません。あのお方の行方など情報が入りましたら、私からあなた様にご一報差し上げたいので、もしよろしければ、お名前とお電話番号を頂戴できますでしょうか」

〈いや、連絡はこっちからするよ〉

想定どおりだ。自分の身元情報や連絡先は知られたくないのだ。

〈蜂矢さんって言ったっけ？　そんなに言うんなら、あんたの携帯の番号教えてくれる？〉

「申し上げます。〇八〇―××××―××××。私、蜂矢徹郎でございます」

〈素直な学生さんだ。ちょっと別の電話から今の番号に掛けて確認させてもらおうか〉

疑っているようだ。徹郎は「どうぞ」と応じた。

〈ダミーの番号？〉静原が机上のメモ紙に走り書きする。

〈本物です〉徹郎は静原の走り書きの下に書き加えた。静原は「危ない」と声を潜める。

間もなく、徹郎のスマホが振動した。ディスプレイには「番号非通知」と表示されている。

自分の身元は用心深く隠したい意図が明らかに見て取れる。

「蜂矢でございます」

〈この番号で間違いないのね〉

「はい間違いございません。ではこちらの電話は一旦切らせていただきます」

徹郎はスマホの通話を切り、研究室の電話機を介しての通話に戻った。

「もしよろしければ私の部屋まで足をお運びいただき、部屋の中を捜索していただいても結構でございます。あのお方の頭髪や体毛、あるいは指紋ぐらいは検出できるかもしれません。

住所は東京都豊島区西池袋二丁目×―×。蜂矢徹郎でございます」

〈細かいことはいいから、こっちが知りたいのは今の居場所。それだけなんだけどさ〉

「その点につきましては、私どももあなた様と利害が一致するところでございます。大金を巻き上げられた被害者でございますので、警察に届けようかと皆で相談しております」

〈警察に届けるとかどうでもよくてさ、どこにいるか知りたいだけなの〉

「まさに論点はその一点に尽きるとのご指摘、仰るとおりでございます。私どもも、とにかく行方だけが分からず困り果てているところでございまして、警察に相談を……」

男は警察という言葉に反応した様子で〈また連絡するから〉と電話を切った。

静原が「家まで来たらどうする」とまた切迫した声で言う。

徹郎は「いらっしゃることはございません」と断言した。井端教授も「確かに、訪ねてくることはないでしょう」と笑った。

「相手が知りたいのは、王子さんの行方の一点です。他の情報を詳細に漏れなく開示して信頼度の高い情報だと証明することにより、その一方で、行方の一点だけは知らないことも証明する意図で、このような対応を致しました」

「なるほど。それはまた斬新な手法ですね」

「いいえ。これもある意味自己PRのようなものでございます」

相手の情報は何ら引き出せなかった。どういう関係の人間で、どんな目的でおじさんを探しているのかも分からない。せいぜい電話の話しぶりから、よからぬ筋の人間が、よからぬ目的で探しているのだろうという推測が立ったに過ぎない。ただ、こちらの持っている情報を開示し「役に立たない人間である」と信用させることには成功した。

「よく冷静に対応しましたね。蜂矢君が就活で鍛えてきた胆力、たいした度胸です」

「いいえ、声が震えぬよう抑えるので精一杯で、大変恐ろしい心地が致しました。とにかく先方との交信を今回限りにできるよう、居場所を知らないことの証明、すなわち役に立たないことの自己ＰＲ、その一点に必死でございました」

静原は「役に立たないことの自己ＰＲ」と繰り返して呟き「ふっ」と笑った。

「さすがに、あれだけ明け透けに話すのはどうかと思って、止めようか迷いましたよ」

「恐縮でございます。ただ実はひとつだけ、嘘を申し上げた点がございます」

静原が「それは何」と首を傾げる。

「王子さんに就職活動を妨害され、敗北したという点でございます。本当は、ありもしない敵に勝手に怯え、自滅しただけでございました」

徹郎は、口に出したことで初めて気付いたのだった。

「誰のせいでもございません。全ては私自身の不徳の致すところでございますので」

徹郎はなぜか、今の言葉をおじさんに伝えたかったと感じた。

「それに私は先ほど王子さんのことを悪《あ》しざまに語りながらも、一方でどうか無事に逃げおおせていただきたいと願う気持ちがございました。これは何とも不思議な心地が致します」

静原は俯いて何かを考えていた。それから「もしかして」と顔を上げた。

「おじさんはこのためにわざとお金を持ち逃げしたのかもしれない」

徹郎は「どういうことでしょうか」と訊ねた。

「おじさんが私たちに行方も知らせずいなくなったからこそ今の対応が成り立った」

静原の言うことは確かに事実ではある。

「私たちに被害が及ばないようにするためにわざと私のお金を持って逃げた」

「それはあまりに人が好《よ》過ぎる解釈だ……」

井端教授は苦笑した。

おじさんはカモフラージュのために金を持って逃げた。静原はそう思いたいのだろう。

「ゼミのメンバーも被害者だという事実を作れば、王子さんを庇《かば》う理由もなくなります。だからお金を持って逃げたという可能性も、ゼロではないと思料致します。よって静原さんの欲するままに想像されるのは差し支えないかと思料致します」

徹郎が弁護すると、静原は「ありがとう」と言った。

その後、ゼミのメンバーは幾度となくおじさんとの連絡を試みた。手を替え品を替えてメッセージを送ったが、なしのつぶてだった。

静原だけは何かを悟ったかのように、おじさんへの連絡を頑なに拒んだ。周りも静原に遠慮する節もあり、秋が深まる頃にはもう、おじさんのことを話す者はいなくなっていた。

第十章　彼は種を蒔いていた

〈安政大学　公式ホームページ　新着情報
２０２１年３月２日更新
令和２年度　卒業式・学位記授与式について
安政大学では新型コロナウイルス感染症対策を十分に講じた上、卒業式及び学位記授与式を次のとおり挙行致します。
日時：令和３年３月17日（水）※タイムテーブルは別途掲載。
会場：安政大学記念講堂
対象者：令和２年10月～令和３年３月までの学部卒業者
留意事項：新型コロナウイルス感染拡大防止の観点から、ご家族等のキャンパスへの入構につきましてはご遠慮いただきますようお願い申し上げます（インターネットにより映像配信致します）〉

これほど長く続くとは思ってもいなかった。

◆

安政大学記念講堂での卒業式は感染症対策のため、卒業生のみ出席で実施された。ご家族の方の出席はご遠慮ください、式の終了後は大学構内に滞留せず速やかに退出してください、会食は控えてください……。寿々歌には数々の制約に縛られた卒業式が、この一年を表す縮図のように思えた。

寿々歌たち井端ゼミの卒業生は、法学部・経済学部・総合文化学部の三学部合同での午前の部に臨んだ。簡素なプログラムの卒業式は、拍子抜けするほどあっさりと終わった。

終了後、総合文化学部の学生は三号館十階の講堂に集合した。学部卒業式の名目だが、学部長の祝辞だけで十五分程度で終了。その後、講堂内での記念撮影が許された。マスク着用という条件のもと、別れを惜しむ学生たちに対する大学側のせめてもの計らいだろう。

晴れ着やスーツに身を包んだ学生たちが、講堂のあちこちで誘い合い、写真を撮っている。寿々歌は誰と写真を撮るでもなく、ぽつんと隅に立ち、その様子を眺めていた。

「寿々歌、なに一人で黄昏《たそがれ》まくってんだよ？」

振り返ると、鴨志田が首から一眼レフのカメラを下げて立っていた。白のタキシードに赤い蝶ネクタイという出で立ちで、場違いも甚だしい。

「寿々歌、撮ってやろうか」

「魂を抜かれるから遠慮しておく」

「照れまくっちゃって。せっかくのビューティフルジャパニーズ着物コスチュームなんだからさ。寿々歌のインテリジェンス・オブ・クールビューティーが炸裂しちゃってるぜ」

「そういう発言はセクシュアル・ハラスメントに該当する恐れがある。慎んだほうがいい」

「お、今の、てっちゃんみたいじゃね」

鴨志田がゲラゲラと笑い出し、寿々歌も「あ……確かに」と、釣られて笑った。

「じゃあ後で夏海と一緒に一枚お願いします」

夏海は大勢の晴れ着姿の学生が集う講堂の中、語学のクラスで一緒だった友人たちと記念撮影をしている。寿々歌と一緒に選んだレンタルの晴れ着はとてもよく似合っている。

これだけきらびやかな中でも、やはり夏海はすぐに目に付く。

もうすぐ、この大切な友人とも頻繁には会えなくなる。そう思うと胸に迫るものがあった。思えば、入学当初は図書館と本さえあれば他に何もいらなかった。今は図書館以外にも名残惜しいと思えるものができた。それはきっと幸せなことなのだとも思う。

写真撮影を終えると夏海は友人たちと別れ、それからキョロキョロとあたりを見渡した。

「夏海、こっち」

寿々歌が呼ぶと、夏海は手を振って応じ、こちらへ歩いてくる。

「寿々歌、待たせてごめん。井端先生んとこ行こう」

一時間程度を条件として、ゼミ教員の研究室を訪ねての懇談が許されている。

「やべえ、夏海、美し過ぎて今日だけで百回惚れ直したわ」

「コハクもすごい浮いてるけど、見てるだけで元気が出るよ」

「まぶし過ぎてマジでナントカ菩薩《ぼさつ》みたく後光《ごこう》が射《さ》しまくってるわ」

鴨志田がカメラを向け、ちょうど窓を背景にして晴れ着姿の夏海を撮影する。

「ただの逆光でしょう。寿々歌、こっちこっち」

夏海は鴨志田に突っ込むと、逆光を避けて窓を離れながら寿々歌を手招きする。鴨志田が

「逆光のまんまで撮ろう」と言い張るので、そのまま撮ってもらうことにした。

「うわ、やべえ俺、泣きそう。二人並んで美し過ぎてダブルライトニングショットだわ！」

夏海と肩を寄せ合って、何枚かの写真を撮った。

「早く井端先生んとこ行かなくちゃ」

講堂を出て、井端昇研究室へ向かう。

晴れ着姿の女子学生がスマホを耳に当て「あ、お母さん？　式終わったよ」などと話をしている。寿々歌たちはその横を通り抜けた。

卒業生の家族はインターネットの動画配信で式を視聴することとなっていた。

寿々歌には卒業式を見守る家族はいない。親だった人との音信は途絶えた。何度も金の無心の連絡があったが、無視し続けていると、二ヵ月ほど前に止んだ。別のアテを見つけたのだろうか。いずれにせよ井端教授の言ったとおり、寿々歌はカモでしかなかったのだ。

これから先はもう縛られない、自分の人生だ。

研究室に着くと、井端教授が待っていた。

「卒業おめでとうございます」

井端教授は寿々歌と夏海と鴨志田を見渡した。それからタブレット端末に目を遣った。

「蜂矢君がまだのようですね」

卒業生ではない蜂矢は、大学構内に入れず、オンラインで参加することになっていた。

「蜂矢君は午前中に面接が入っているから少し遅れるかもしれないと言っていました」

間もなく、タブレットの画面に蜂矢が現れた。黒のスーツ姿で、画面を調節している。

夏海が「てっちゃんが来た！」と言って画面を指差した。

〈皆様、ご卒業、誠におめでとうございます。皆様の門出を心よりお慶《よろこ》び申し上げます〉

蜂矢は画面の向こうで深々と頭を下げた。彼は安政大学の「卒業延期制度」を使って、卒業を一年先送りし、就活に再挑戦する道を選んだ。必要単位は当然取り終えているが、十万円の学費を払って大学に籍を置く。いわゆる「就職留年」だ。

「てっちゃん、おつかれ！　ありがとね！」

夏海や鴨志田が手を振って応じる。

〈皆様と共に卒業できなかったことには一抹の寂しさを禁じ得ません〉

蜂矢の何気ない言葉に、寿々歌は一瞬固まった。隣の井端教授を横目で見る。目が合った。

「寂しいと思っている」

寿々歌は半ば詰問するような語気で確認した。

〈ええ、私の偽らざる心境を吐露致しました〉

「本当に……本当に寂しいと思っている」

寿々歌は画面越しに蜂矢の目をじっと見つめた。蜂矢はマスクで半分隠れた顔をほころばせ、〈ええ、とても寂しく思います〉と頷いた。

蜂矢は目の奥までちゃんと笑っていた。

今、蜂矢は寂しさを寂しさとして受け止め、その気持ちを皆に伝えたのだった。人間的な感情に目覚め、自らの意思でそれを伝えることに時間と労力を割いた。

二年間蜂矢を観察してきた集大成が、小さな結晶となって現れたような心地がした。

寂しいと思えるならば大丈夫だ。蜂矢はきっと救われると信じた。

「蜂矢君もそう思ってくれていて、よかった。私も一緒に卒業できなくて寂しい」

寿々歌の視界が俄《にわ》かに滲んだ。蜂矢の中で他者への関心が確かに育まれている。きっとあのまま就活に「勝利」していたら手に入れられなかったものだ。

「おおっ、寿々歌とてっちゃん、もしかしていい感じ？　卒業フェスティバルに土壇場のスーパーファイナルロマンスで……」

「いや、それはあり得ない」

必要以上に語気を強めて鴨志田を遮ってしまった。

〈鴨志田さん、そういったご発言は静原さんに対するセクシュアル・ハラスメントに該当する恐れがございますので、厳に慎んでいただきますようお願い申し上げます〉

鴨志田が「出た、てっちゃんの名言！　これで聞き納めか」と笑う。

「てっちゃんは変わんないねえ！　ブレなくてホントにすごいよ」

夏海が心底楽しそうに笑う。最後まで蜂矢の良い面だけを見て、敬意を隠さない。この徹底的な無邪気さが蜂矢を傷付けていたし、蜂矢を救ってもいた。

「皆さん、よい形で卒業できてよかった。蜂矢君も頑張ってください」

〈皆様に後れを取っておりますが、全身全霊で引き続き就活に精進致します〉

「たまにはゼミにも参加してくださいね。新四年生には就活のことは蜂矢君に教えてもらうよう言ってありますので」

〈失敗談のほうが多くなりますが、反面教師としてならば喜んで〉

寿々歌には、蜂矢が謙遜などでなく本心から言っているのだと分かった。就活に勝つために全てを懸けてきた彼が、なぜ思いどおりにいかなかったのか。その先に何があるのか。今の蜂矢ならば話すことができる。

「皆さん、月が替われば社会人ですか。浜本さんは四月から勤め人ですね」

「そうです、勤め人ですよ。先生に言われると実感が急に湧きますね」

夏海はサイバーエンタ社でオンラインイベントの企画運営部署に配属されることとなった。

「何も分からないけど、なんとかなります。早起きだけは得意だから多分大丈夫です！」

夏海が言うと皆が笑った。鴨志田が「起きれなかったら俺が夏海の目覚まし時計になるし」と惚気《のろけ》るが「コハクは今日も遅刻ギリギリだったでしょ」と暴露する。

鴨志田は猫動画『ふて猫トゥモローの部屋』で、猫愛好家向けの雑誌や、動物動画の配信サイトなどから引っ張りだこ。猫マイチューバーとして着々と人気を得ている。

「今年の四年生も、みんなそれぞれ色とりどりで楽しかった」

井端教授がしみじみと呟き、皆で立ち話での思い出話に花が咲く。

最後の一年は顔を合わせることもままならなかったが、このゼミのメンバーで影響し合ったからこそ今がある。寿々歌はそう思えた。

主に夏海と鴨志田が記憶の引き出しを次々と開けて語るのを、蜂矢は微笑みながら聞いていた。とりとめもない思い出話が続く中、皆が明らかに避けている話題があった。

そして誰かが切り出すのを、待っているようでもあった。

〈盆田さんがテーブルマジックに挑戦されるのを見届けたこともございましたね〉

蜂矢が皆の空気を察したのか、核心をきれいに避けながらも、話題を寄せてきた。

「おじさん、生きてんのかねえ」

夏海が寿々歌のほうを向いて遠慮がちにポツリと呟いた。ゼミのメンバー全員の記憶と、そして人生にまで爪痕を残していったおじさんだが、今やタブーのような扱いになっていた。

おじさんが姿を消した後、井端教授は毎月三万円ずつを寿々歌に払っている。

〈あのお方の生命力に鑑みれば、どこかでしたたかに生存されていると拝察致します〉

「マジで、どこでどうしてんだろう。寿々歌を裏切ったのは許せないけどさ！　でも俺のターニングポイントをプロデュースしてくれたのもおじさんなんだよね」

鴨志田が言った。おそらく皆同じような気持ちを抱いているだろう。おじさんに出会った自分と、おじさんに出会っていなかった自分では、明らかに違っていたはずだ。

「実は、今日は、彼の話も皆さんにしなければなりません」

井端教授が、意を決したように切り出した。

「え、先生、おじさんがどこにいるか知ってるんですか」

夏海が緊迫した様子で訊ねた。寿々歌も思わず身を乗り出した。

「残念ながら、どこにいるかは定かではありません」

姿を消してから約八ヵ月が経ち、音信不通のままだ。嫌な予感が頭をよぎる。

「ただ、昨日、こんな郵便物が研究室に届きました」

井端教授は定形サイズの茶封筒をテーブルの上に滑らせ、寿々歌に向かって差し出した。宛名は井端昇研究室気付・静原寿々歌様ほか、となっている。

「主に静原さん宛てのようなので、まだ開けていません」

消印は福岡市内の郵便局になっているが、住所が書かれていない。寿々歌は封を開けて中身を改めた。無造作に札束が突っ込まれていた。

「うわ、普通は現金書留で送るでしょう」

夏海が口に手を当てて呆気に取られている。驚くのはそこじゃないだろうと思いながら、寿々歌は封筒の奥に手を入れた。

ノートの切れ端のような紙が入っていた。汚い字でメッセージが書かれている。

寿々歌は、皆に内容を知らせるため、読み上げた。

〈寿々歌さまへ。遅くなってごめんなさい。本当は耳を揃えて全額返せるんだけど、倍にして返すからもう少し待っててちょんまげ。とりあえず五十二万三千円だけ返します〉

「五十二万三千円？　なんでそんな中途半端な金額なんだろ」

夏海が言うと鴨志田が「五十二、五十二」とブツブツ呟き始めた。

「五十二、五十二、ご自由に……。自由だ！　フリーダムだ。気付きまくっちまった！　おじさんからの意味ありげなメッセージ？　意味分かんねえけど超ミステリアスだ」

夏海が「コハク、ちょっと黙っててね」と鴨志田を宥めた。

寿々歌は札束を左手に挟み、右手の指で素早く弾いて数えた。

「本当に五十二万三千円だ」

預金通帳らしき写真が添付されており、五十二万三千円を引き出した履歴も写っている。

「引き出す前の残高は、四百五十二万三千円……」

寿々歌は残高を読み上げた。端数の三千円までを引き出し、四百万円を自分の手元に残している。倍にして返すための元手の資金を残すためということか。

相変わらず、何もかもが本当か嘘か分からない人だ。

「倍にするとかって、まずは借りた分を返してから言って欲しいよね……」

〈そのお札も本物かどうか銀行などで確認されたほうが安全かと存じます〉

蜂矢が言った。確かに、怪しさ満載の札束だ。偽札である可能性も否定できない。

「もう一通手紙が入ってる」

またノートの切れ端のような紙に、みみずの這ったような字が書き付けられている。

皆の視線に急かされるように、寿々歌は手紙を読み上げた。

〈ナマグサ教授へ。先に封を開けちゃった時のために言っておくが、ネコババしないでちゃんとすずちゃんに渡してくれ。

カモシへ。猫の動画は儲かってるか。儲かり過ぎた分は俺に預けてみねえか。

なっちゃんへ。カモシが嫌になったらいつでも俺んとこにおいで。元カレより〉

「ふざけてないで、他に言うことないのかな。ねえ、寿々歌？」

夏海は呆れ返りながらも、寿々歌のために怒っているといった感じだ。

〈みんな卒業おめでとう。てっちゃんは就活頑張れよ〉

最後は皆の卒業を祝いつつ、蜂矢の就活を激励する言葉が記されていた。

「あれ？　どうして、てっちゃんが卒業しないで就活続けてること知ってるんだろう」

夏海が疑問を呈した。確かに、誰も連絡を取っていないのに、なぜ知っているのだろう。

寿々歌は続きを読み上げた。

〈大江戸《おおえど》製菓《せいか》、夕日《ゆうひ》ビール、帝都《ていと》エンジニアリング。節操がないね〉

蜂矢は顎に手を当てて聞いていた。三月に経団連加盟の企業も採用活動が公式に解禁され、蜂矢は様々な企業のオンライン会社説明会に参加している。

〈確かに、今挙げられていた企業には、いずれも三月に入ってエントリー致しました〉

「え！　じゃあ、なんで知ってるんだろう。なんか怖いんだけど……」

夏海は「どっかで、てっちゃんの跡をつけてるとか？」と怯えた様子で言った。

寿々歌はふと思い出し「あ」と声を出していた。

「蜂矢君がSNSに書いた企業だ。おじさんは蜂矢君のSNSを見て近況を知っている」

蜂矢の最近のSNSの投稿を思い出したのだ。彼は就活の記録をつぶさに投稿している。

「なんだかんだ言って、てっちゃんのこと気にしてるんだね。まあ、生きてるようだから、よかった。お金も一部だけど一応返ってきたし」

夏海が寿々歌に向かって「やれやれ」という体で言った。

おじさんはどこかで生きている。安心する自分が少し嫌になる。

皆がおじさんの現在について、好き放題言い始めた。しぶとい人だから心配無用だとか、また「こいつはカネになるぜ」なんて言いながら生きているのだろう、とか。

寿々歌は謎の金額で一部だけ戻ってきた怪しい札束を手にしたまま、皆の話を聞いていた。結局みんな笑っている。あのどうしようもない中年男の話をする時、なぜかみんな笑ってしまうのだ。井端教授も諦めたような微笑みを浮かべていた。寿々歌も釣られて笑った。

そして、蜂矢も笑っていた。

笑う度に、皆のマスクが楽しげに揺れ動く。

笑う皆を見て、まるでポツポツと小さな花が咲いているような、そんな心地がした。

あの人は無責任に種だけを蒔《ま》いて、どこかへ去って行ってしまった。

でも蒔いた種の分だけ、こうして花が咲いている。もしかすると、実ができる頃を見計らって、収穫をしに戻って来るのではないだろうか。

このお金は、まずは本物かどうか確認をして、しばらくの間は手を付けずに取っておく。あの人のことだから、どこで工面したお金か分からない。悪いお金だったら返さなければ。

それから皆、井端教授を囲んでゼミ論の話を始めた。寿々歌は少し取り残された。

画面の中の蜂矢と目が合った。

〈そろそろお暇《いとま》をさせていただこうかと存じます〉

寿々歌は頷いた。何と声を掛けようか思案したが、先に蜂矢が口を開いた。

〈静原さんがくださった『堕落論』を遅れ馳せながら拝読致しました〉

井端教授が「おや」といった様子でこちらへ目を遣った。

「いや、あれは私のでは……」

〈友人から頂いた本を拝読するのもまた、新たな発見があって新鮮でございました〉

「あの、だからあれは私のではなく……」

〈誤謬の訂正のお話で、ピンときた次第でございます〉

しまった。

〈『堕落論』に収録された『不良少年とキリスト』という随筆の中に、誤謬の訂正の話が記されておりますね。そういえば以前に静原さんが誤謬の訂正のお話をされていたかと〉

作者の坂口安吾が友人・太宰治《だざいおさむ》の死に際して書いた随筆『不良少年とキリスト』で、太宰の生前の言動について、誤謬の訂正を引き合いに出しながら述懐している。

〈誤謬の訂正の出典はフロイト心理学ですが、きっと静原さんは『堕落論』で読まれたのであろうと拝察致しますがいかがでしょうか〉

「私が無理に薦めても読まないかなと思って、だけどももしも部屋に置いたままでいつか読みたいと思う時があったらとも思って……」

しどろもどろになった言い訳を蜂矢は〈ありがとうございます〉と遮った。

〈堕ち切ったところから光を求める。その心意気で邁進してまいりたいと思います〉

蜂矢はまたマスクの上で目を細めて笑った。寿々歌はその笑顔を見て、彼はもうきっと大丈夫だと思えたのだった。

◆

徹郎は、卒業する同級生たちを画面越しに見送ってオンライン会議から退出し、再び下宿の部屋で一人になった。

寂しいと感じていることに徹郎自身が驚いていた。静寂の中に戻ると、一人だけ共に卒業できなかった寂しさが一層身に染みる。

だがこれは自分で選んだ道だ。

堕ち切ったところから光を求める。今の自分の背中を押す言葉だ。

総菜パンで昼食を済ませ、夕日証券《ゆうひしょうけん》のプレミアムWEB座談会の開始時間を迎えた。

昨年の秋から就活を再開した徹郎は、冬季のインターンに参加し、複数の企業で特別の選考ルートに乗った。今回の夕日証券のプレミアムWEB座談会も、そのうちのひとつだ。

ノートパソコンを再び開き、WEB座談会のURLにアクセスすると、分割された画面の上段に四名の社員が待機していた。その下に、就活生十名が続々と参加してきた。

男性社員が和《なご》やかに自己紹介を促す。画面左端に映る徹郎がトップバッターとなった。

〈蜂矢徹郎と申します。実は、四月から五年生となります。色々と思うところがございまして、もう一年、大学に留まりながら就職活動に励む決意を致しました次第でございます〉

卒業して就職活動を続ける選択肢もあったが、敢《あ》えて留年する道を選んだ。大学に休学許可を申請し、十万円の学費を支払ってもう一年大学に籍を置くこととなった。

再スタートを切るにあたってゼロから自分を見つめ直し、もう一度、全力で就活にチャレンジしようという結論に至った。

ただし、これからの就活は今までとは違う。

就活を楽しもうと決めた。

七年もの間、就活に関わるノウハウと経験だけは積んできた。ならばその力を少しでも楽しむ方向へ振り向けるのだ。

この気持ちを就活掲示板に書き込んだら「就活を楽しむなんて有り得ない」「変態かよ」と笑うコメントが並んだ。就活はひたすら苦しいもので、楽しむものではないだろうと。

確かに、昨年までの徹郎ならば、同感だっただろう。楽しむなどもってのほか。就活は敵を倒して勝ち残ることだけが求められる戦場なのだと。今後の人生を決める戦い。負けたら人生が終わる、決して負けられない戦いであり、悲壮な覚悟を持って臨むべしと。

あの中三の夏からの七年余の間、就活が人生の勝敗を決めると本気で思い込んでいた。就活で成功したものこそが人生の勝利者であり、失敗すれば敗北が決する。やり直しは利かないサドンデス・システム。そういうものだと思っていた。

だが失敗に終わった一回目の就活で、徹郎は思い知った。勝負ではなく選択なのだと。

ゼミの先輩や同期たちに教えられた。皆、自らの道を、自らの意思で選び取って進んだ。

徹郎はただ選ばれることだけを熱望していた。採用、不採用という明確な結果が示される競争システムの中で、ひたすら、選ばれて勝つことにしか興味がなかった。

徹郎はもう選ばれないと決めた。

自らの意思で選び取った道を行くのだ。

二回目の就活に臨むに際し、不安もあった。留年や二回目という状況が、不利に働かないか。だが徹郎は、再挑戦を選択して心底よかったと思うのだ。二回目だからこそ見える景色や、新たな出会いもある。きっと人生にサドンデス・システムなど存在しないのだろう。

次々と現れる選択肢を前に、大小の選択が絶え間なく続く。人生は選択の連続であり、勝つこともなければ、負けることもない。ただ心の声に耳を澄ませ、選び続ける。

〈友人が学生投資家として活動しており、私も就職活動に再挑戦するにあたり、証券会社に興味を抱きました次第でございます。本日はよろしくお願い申し上げます〉

総合商社への思いは変わらないが、他の業界も、もう一度広く見てみたい。もしかすると他の業界との運命的な出会いもあるかもしれないと思うようになったのだ。

他の就活生たちの自己紹介を聞きながら、徹郎は手元のノートに熱心にメモを取った。去年まで、心の中で敵情視察とか敵情分析と位置付けていた作業だ。

しかし今は、純粋な「他者への関心」に突き動かされている。どんな社風の企業に、どんなタイプの学生が集まるのか。自分なりに考えると、見えてくるものがある。興味を持った業界や企業を見て回る。そこで相対した社員、同席した他の就活生をよく見て、その人々の話を心に留める。

こんなにも多くの企業を見て回り、時を同じくして社会に出る同年代の学生と触れ合えるのは、就活の時期ぐらいだろう。そう考えれば、就活も楽しめるものではないかと思うのだ。

ふいに、あの中年男の問いが記憶の奥底から蘇る。

〈生きてて楽しいか？〉

今ならば自信を持って答えられる。

私なりに楽しんでおりますと。

〈友人との思い出で印象に残ったことは何ですか〉

社員の一人が砕けた質問を投げた。徹郎は少し考えた。

〈ある友人が私にこう言ってくれました。『私は蜂矢君よりも蜂矢君のことを知っている』

と。初めは大変不気味に感じましたが、友人たちは本当に私の知らない私を知っていて、私自身、大変色々な気付きがございました〉

話し出すと、次から次へと言葉が溢れてきた。こんなにもたくさん話すことがあるのだ。

少々話し過ぎたか。今回は落とされるかもしれないが、それもまた縁だ。

〈ルームシェアで五十歳の同級生と同居した期間もございまして〉

画面上の社員、学生たちの表情が俄かに変わった。マスクの上の目が「え？」と驚きの表情を滲ませている。

誤算だらけだった一度目の就活を経て、違う景色を見てきた。周りは敵に囲まれていて、一人で戦っていると思い込んでいたが、決して一人ではなかった。

随分と遠回りしたが、七年余にわたる大誤算を経て、徹郎はスタートラインに立った。

エピローグ

レストランでの立食式のパーティーは宴たけなわとなり、新郎新婦の友人たちによる余興が繰り広げられていた。

寿々歌は会場の隅にぽつんと佇み、その様子を見ていた。

盆田がカードマジックを披露している。トランプの束から夏海に一枚引かせ、束の中に戻す。盆田が指を鳴らして束の一番上のカードを裏返すと、見事に引いたカードが現れた。

新橋の居酒屋へ盆田のマジックを見に行ったことが、昨日のことのように思い出された。

右手に提げていたハンドバッグの中で、スマホが振動した。

〈今日は　おじさん　さんの誕生日です。お祝いのメッセージを送りましょう〉

SNSの通知が届いていた。卒業して四年が経つが、毎年おじさんの誕生日の通知が届く。

奇《く》しくも今日は、おじさんの誕生日だった。

あの札束の封筒を機に、寿々歌はおじさんを信じて待つことにして、井端教授からの月々三万円の弁済も止めてもらっていた。だが、あれ以来全く音沙汰はない。

〈大変ご無沙汰しております。生きていれば今頃、五十五歳の誕生日でしょうか。おめでとうございます。夏海と鴨志田君が結婚することになりました。今日はちょうど結婚式です。お祝いの言葉などがあればお預かりしますので私・静原寿々歌までお知らせください〉

おじさんの幽霊アカウントに、メッセージを送った。気持ちに区切りがついた気がした。

昼間の披露宴では、新郎新婦の友人代表としてスピーチを読んだ。滅多に泣かない夏海が、涙ぐんで抱きしめてくれた。

〈ゆっくり話して大丈夫だよ。アタシどこにも行かないからさ〉

夏海のこの言葉を聞いた日から、寿々歌は少しずつ人と話せるようになった。

今日、結婚披露宴でスピーチの大役を果たせたのは、せめてもの恩返しかもしれない。

二次会の余興も佳境に入り、鴨志田のマイチューバー仲間が面白動画を披露していた。

「リンベル先生、久しぶり！」

振り向くと、加賀美が立っていた。加賀美は手に持ったビールグラスを掲げた。

「いつから来てた」

「さっき着いたところだよ」

グレーのスーツはパーティー用ではなく明らかにビジネス用だ。仕事上がりに駆け付けたという。加賀美は帝都商事でベンチャー企業などと連携してビッグデータの活用事業を進めていて、土曜も展示会などで出勤することが多いのだと、楽しげに近況を語る。

「蜂矢君は？　着いてからずっと会場の中探してるんだけど」

「今日は来られなくなった」

ぎりぎりまで調整をしていたが、三日前にどうしても来られないと連絡があった。

加賀美は「残念だなあ」と心底悔しそうに呟く。蜂矢のことが余程好きなのだろうか。

「蜂矢君はもうすぐ登場する」

今日の寿々歌には、この二次会でもう一度、大役が回ってくる。

寿々歌は、蜂矢から「ビデオレター」を預かっていた。

司会の女性が、余興タイムの終わりを告げた。

「新郎・琥珀さんのご友人によるプロの面白動画の数々でした。もう一度拍手を！」

いよいよ寿々歌の出番。いや、蜂矢の出番だ。

寿々歌はマイクを手渡され、紹介を始める。

「新郎新婦共通の友人の蜂矢徹郎さんから『ビデオレター』を預かっています。披露宴で流したいと思ったのですが、蜂矢君は『披露宴で流すには不適切な映像でございますので、必ず二次会等のインフォーマルな場で流してくださるようお願い申し上げます』との意向です。当日のその場になるまで絶対に開けないよう言われており、私も初めて見ます」

蜂矢が言うところの「披露宴で流すには不適切な映像」とはどのようなものか。会場の関心が高まった。

「彼は新婦・夏海さんが勉強や就活で師匠と仰いで尊敬していた人物です。夏海さんは蜂矢君から多くのことを教わり、就活を乗り越え、今の仕事に巡り合えたのだと思います」

　過去の思いに蓋をして二人を祝う蜂矢を思えば、このぐらい言ってやりたかった。

　夏海がマイクを取り上げた。

「今、寿々歌が言ってくれたことは大げさじゃなくて本当です。てっちゃんが色々教えてくれたから勉強も就活もなんとか上手くいきました。私の師匠で、恩人です」

　今の言葉は蜂矢に伝えようと思った。

「では『ビデオレター』をご覧ください」

　蜂矢は広大な砂漠と草原を背景にして、グレーの作業着姿で画面に登場した。まず画面に向かって深々と一礼した。

　二度目の就活でも帝都商事への入社は叶《かな》わなかったが、海外でのインフラ整備に強い紅友商事に入社し、三年目の現在、海外赴任している。一度目の就活の時、蜂矢は紅友商事の最終面接で本人曰く「万死に値する醜態」を晒したが、翌年に捨て身で再挑戦。最終面接では前年と同じ役員が出てきたという。改心した姿勢が認められたのだろう。

〈浜本夏海様、鴨志田琥珀様、この度はご結婚まことにおめでとうございます。私は今、アフリカの地で、水道を敷設《ふせつ》する事業に従事しております。本日は参上すること叶わず、地球の遥か彼方《かなた》よりお祝いを申し上げる次第でございます〉

　鴨志田琥珀様は在学当時から猫のマイチューバーとして名を馳せ、今や世界中のユーザーから云々《うんぬん》……。浜本夏海様はサイバーエンタ社において投げ銭ライブ配信事業の若きディレクターとして辣腕《らつわん》を振るわれていると仄聞しており云々………。

とにかく新郎新婦の人柄を褒めたたえ、どれほど素晴らしい人物かを滔々《とうとう》と語る。だんだんと会場がざわめき始めた。

「これって、披露宴の上司のスピーチみたいじゃない？」

「いや、実際の上司よりも上司っぽい」

皆が口々に言い出した。夏海の会社の同僚たちは、今日の披露宴でスピーチした若き上司と比べて、蜂矢のほうが上司っぽいと笑う。

「蜂矢君、わざと上司のスピーチっぽく喋ってるよ」

加賀美も笑っている。

蜂矢は実際の上司がスピーチする披露宴でこの映像を流すのは不適切と考えたのだろう。

上司っぽい蜂矢が四角張った言葉で二人を褒める度に笑いが起こった。

驚いた。こんな形で多くの人の笑いを取るようになったとは。そしてまた、これを不適切と言って恐縮する蜂矢は、相変わらず生真面目だとも思った。

〈最後に、ひと言申し上げます〉

蜂矢はひと呼吸、少し不自然な間を置いた。

〈かつて大学生の頃、私はゼミの同期でいらした新婦・浜本夏海様を心よりお慕い申し上げておりました。出しそびれておりましたエントリーシートを今ここに提出申し上げますので、採用選考の対象外として速やかに廃棄していただけましたら幸いでございます〉

「すぐに映像を止めてください」

寿々歌は反射的に、映像・音響係の友人に指示を出した。不適切にもほどがある。

再生が一時停止され、蜂矢は皆の反応を待つかのように、会場に向かって微笑んでいる。

以前の顔に張り付いたような笑顔ではなく、どこか不敵で悪戯っぽい笑みだ。

会場がどよめく中、寿々歌は恐る恐る高砂席《たかさご》の二人に目を遣った。すると、鴨志田がマイクを手に取った。

いくら能天気な鴨志田でも、これはさすがに怒っただろうか。

「やべえ、てっちゃん。地球の果てからグローバルアタックかましてきた。天才だわ」

鴨志田はなぜか意味不明の感涙に咽びながら大笑いしている。

「……なかなか衝撃的な『ビデオレター』ですが……夏海さん、いかがでしょう」

司会進行の女性が恐る恐る夏海にコメントを求める。

「はい、速やかに廃棄させていただきます！　でもてっちゃん、ありがとう！」

この二人だからこそ大笑いして受け止めているものの、普通なら、いかに新郎新婦共通の親しい友人であっても冗談では済まされない悪ふざけではないか。

新郎新婦に確認を取って、続きを再生する。

〈私は大変残念ながらご縁がございませんでしたが、お二人のご多幸と今後のご活躍を心よ

りお祈り申し上げます〉

明らかに、就活のお祈りメールのテンプレートに乗せた祝辞で、会場は笑いに包まれた。

「てっちゃんって、こういう冗談言う人だったっけ」

「いやあカッチカチの硬派だった気がしまくってたけど」

新郎新婦は二人揃って大満足のようだ。一歩間違えればまさに「放送事故」だった。

二人の反応を見て、会場も再び笑いに包まれる。

加賀美が、盆田が、多良木が、井端教授が、皆それぞれスクリーンに目を遣りながらなんとも言えない笑みを浮かべている。

結果オーライ。とはいえ、寿々歌はすっかり疲れてしまった。

賑やかな二次会も終わり、寿々歌は池袋の自宅に戻った。スマホを確認すると、計ったようなタイミングで蜂矢からメッセージが入った。

〈平素から大変お世話になっております。ビデオレターはお楽しみ頂けましたでしょうか〉

〈大変なことをしてくれましたね。寿命が三年ほど縮まりました〉

〈かつて静原さんにご助言頂きました『エントリーシート』を出し忘れておりましたので、ご提出申し上げました次第でございます〉

〈提出期限を著しく超過している上に提出方法も極めて不適切〉

蜂矢とメッセージの応酬をしているところに、別の差出人からメッセージが入った。

寿々歌は画面を二度見した。それからじっと見つめた。

差出人は「おじさん」と表示されている。

二次会の途中で送ったメッセージへの返信だ。当然、返信はないものとして、何か心の区切りをつけるために送った。軽々しく返事などされては困るのだ。

〈ご祝儀だ！　もうすぐ倍にして返すから、待っててちょんまげ！　おじさんより〉

たったこれだけの短いメッセージと共に、札束の画像が添付されていた。

札束は本物か偽物か分からないし、画像も適当に入手したダミーかもしれない。

もう一度メッセージを読み返す。

あまりにも短くて、軽すぎる。そして、すぐに返信するには、あまりにも言いたいことが多すぎる。どうすればよいか分からない。

〈助けて。今すぐに話したい〉

寿々歌は蜂矢にメッセージとオンライン会議のアドレスを送った。

〈承知致しました。少々お待ちくださいませ〉

蜂矢はあの時と同じように、理由も訊かずに応じてくれた。

夏海と出会い、おじさんと出会った似た者同士の二人が語る、長い話になるかもしれない。

謝辞

この物語を書くにあたり、法政大学国際文化学部教授の前川裕先生とゼミの学生の皆様にお話を伺いました。

ゼミにお邪魔したのは二〇一九年の秋でした。前川先生が作家として光文社さんから小説を刊行されているご縁で、取材の機会を頂戴しました。ゼミのディスカッションの様子などを見学させていただいた後、当時の三年生、四年生の皆様から就活の状況や大学生活などについて、たくさんのことを教えていただきました。お忙しい中、私のとりとめもない質問にも温かく真摯にお話ししてくださり、かたじけない思いでいっぱいでした。

取材当時はまだ、新型コロナウイルスなどという言葉を耳にすることすらありませんでした。その後、大変な困難の中で皆様それぞれの道を進まれていることと思います。

前川先生をはじめ、お話を聞かせてくださった皆様に、この場をお借りして心より感謝申し上げます。ありがとうございました。

なお、この物語はフィクションであり、作中の記述は全て著者の責による旨を申し添えます。

二〇二一年　十月吉日　安藤祐介

解説

狩野大樹《かのうひろき》
（八重洲ブックセンター上大岡店）

安藤祐介さんとのお付き合いは、すでに10年以上になります。

まだ私が他の書店の店長だった2012年に、『営業零課接待班』が講談社文庫の新刊として発売されたときのことです。カバーの北極まぐさんのイラストの可愛《かわい》さと、昭和と平成の2つのテイストを混ぜ込んだ〝お仕事小説〟という切り口のユニークさに、これは仕掛けたら売れるぞと感じてすぐに店頭で展開しました。すると、そのことを知った安藤さんが編集さんとともにご来店、本にサインもしていただいたところ、1店舗だけでトータル1000冊以上も売れたのです（新刊台には、ご本人の直筆色紙を飾っていました）。

そして月日は流れ、そのお店が閉店することになったその折りに、ちょうど発売が決まったのが『本のエンドロール』（講談社2018年、2021年講談社文庫に）。このときも、安藤さんと編集さんがプルーフ（原稿の試し刷り）を持ってご来店され、3人で食事をしながら内容について語り合いました。発売日がほぼ最終営業日に当たっていたのですが、安藤さんと出版社さんのご厚意により店頭で販売することができ、完売したのも忘れがたい出来事です。本屋大賞では11位と、惜《お》しくもベストテン入りを逃したのも悔しい記憶として残っています。

安藤さんは、様々な職業に就く人たちを通し、人生を描く作家として注目を集めてきました。

近年の作品をとっても、『逃げ出せなかった君へ』『夢は捨てたと言わないで』『仕事のためには生きてない』（いずれも単行本時のタイトル）など、働く人たちの仕事に対する意識や葛藤、日々の生活や進む道、そして友情や恋愛などに焦点を当てています。どれも、私たちの身近に起こりうる話ばかりで、一つひとつのエピソードが深く心に刺さってくるのです。感情を大きく揺さぶられる作品も多いので、涙腺の弱い方はぜひハンカチをご用意ください！

今作『選ばれない人』（単行本時のタイトルは『就活ザムライの大誤算』）は、これから社会に出て働こうとする、就職活動真っ只中の大学生たちを描いています。

まずは、主人公の「就活ザムライ」こと蜂矢徹郎。小さな町の自動車整備工場を営む父の苦労を幼い頃から見ていた徹郎は、大学生活を、いや人生の全てを一流商社への就活に捧げます。完璧な敬語と笑顔で周囲と接し、常にスーツを着用。その徹底ぶりが滑稽《こっけい》に映ると同時に、完璧すぎるゆえの危うさも感じられて序盤からハラハラさせられます。

　徹郎の就活仲間も個性豊かです。誰からも好感を持たれる太陽のような存在のヒロイン・浜本夏海、夏海とは対照的に人との関わり合いが苦手で、両親との間にも問題を抱えている静原寿々歌、自由奔放でマイペースな資産家の息子・鴨志田琥珀、マジックが得意で就活苦戦中の益田要、83もの会社にフラれながらもせっせと就活日記を書き続ける多良木正太郎。

　そんな学生たちを温かい目で見つめる（?）のが、人生経験は豊富だけど胡散《うさん》臭さ満載の「おじさん」こと王子典之、そして元暴走族という異色の経歴を持つ「日本逸脱文化史」ゼミ主宰の井端教授。

　そんな多彩な登場人物が、一つの物語の中で、ぶつかり合い、交じり合うのですから、面白くないわけがありません。


　本書の構成を分析すると、物語が大きく3つの流れによってできていることがわかります。1つ目は、就活に全てをかけながらも、その思いが強すぎるあまりにやがて歯車が狂い始める徹郎の物語、2つ目は、秘めた才能をおじさんに開花させられることで変わり始めた学生たちの成長譚《たん》、そして3つ目は、そもそも、おじさんは一体何者なのか？　というミステリーです。

　これら3つの物語に、観察者としての寿々歌と井端教授の視点が挟み込まれることで、物語が重層的になっていきます。この観察者である寿々歌自身も、おじさんのアドバイスを受け、「学生投資家リンベル」として自立の道を歩むのも読みどころです。

徹郎と寿々歌の関係も外せません。

試験の前に講義ノートを貸してくれて、さらには出題のポイントまで教えてくれる徹郎のことを神のように崇《あが》め奉《たてまつ》る他の学生たちと違い、寿々歌は徹郎の仮面の裏に隠された〝本心〟を見抜きます。それを寿々歌に指摘されて、動揺しながらも平静を保とうとする徹郎。そのあたりの描写には、サスペンス小説のようにドキドキさせられます。

多くの方が一度は就活を経験したことがあるのではないかと思います。社会に出る直前の長い学生生活における集大成的なイベントでもありますし、社会に出てからも転職をするときは、やはり就活を経験します。誰にとっても、人生の大きな分岐点となる出来事でしょう。

それゆえ、力が入るあまり面接の場でいつもの自分を出せなかったり、自分を極端に良く見せようとしたり、合格したら合格したで「やっぱりあの会社がよかった」「この会社でいいのか」などと悩んだり妥協したりと、就活の間は気持ちがめまぐるしく入れ替わります。就活は、ライバルである他の就活生との戦いの場であると同時に、自分の気持ちとの戦いの場でもあることがわかります。

徹郎は本命の帝都商事のインターンで同じグループになった3人、なかでも、見た目も家柄も頭もいい加賀美を、平静を装いながらも敵視します。ところが一方の加賀美は、徹郎を頼れる仲間と信じ、最終的には目標であった帝都商事の入社試験に合格。ネタバレになってしまうので詳しくは書きませんが、このインターンにおける徹郎と加賀美のふるまいの違いに、「選ばれる人」と「選ばれない人」の差が象徴的に表れていて、安藤さんの人間に対する深い洞察力と描写力を感じます（ただ、就職と恋愛とは別で、恋愛においては、加賀美は「選ばれない人」になってしまい、そこがまた人間の面白いところではあるのですが……）。

敵視ということでいうと、リモートで行われた会社の面接試験で、徹郎が面接官に、不便に感じたり戸惑ったりする点について問われた際に、「強いて申し上げるならば、敵の姿が見えないという点で、少々戸惑いがございます」と、つい本音を明かしてしまいます。

「敵というのは、面接官のことかな」と質問された徹郎はなんと答えたか？

「競い合う他の就活生の皆様と顔を合わせる機会がないため、若干の戸惑いを感じておるところでございます」

ここから、徹郎が就活生のみんなを敵と見なしていることがわかります。

勉強はひとりでもできますが、会社に入って仕事をするとなると、決してひとりではできません。互いにサポートし合いながらでないと成果を挙げることはできないので、周りを敵視している徹郎が、そのまま面接に合格して入社すると、職場の和を乱してしまうことになるでしょう。会社はそういう人を求めているのか否か？　ここにもタイトルが示唆《しさ》するものが表れていると感じます。

この小説は、コロナ禍の日本が舞台になっていますが、コロナに関する直接の描写はなく、舞台となる「安政大学」のホームページで、卒業式が中止になったり、授業がオンラインになったりという告知が、ところどころに入るくらいです。

ただ、コロナ禍を機に多くの企業で導入されたオンライン面接に、徹郎や夏海が戸惑うさまが描かれていて、やはり未曽有のウイルス感染症が物語に影を落としていることを感じざるを得ません。そんな状況のもとで、人生の大きなカギを握るかもしれない就職先を探すのだから、それはさぞ大変だろうと自分の身に置き換えて感情移入をしてしまいました。

つらつら思いついたことを書いてきましたが、結局のところ一番言いたいのは、安藤さんが、様々な形で「人の心」を描く作家だということ。安藤さんの作品を読むたびに泣けてきてしまうのは、過酷で苦しい状況に登場人物が入り込みすぎるからではなく、そこから成長し抜け出して救われる間の葛藤が自分事として伝わってくるから。そして、決して最良の選択とはいえないけれども自分の見方や感じ方しだいで現実なんていくらでも変わるものであることを教えてくれているからです。

本書を読み終えると、人生って「選ばれること」「選ばれないこと」、そして、自分が「選ぶこと」「選ばないこと」の連続だったな、と改めて感じさせられます。今ある人生も、自分が誰かに選ばれ、そして自分が選んできたことの結果。そう考えると、日々の仕事で疲れてへとへとだけど、明日ももう少しだけ頑張って働こうかな、と思えてくること間違いナシです。

光文社文庫

選《えら》ばれない人《ひと》

著　者　安《あん》藤《どう》祐《ゆう》介《すけ》

2024年4月20日　初版1刷発行

発行者　三宅貴久
印　刷　堀内印刷
製　本　ナショナル製本

発行所　株式会社　光文社
〒112-8011　東京都文京区音羽1-16-6
電話（03）5395-8147　編集部
8116　書籍販売部
8125　制作部

落丁本・乱丁本は制作部にご連絡くだされば、お取替えいたします。
ISBN978-4-334-10278-4　Printed in Japan

組版　萩原印刷